家藏文库

历代抒情小赋选

黄瑞云 注解

中州古籍出版社
·郑州·

图书在版编目（CIP）数据

历代抒情小赋选 / 黄瑞云注解．—郑州：中州古籍出版社，2024.4
（家藏文库）
ISBN 978-7-5738-0988-9

Ⅰ．①历… Ⅱ．①黄… Ⅲ．①赋－作品集－中国－古代 Ⅳ．① I222.4

中国国家版本馆 CIP 数据核字（2023）第 196764 号

JIACANG WENKU：LIDAI SHUQING XIAOFU XUAN

家藏文库：历代抒情小赋选

出 版 人	许绍山
选题策划	卢欣欣　李祖哲
约稿统筹	卢欣欣
责任编辑	李祖哲
责任校对	刘丽佳
美术编辑	王　歌
版式设计	曾晶晶
出 版 社	中州古籍出版社（地址：郑州市郑东新区祥盛街 27 号 6 层　邮编：450016　电话：0371-65723280）
发行单位	河南省新华书店发行集团有限公司
承印单位	河南新华印刷集团有限公司
开　　本	640 mm × 960 mm　1/16
印　　张	19.5
字　　数	258 千字
版　　次	2024 年 4 月第 1 版
印　　次	2024 年 4 月第 1 次印刷
定　　价	39.00 元

本书如有印装质量问题，请联系出版社调换。

前　言

（一）

"不歌而诵谓之赋。"赋这个词最先是诵读诗歌的意思，指与配乐演唱相对的诵读。《国语·周语上》："故天子听政，使公卿至于列士献诗，瞽献曲，史献书，师箴，瞍赋，矇诵，百工谏，庶人传语，近臣尽规，亲戚补察，瞽史教诲，耆艾修之，而后王斟酌焉，是以事行而不悖。"韦昭注：瞍赋，"赋公卿列士所献诗也"。《左传》有许多赋诗的记载，绝大多数情况下，"赋"字是诵读的意思，多是诵读现成的作品。如僖公二十三年，秦穆公宴享晋公子重耳，"公子赋《河水》，公赋《六月》"。文公十三年，"郑伯与公宴于棐。子家赋《鸿雁》。季文子曰：'寡君未免于此。'文子赋《四月》，子家赋《载驰》之四章。文子赋《采薇》之四章"。襄公二十六年，"齐侯、郑伯为卫侯如晋，晋侯兼享之。晋侯赋《嘉乐》。国景子相齐侯，赋《蓼萧》。子展相郑伯，赋《缁衣》"。以上皆是春秋时代外交赋诗的典型事例，赋的都是现成的诗篇。

也有一些"赋"并非诵读现成诗篇。如隐公元年，郑庄公从隧道迎接他的母亲姜氏。"公入而赋:'大隧之中,其乐也融融!'姜出而赋:'大隧之外,其乐也泄泄!'"僖公五年,晋士蒍有感于晋献公父子的矛盾,"退而赋曰:'狐裘龙茸,一国三公,吾谁适从!'"他们赋的是自己临时诌成的韵语,颇有制作的意味了。

还有一些作品,则明系制作。如隐公三年,"卫庄公娶于齐东宫得臣之妹,曰庄姜,美而无子,卫人所为赋《硕人》也"。闵公二年,卫国有难,"许穆夫人赋《载驰》"。郑国高克河上溃师,"郑人为之赋《清人》"。文公六年,秦国以子车氏之三子为秦穆公殉葬,"国人哀之,为之赋《黄鸟》"。这些赋,都指创作,与即席诵读者不同。《汉书·艺文志》引传曰:"登高能赋,可以为大夫。"①所谓赋,就是赋诗,指的也是创作。

《国语》《左传》中的"赋",指诵读者多,指制作者少。可见自西周到春秋时代,"赋"的基本意思是"不歌而诵"。"诵"的也可能是即时即事制作的诗篇,故引申而有制作之意。后来作为文体的"赋"也是"不歌而诵"的,这是作为文体的赋和古代"赋诗"的赋概念之间的联系。

(二)

战国时代,"赋"成为一个诗学的概念,是所谓"六诗"之一。《周礼·春官·大师》:"(大师)教六诗:曰风,曰赋,曰比,曰兴,曰雅,曰颂。"《诗·大序》把这六者称为"六义"。对这六者的解释,通常是把"风、雅、

---

① "登高能赋,可以为大夫",说赋者多引用。语本《诗·鄘风·定之方中》毛氏传:"建邦能命龟,田能施命,作器能铭,使能造命,升高能赋,师旅能誓,山川能说,丧纪能诔,祭祀能语,君子能此九者,可谓有德音,可以为大夫。"汉志割取传文,有违传意。传明谓"君子能此九者","可以为大夫",非谓"升高能赋"即可以为大夫也。

颂"看成诗的体裁,"赋、比、兴"看成诗的作法。唐孔颖达说:"风、雅、颂者,诗篇之异体;赋、比、兴者,诗篇之异辞也。大小不同,而得并为六义者,赋、比、兴是诗之所用,风、雅、颂是诗之成形;用彼三事,成此三事,是故同称为义。"《毛诗正义》之说得到相当普遍的认可。但也有人存疑,六者并列,似不应分成标准不同的两类。章太炎有鉴于此,认为六者都是诗的体裁。后来朱自清认为六者都是乐歌。但这些说法,很难从三百篇的具体分类中得到验证。除此之外,还有别的说法。本文不是研究"诗六义"的含义,只是要探究一下六者中"赋"是什么意思。赋的含义,在这些不同的说法中,可以找到一个共同点,即有铺陈之意。如果把赋看成诗的一种做法,那就是"铺陈其事直言之";如果把它看成文体,则是用铺陈的方法写的韵文。——"赋者,铺也。"铺陈,是"诗六义"中的"赋"与后来作为文体的"赋"的共同点,后者即由前者这一特点发展演变而来。等到拔地千丈的楚辞从南国崛起,作为文体的赋从此辉耀千秋。

(三)

以屈原作品为主体的楚辞,代表了中国文学发展的一个阶段。楚辞不只是"书楚语,作楚声,纪楚地,名楚物",具有浓厚的地方特色;更重要的在于它扩大了诗歌的体制,发展了诗歌的表现手法,抒情状物,使诗歌更具有个性;尤其是它所表现的思想内容,达到了前所未有、后世亦不易企及的高度。

战国末年,屈原的后继者们,在楚辞的基础上加以发展,创造了一种新的文体,这就是楚赋。

现在我们看到的楚赋,只有佚名作者的《卜居》《渔父》和托名宋玉的《风赋》《高唐赋》《神女赋》《登徒子好色赋》等作品。楚辞具有整齐的句式和鲜明的节奏，楚赋则有明显的散文化趋向。楚辞多抒发作者主观的感情，楚赋则多用第三人称作客观的表述，常用两个或三个人物进行问答。楚辞不管篇幅多长总是抒情诗，楚赋则系叙事作品，具有不太复杂的故事情节。《卜居》《渔父》不像楚辞特别是屈原作品所具有的那种豪迈的气势，纵横的变化，叙述较为平实。"宋玉"赋又有所发展，铺张夸诞的描写，整齐对称的句式，铺采摛文，骈散交错，已具有汉赋的雏形。《高唐》状山水的险峻，百物的奇丽，已为《子虚》《上林》的先导，《神女》则为《洛神赋》做了榜样。

班固把屈原作品也叫作"赋"，后世把楚辞和赋笼统地称为"辞赋"。其实两者虽有密切的关系，但又有区别。《史记·屈原列传》谓"屈原既死之后，楚有宋玉、唐勒、景差之徒者，皆好辞而以赋见称"。屈原的后继者们虽皆"好辞"，而"见称"的却是"赋"，司马迁把"辞"和"赋"区别开来，而且明确指出，赋是宋玉等人开始创作的。

正像楚辞是楚国文学一样，赋也起源于楚国。有了楚赋，赋作为一种文学体裁才正式产生。

（四）

诚然，楚赋之外还有所谓荀赋。《汉书·艺文志》著录"孙卿赋十篇"，《荀子》中现存五篇，分别赋"礼、智、云、蚕、针"五种事物。通常认为，荀子首先使用"赋"作为文体的名称，甚至干脆认为赋始于荀卿。清人赵维烈说："古赋之作始于赵人荀况。"（《历代赋钞·凡例》）他的同时代人陆葇甚至说："前乎骚而为赋者荀卿也。"（《历朝赋格·凡例》），竟把荀卿摆到了屈原之前。这些说法，都源于班固《汉书·艺文志》。《艺文志》就是把"大儒孙卿"放在"楚臣屈原"之前，说他们"皆作赋以风"，而将宋玉、唐勒放在"其后"。这样排列其实并不恰当。据《史记》，楚考烈王八年，荀卿适楚，春申君以为兰陵令。"春申君死而荀卿废，因家兰陵。"事在楚考烈王二十五年，上距宋玉所事的顷襄王即位凡六十年，距顷襄之死亦且二十五年。可见宋玉和荀卿至少是同时的，其活动年代如果不是比荀卿更早的话，可以推断，宋玉"以赋见称"的年代不会晚于荀卿。至于用"赋"作为文体的名称，则荀卿的《赋》篇与托名宋玉的《风赋》究竟谁先谁后很难判断。严格地说，荀卿赋还不是一种成型的文学作品。文学作品必须叙事抒情，现存荀卿的五篇赋，既不叙事，更不抒情，而是一种谜语式的作品。每赋的前段由"臣"描述对象的特点，请"君"（有一篇是"占之五泰"）猜测为何物，"君"再用猜测性的反问说出另外一些特点，最后点出其为何物。这样的作品说它"作赋以风"，无从谈起，不仅无法与屈原作品同日而语，就是和现存楚赋也不能相提并论。

（五）

班固说："赋者，古诗之流也。"（《两都赋序》）"流"，是源流之流，就是说赋是诗的发展。但赋与楚辞关系更为密切。刘勰说："赋也者，受命于诗人，拓宇于楚辞也。"（《文心雕龙·诠赋》）说的最为确切。两者之中，楚辞的影响最为直接，形式也最为接近；特别是那些骚体赋，更是楚辞的直接后续。

用散文勾勒出简单的故事情节，常设主客问答以引出所表述的内容；主体部分多用整齐的句式，具有诗的韵律；以铺张叙述作为主要的修辞手段:这便是赋,特别是古赋,形式上通常具有的特点。

(六)

秦王朝的统一事业大部分已由楚国完成,汉王朝更是楚国人建立的政权。汉代固然继承了整个先秦的文化,但特别重视楚国文化是合乎逻辑的。所以萌发于楚国的赋也就很自然地成为汉代具有代表性的韵文样式。

汉朝时,"风雅寝声"已经过去很久了,新的诗体还没有形成,汉代诗坛是以乐府民歌为主体的。如果把建安时代除外,汉代没有杰出的诗人,却有大量的赋家。像唐诗、宋词、元曲一样,把一种文学样式和一个朝代连在一起的,在汉代就是"汉赋"。

(七)

第一个使赋在汉代放出光辉的是贾谊。贾谊虽是命世的奇才,却有不幸的遭遇。他的赋不仅在形式上承袭了楚辞,而且因能强烈地抒发自己的感情,更直接继承了屈原的风格。

把贾谊的骚体赋过渡到汉代大赋的作家是枚乘。《汉书·艺文志》著录"枚乘赋九篇",今存《七发》一篇是他的代表作,虽不着赋名,实为赋体。《七发》虚构了一个楚太子有疾,吴客往问,"说七事以启发太子"的故事。首段吴客指出腐化享乐、安逸怠惰的生活是贵族子弟的病根,接着历述音乐、饮食、车马、宫苑、田猎、观涛,劝导太子改变生活方式,最后要太子闻天下的"要言妙道",太子因而"涩然汗出,霍然病已"。这篇作品对统治阶级虽有一点讽刺规诫的作用,但实在是微乎其微,而且它用以劝导太子的仍然是统治阶级奢侈逸乐的生活。赋中的描写不无个别可取之处，"观涛"一段尤为后人称道。但总的说来，结构呆板，大段的铺写，"腴词云构，夸丽风骇"，已开大赋繁赘铺张的风气。

（八）

汉武帝在位半个世纪是西汉王朝最隆盛的时代，作为这个时代象征的汉赋也出现了一个高潮。赋为统治者所爱好，赋家大量涌现，使这个高潮持续了相当长的时间。班固《两都赋序》描述当时赋坛情况说："大汉初定，日不暇给。至于武宣之世，乃崇礼官，考文章，内设金马石渠之署，外兴乐府协律之事，以兴废继绝，润色鸿业。""故言语侍从之臣，若司马相如、虞丘寿王、东方朔、枚皋、王褒、刘向之属，朝夕论思，日月献纳；而公卿大臣，御史大夫倪宽、太常孔臧、太中大夫董仲舒、宗正刘德、太子太傅萧望之等，时时间作。或以抒下情而通讽谕，或以宣上德而尽忠孝，雍容揄扬，著于后嗣，抑亦雅颂之亚也。故孝成之世，论而录之，盖奏御者千有余篇，而后大汉之文章，炳焉与三代同风。"这种盛况，不仅前所未有，就赋而论，后世也未曾重演。

汉代大赋基本上是统治阶级的文学，庙堂文学。它为统治者所提倡，由秉承统治者旨意的作家来创作，"竞为侈丽闳衍之词，没其风谕之义"；继承楚辞传统的贾谊赋中那种抒发个人强烈的感情，在大赋中已基本泯灭，而代之以对统治者的逢迎。其艺术表现也很呆板，荒诞的夸张，累赘的铺陈，灾难性地堆砌词汇，把生僻的字词像类书一样地填塞进去，以此来组成篇章。不能说作品中没有生动的句子，也不能说没有精彩的段落，但总的看来，艺术价值不大。武宣之世的大赋是如此，武宣以后的大赋基本上还是如此。司马相如的《子虚》《上林》只是写统治者田猎之盛,苑囿之富;后来扬雄的《长杨》《羽猎》《甘泉》继续张扬统治者田猎之靡,宫殿之壮;东汉班固《两都赋》,张衡《二京赋》《南都赋》,大肆张扬都城的壮丽繁华,无不是围绕着最高统治者来做文章,为他们奢侈淫靡的生活高唱颂歌。这些作品不仅"抒下情而通讽谕"无从谈起,就是"宣上德而尽忠孝"的内容也并不多,只有"润色鸿业"这一条算是说着了。大赋以其规模和气魄,在一定程度上表现了大国盛时的气象。然而也只有武帝时代的"鸿业"值得一"润",武帝以后粉饰出来的"鸿业","润"得就有点近乎讽刺。大赋常常在后边带上一条讽喻的尾巴。然而这样的尾巴只是贴个标签,装点门面,没有多大实际意义。司马相如作《大人赋》,据说想规谏汉武帝求神仙,武帝读后反觉"缥缥有凌云之气"。这种淫靡的赋作,大都"繁华损枝,膏腴害骨,无贵风轨,莫益劝戒"(《文心雕龙·诠赋》)。大赋家扬雄晚年也很后悔,自称"童子雕虫小技,壮夫不为"。他认为赋家打着"讽"的旗号,实际"不免于劝",往往是"劝百而讽一"。这是对大赋最为清醒的认识。

汉代大赋的情况是这个样子,魏晋六朝的大赋基本上还是沿着这个路子走。题材有所发展,宫殿都城之外,更多写江海山岳等自然景物,但仍未能改变臃肿堆砌的痼疾。所以历代大赋,尽管赋家们成年累月耗尽心血,但它们的价值还是不大。唯其如此,所以这本小书只选小赋,且多为抒情述志之作,故名之曰"历代抒情小赋选"。

赋家们为统治者揄扬鸿业,歌功颂德,统治者对他们却并不尊重,"俳优畜之","见视如倡"。他们自己其实也并不愉快。武帝时代颂歌唱得最多的赋家枚皋就"自悔类倡",为自己的卑微地位感到气闷。但他们始终

---

① 东方朔有《答客难》,扬雄有《解嘲》。

不能自拔,充其量只能写一点"答难""解嘲"的文字来聊以自慰①。

(九)

就在大赋洪涛汹涌、荡漾文坛的时候,小赋也在潜滋暗长。赋家们往往倾注全力用大赋来为统治者大唱赞歌,但他们毕竟也还有自己的情感、自己的苦闷,他们还是懂得赋也可以用来抒发自己的心情;鸿业"润"过之后,也不妨营一点"自留地",写几行小赋来发发自己的牢骚。扬雄写过不少大赋,却也写有别具一格的《逐贫赋》。班固的父亲班彪亲历王莽之乱,避难凉州,写了有名的《北征赋》,开纪行赋作的先声。东汉政权建立以后,政治上的小康局面没有维持多久,外戚宦官相递把持朝政,倾轧不已;社会上豪强肆虐,民不聊生,阶级矛盾日益尖锐。在这种政治混乱的局面中,有才华的知识分子深感苦闷,因此抒情赋作就应运而生。班固的《幽通赋》、张衡的《思玄赋》,这些赋虽然篇幅不短,但都属于所谓"述志"之作,同他们自己的《两都》《二京》以"体物"为主者完全不同,开辟了东汉抒情赋作的广阔道路。其中尤以小赋成就突出。张衡的《归田赋》,表现了作者在宦官猖獗、朝政腐败的境况中希冀归田的志趣;赵壹的《刺世疾邪赋》,以极端愤激的语言,揭露了统治者唯利是图、不顾生民之命的罪行;蔡邕的《述行赋》,借古讽今,抨击了统治集团的奢侈腐败,表现出对困苦人民的同情;祢衡的《鹦鹉赋》,通过述说鹦鹉的遭遇,表达了作者渴望自由的心境;王粲的《登楼赋》,表现了作者生于乱世,流浪异乡的痛苦。这些赋作,题材不一,风格各殊,或沉着恬淡,或激越高昂,或类比以言,或直抒胸臆,无不饱含深挚的感情,从各个侧面对当时的社会进行了有力的抨击和批判,与"雍容揄扬"的大赋完全异其旨趣,两者属于迥不相同的艺术境界。刘勰说:"赋者,铺也;铺采摛文,体物写志也。"(《文心雕龙·诠赋》)大赋只是"体物"的文章,小赋才是"写志"的艺术。这些抒情小赋,现存数量虽不是很多,却是汉赋的精髓,也是文学史上赋作的精英。就内容的广阔深刻、风格的深厚沉郁而论,后来任何时代的赋都不能与之相比。

(一〇)

魏晋六朝的抒情小赋,是赋的一个新的阶段。它的题材被大大开拓了。曹植的《洛神赋》虽受《神女赋》的启发,但写法上是新的;向秀《思旧赋》表现对挚友的怀念,潘岳《秋兴赋》、陆机《叹逝赋》抒写自己的情思,张华赋《鹪鹩》、鲍照赋《芜城》,都能开辟新境;有的转向对自然景物的描摹,如二谢的《雪赋》《月赋》;有的抒发某种人生普遍的情感,如江淹的《恨赋》《别赋》。如此种种,都是前所未有的题材。

这些小赋的艺术表现也与前代迥异。总的特点是趋向华丽。"诗赋欲丽",曹丕似乎给整整一个时代的文学创作规定了准则。清新绮丽的辞藻,整饬精工的对偶,圆转溜亮的韵律,生动形象的刻画,使这些小赋成为一篇篇优美的抒情作品。南朝宋齐以后,随着声韵之学的兴起,这些艺术特色得到更加充分的发展。

六朝这种骈俪之赋,被称为俳赋,它最突出的特点就是语言的骈化。西汉的赋,语句都是单行的,虽有大段整齐的句式,但并非有意对偶。到了东汉,班固、张衡已有俪句,魏晋时代益见增多。鲍照、江淹而后,南朝的赋,往往出现通篇的骈俪,音节谐和,属对严密,成为典型的俳赋。

六朝的赋,思想内容有着明显的缺陷。它们反映现实生活往往较为曲折,很少涉及国计民生,远不如汉代小赋那样直接,那样激烈,那样深刻。魏晋六朝是一个乱离相继的时代,灾难深重,战乱频仍,政权变换迅速,智士文人们随时可能遭到杀身之祸,不大敢干预现实。另一方面,统治阶级醉生梦死的精神状态,也深深浸染了文坛,使文学创作偏于形式美的发展。诗的情况是这样,赋的情况也是如此。

这个时期也仍有不少大赋,左思的《三都赋》、木华的《海赋》、郭璞的《江赋》、孙绰的《游天台山赋》,都很有名,是晋代的名作,后三者题材亦极新颖。特别是《江赋》,规模宏伟,魁奇壮阔,是很有气魄的作品。范文澜称它是"文学史上最后的一篇大赋"。这话虽说得未免过头,但说明这篇作品确有成就。尽管如此,大赋总免不了臃肿堆砌的毛病,读起来总是相当艰涩。这以后大赋仍然不少,但缺乏杰出的作品。

六朝大赋特别值得一提的是庾信的《哀江南赋》。这是六朝殿后的名作,倒是较为深刻地反映了一个方面的现实。诗人以其雕龙运藻的才思,写其国破家亡的哀痛,不愧为千古名篇,但此赋也有其严重的缺陷,骈俪过甚,用典太多,加以又是大赋,在这本选集中未能入选。

(一一)

唐宋时代,赋不再在文坛上占据重要的地位。大诗人李白、杜甫都作过规模宏伟的大赋,但即使是他们也无法挽回赋的颓运。这个时期,最具特色的是所谓的文赋。杰出的作家们把散文、议论渗入赋里,从而形成一种新型的体式。李华的《吊古战场文》(它不名为赋,实为赋体)还是俳体的格调,但已有散文的成分、议论的特色。到杜牧的《阿房宫赋》,已相当散文化。宋代欧阳修《秋声赋》、苏轼两篇《赤壁赋》差不多已是散文叶韵的形式。他们虽仍用铺陈的方法，但文笔洗练，语言朴素，句式生动活泼，在赋体中别开生面。

至于骚体或俳体的抒情小赋，自唐宋以至明清，文人们仍偶有涉笔，亦间有佳篇。李白的几篇小赋颇有生气，骚体则柳宗元的作品较为可观。其余作者，成就大的不多。清人姚鼐编《古文辞类纂》，赋体只选到东坡《赤壁》止，不是没有原因的。当然嗣后的作者仍然不少，明清时代亦不无清丽之作，不过那力量总觉不足。就像秋后的山花，虽然还在开放，总没有春天那样缤纷灿烂、生机盎然的势头。

（一二）

然而这个时期，还有一种赋相当流行，作家作品之多，超过了现存全部古赋，这就是所谓律赋。这种赋在徐陵、庾信作品中已见端倪，而盛行于唐代。清人李元度说："自周秦汉魏六朝，皆古赋也；唐以诗赋取士，始有律赋之目。古赋变为律赋，犹古文变为时文也。"（《赋学正鹄·序目》）律赋与考试有着密切的关系，那些作品或者为应试作准备，或者本身就是试帖。律赋和试帖诗一样，题目或咏物，或写景，或用古人成句，或写历史故实，都是命题作文，用韵也往往预行限定，要求对仗工整，音韵铿锵，巧妙地翻用成句，填塞典故；风格则雍容典雅，内容却空洞平庸。如纸扎的花束，虽也五彩斑斓，但缺乏生气。唐宋律赋大量繁衍；元代考试不用律赋，但也无补于赋的衰颓；明清又掀起高潮。这种赋缺乏作者的真情实感，只是用"巧妙"的文辞把题目所示的意思辗转表达出来，而且愈到后来就愈加注重形式。明清的律赋，末尾大多还要"颂圣"。赋又重新成为统治者的点缀，不过这一回不是"润色鸿业"，而是充满了的阿谀之辞。有清一代的赋作如山如海，其数量较之自先秦到明代的总和还多，但绝大多数缺乏艺术生命力；赋这种文体，到此已走完了它长达两千多年的历程。

（一三）

关于赋体的类别，前面已经涉及，兹略加综述。

按体分类，前人有着不同的主见。如清同治时人李元度只分两类，他是重视律赋的，所以把"周秦汉魏六朝"的赋通通称为古赋，把唐代律化的赋称为律赋。这种分法未免笼统。康熙时人陆葇把赋分为三类："凡用散体，总为一格"，称为文赋；"以拟骚为一格"，称为骚赋；"凡属词俪事比偶成文者列为骈赋一格"（《历朝赋格·凡例》）。这个分法，把汉代古赋和唐宋文赋混成一体，骈律不分，合为一格，其不合理是明显的。

在此之前，明代徐师曾《文体明辨》把赋分为古赋、俳赋、律赋、文赋，基本上符合历代赋作的实际。我们仍然可以这样分类，只需略加补充。

通常将三国以前的赋称为古赋。这个名称不是很准确。一是古赋实际上有两种体裁，一种是仿骚的，称为骚赋；另一种非骚体的，没有适当的名称。二是"古赋"这个词也嫌太泛，自"今"以前都可以叫作"古"，换个名称也许更切实际。如从前的"古文"现在称为"散文"，"古文家"也改称"散文家"，实在较为准确。三是这种形式的赋，三国以后仍有创作，对于当时已是"今"赋，不好称为古赋的了。因此，骚赋以外的古赋，不妨另用名称。书有正书，剧有正剧，这种古赋似亦可以称为正赋。

基于以上分析，赋可以分为五体：

一曰正赋。散句与整齐的句式参错使用，散句而间有排比，整齐而并非骈俪，是它突出的语言特点。汉代大赋多是正赋，小赋则本书收录的《风赋》《归田赋》《刺世疾邪赋》是其代表。

二曰骚赋，其语言形式是仿骚的。《吊屈原赋》《登楼赋》《梦归赋》是其典范。

三曰俳赋，亦即骈俪之赋，骈词俪句为其特色。《芜城赋》《雪》《月》《恨》《别》都是俳赋。

四曰律赋。律赋是俳赋的发展，四六成文，隔句相对，对偶严谨，平仄谐调，是律赋语言方面的特点。本书收录的《馆娃宫赋》就是律赋；《杏花春雨江南赋》《铜雀瓦赋》也是律赋。前者颇含讽喻，后者较为别致，都还不失为佳作，但按试帖的标准，它们未见得是典范。

五曰文赋，是以散文而叶韵的赋作，《秋声》《赤壁》是最具代表性的杰作。

赋体分类，自有其规格可循，类别是清楚的。但汉魏以后，正赋中往往带有骈偶，俳赋亦未尝不可以夹以骚句，而俳赋、律赋更有密切的瓜葛；从这个意义讲，它们又没有绝对的界线。

（一四）

赋是中国古典文学的一种体裁，是中国古典文学的一个方面。其总体价值虽不能和诗与散文相比，但也不应忽视。扬雄曾说："诗人之赋丽以则，辞人之赋丽以淫。"（《法言》）所谓"丽以则"是他评价优秀赋作的原则，即艺术形式上欲"丽"，而内容必须可"则"。元代祝尧对"则"做了精辟的补充，他说："尝观古之诗人，其赋古也，则于古有怀；其赋今也，则于今有感；其赋事也，则于事有触；其赋物也，则于物有况。"（《古赋辨体》）优秀的赋作，是能够反映生活的现实、表述作者的心声的。我们现在读这些作品，仍可以从一个方面认识古代社会的面貌，体会古代人们的感情。读了《三国志》，我们可以了解到那个时代有如此之多的战乱，有如此之多的矛盾斗争。但读王粲的《登楼赋》，却能深切地体会到乱离中知识分子的苦闷和悲哀，从一个侧面感受到那个时代的苦难。这篇仅仅三百二十九个字的小赋，其内含容量当然不能和卷帙浩繁的史传相比；然体现诗人内心深处的情感，三百二十九个字的小赋却也不是卷帙浩繁的史传所能取代的。翻开那些优秀的赋作，"不歌而诵"，固然可以赏心悦目；"睹物兴情"，亦未尝不心领神会，从中得到美的享受和情思的启迪。赋的表现手法，如渲染气氛的铺叙、富有气势的夸张、韵律铿锵的对偶和排比，只要运用得当，对我们仍有借鉴的作用。

（一五）

这本小书选者力求按"丽以则"的标准取录，使入选作品艺术高迈，内容健康。其中有些作品，如《雪》《月》《恨》《别》诸篇，诚未免于"丽以淫"的讥评，但它们是历史上的名篇，在赋史上有较高的地位，产生过相当大的影响，因此必须收录。本书作品上起先秦，下迄明清，大体上可以窥见历代抒情小赋的面貌。选注者水平有限，有不当之处，幸望方家指正。

笔者在选注这本小书的过程中，多得恩师黄燿先先生、胡芝湘先生、程千帆先生指教，上海古籍出版社何满子先生提了许多宝贵的意见，谨一并表示衷心的感谢。

黄瑞云

凡　例

（一）本书收录自先秦至清代小赋四十六篇。

（二）本书使用简化汉字。为避免词义混淆，有少数几个字，词义甚为复杂，使用频率特别高，为便于理解，仍将《通用规范汉字字典》未收的字保留繁体字形式。

人名地名，概用原字，笔画已简化者照简。

数词除公元纪年与纯统计数字用阿拉伯数字外，其他概用汉字，以保持文字纯一。

（三）书中僻难字以汉语拼音注音。联绵词注音以表示其双声叠韵关系。由于语音演变，拼音未能表示其双声抑或叠韵者，加注反切。

（四）注释力求训释准确而文字简明。凡遵用前人注解，皆原文引用；必要时加以疏解。凡注者自己理解，必要时引用前人相近解释以为佐证。

（五）没有前人指引，后人会寸步难行。但古代注疏受时代局限，大多重视文字训诂，有些注释忽视书中前后文的联系，忽视语言的特定环境，忽视文章内在的深层含义，以致有些内容不无误解。本书充分尊重前人注释，不轻疑，但也不轻信，一切按实事求是的原则处理。凡提出新的解释，词义则需有训诂来源，内容则需有事实根据，务使文辞更为顺畅，并尽可能提供旁证。

* 本书1986年已由上海古籍出版社出版，兹加以修订，调整了篇目，改正错误，润色文辞，纯一文字。现由中州古籍出版社出版，之后对此书凡批判、评论、引用，请以本版为准。

目　录

屈　原
　　国殇 ……………………………………………………… 1
佚　名
　　卜居 ……………………………………………………… 5
　　渔父 ……………………………………………………… 8
宋　玉
　　风赋 ……………………………………………………… 12
贾　谊
　　吊屈原赋 ………………………………………………… 18
　　鵩鸟赋 …………………………………………………… 24
淮南小山
　　招隐士 …………………………………………………… 33
刘　彻
　　秋风辞 …………………………………………………… 37
司马迁
　　悲士不遇赋 ……………………………………………… 39

班倢伃
　　自悼赋 44

扬　雄
　　逐贫赋 52

张　衡
　　归田赋 58

赵　壹
　　刺世疾邪赋 62

祢　衡
　　鹦鹉赋 68

王　粲
　　登楼赋 75

曹　植
　　洛神赋 并序 80

向　秀
　　思旧赋 并序 91

张　华
　　鹪鹩赋 并序 95

潘　岳
　　秋兴赋 并序 102

陆　机
　　叹逝赋 并序 110

陶渊明
　　归去来兮辞 并序 119

谢惠连
　　雪赋 126

鲍　照
　　芜城赋 135

谢　庄
　　月赋 142

江　淹
　　恨赋 150
　　别赋 156

萧　绎
　　荡妇秋思赋 166

庾　信
　　小园赋 169

卢照邻
　　秋霖赋 183

骆宾王
　　荡子从军赋 189

李　白
　　剑阁赋 194

李　华
　　吊古战场文 197

韩　愈
　　祭田横墓文 203
　　进学解 207

柳宗元
  梦归赋 215

杜　牧
  阿房宫赋 222

黄　滔
  馆娃宫赋 228

欧阳修
  秋声赋 234

苏　轼
  赤壁赋 239
  后赤壁赋 244

苏　过
  飓风赋 248

吴　宽
  哀流民辞 并序 254

雷　迅
  杏花春雨江南赋 260

程隆基
  挂剑台赋 并序 263

陈维崧
  铜雀瓦赋 266

汪　中
  哀盐船文 270

后　记 281

屈 原

屈原（约前340—约前278），名平，楚之同姓，为楚怀王左徒。明于治乱，娴于辞令。入则与王图议国事，以出号令；出则接遇宾客，应对诸侯，王甚任之。上官大夫与之同列争宠而心害其能。怀王使屈原造为宪令，屈原草稿未定，上官大夫见而欲夺之，屈原不与，因谗之，王怒而疏屈平。后楚怀王为张仪所欺，与齐绝纵，又与秦大战，楚师大败。张仪再次来楚，时屈原使齐回国，劝怀王杀张仪，怀王不听。其后秦昭王骗怀王入秦，屈原劝王不行，怀王少子子兰劝王行。怀王入秦，秦留怀王以求割地，怀王不听，竟死于秦。长子顷襄王立，以弟子兰为令尹。子兰使上官大夫短屈原于顷襄王，顷襄王乃放逐屈原于沅湘。屈原见国事已不可收拾，遂自投于汨罗江以死。《史记》有传。屈原为辞赋之祖。王逸《楚辞章句》属之屈原者有《离骚》《九歌》《九章》《天问》等篇。

国 殇①

操吴戈兮被犀甲，车错毂兮短兵接。②旌蔽日兮敌若云，矢交坠兮士争先。③凌余阵兮躐余行，左骖殪兮右刃伤。④霾两轮兮絷四马，援玉枹兮击鸣鼓。⑤天时怼兮威灵怒，严杀尽兮弃原野。⑥出不入兮往不反，平原忽兮路超远。⑦带长剑兮挟秦弓，首身离兮心不惩。⑧诚既勇兮又以武，终刚强兮不可凌。⑨身既死兮神以灵，魂魄毅兮为鬼雄！⑩

【注释】

①国殇,为国牺牲的英烈。戴震《屈原赋注》:"'殇'之义二:男女未冠笄而死者谓之殇,在外而死者谓之殇。殇之言伤也。国殇,死国事,则所以别于二义之殇也。"

②操,持也。戈,王逸注,"戟也"。被,披挂。甲,铠甲。谓抗敌将士操吴地打造的戈戟,披犀牛皮制的铠甲。毂(gǔ),车轮中间车轴贯入的圆木。此即指车轮。短兵,王逸注:"短兵,刀剑也。言戎事相迫,轮毂交错,长兵不施,故用刀剑,以相接战也。"

③旌(jīng),旌旗。矢交坠,两军对射,故箭矢相交落地。矢,箭。坠,落地。士,将士。

④"凌余阵"二句,王逸注:"凌,犯。躐(liè),践也。言敌家来,侵凌我屯阵,践躐我行伍也。"骖(cān),驾车四马,中间两匹曰服,左右两旁马曰骖。殪,死也。

⑤霾,通"埋"。絷(zhì),绊住。援,持也。玉枹(fú),鼓槌美称。二句谓左骖被杀死,右骖也负伤,两轮陷入泥中,四马死伤互相牵绊,勇士仍持槌击鼓,奋勇战斗。王逸注:"言己马虽死伤,更霾车两轮,绊四马,终不反顾,示必死也。"《左传·成公四年》:"(晋)郤克伤于矢,流血及屦,未绝鼓音。""左并辔,右援枹而鼓。"描述情状相似。

⑥天时,天、天命。《汉书·外戚下·王莽传下》:"推是言之,亦天时,非人力之致矣。"怼(duì),怨怒。《汉书·外戚下·孝成赵皇后传》"怼,以手自捣",颜师古注:"怼,怨怒也。"威灵,神灵。"天时怼"句,谓残酷战斗,致上天愤慨,神灵震怒。犹今言"惊天地,泣鬼神"。"严杀尽"句,《集韵》:"严,酷也。"朱熹集注:"严杀,犹言鏖战痛杀也。弃原野,

骸骨弃于原野。"

⑦忽,悠忽,渺茫无际之意。超远,犹遥远。

⑧"带长剑"句,王逸注:"言身虽死,犹带剑持弓,示不舍武也。"心不惩,朱熹集注:"虽死而心不悔也。"按,《玉篇》:"惩,畏也。"《广韵》:"惩,止也。"可理解为虽死而无所畏惧,决不后退,更为准确。

⑨"诚既勇"句,《玉篇》:"勇,果决也。""武,力也。"勇,谓果敢决断;武,谓威力强悍。凌,侵犯。王逸注:"言国殇之性诚以勇猛,刚强之气不可凌犯也。"

⑩神以灵,《史记·五帝本纪》"依鬼神以制义",张守节正义:"鬼之灵者曰神。"《诗·大雅·灵台序》"灵台",孔颖达疏:"灵者,精也,神之精明称灵。"魂魄毅,《左传·昭公二十五年》:"心之精爽,是谓魂魄。"《慧琳音义》"弘毅",注引《考声》:"毅,威严不可犯也。"王逸注:"言国殇既死之后,精神强壮,魂魄武毅,长为百鬼之雄杰也。"魂魄毅,一作"子魂魄"。

【评析】

《国殇》是屈原《楚辞·九歌》的第十篇。前此诸篇所祀为东皇太一、云中君、湘君和湘夫人、大司命与少司命、东君、河伯、山鬼,皆自然之神,而《国殇》所祀乃为国牺牲的英烈。

楚国自熊渠"当周夷王之时","甚得江汉间民和",之后五六百年间,统一了中国南方,"汉阳诸姬,楚实尽之",大军到处,所向披靡,成为黄河以南强大的诸侯国。到楚怀王、顷襄王之世,由于战略上的失误,连遭惨败。《史记·楚世家》记载:楚怀王十七年春,"与秦战丹阳,秦大败我军,斩甲士十八万,虏我大将军屈匄、裨将军逢侯丑等七十余人,遂取楚之汉中郡"。"二十八年，秦乃与齐韩魏共攻楚，杀楚将唐眜，取我重丘而去。二十九年，秦复攻楚，大破楚，楚军死者二万，杀我将军景缺。""三十年，秦复伐楚，取八城。"之后怀王被秦欺骗，西至咸阳，不能回国。太子横立，是为顷襄王。顷襄王元年，秦发兵攻楚，"大败楚军，斩首五万，取析十五城而去"。几十年间，楚军每战必败，楚怀王竟客死于秦。这便是《国殇》诞生的时代背景。一篇短短的不过一百二十来字的作品，却反映了动辄若干万楚国将士多少次拼死搏斗的情景。千百年后读来犹恍惚感受到战场上旌旗蔽日，敌阵若云，战鼓的轰隆，戈戟的攻击，喊杀之声惊天动地。文章记述的是楚军的惨败，然楚国将士毫不畏惧，宁死不屈。"出不入兮往不反，平原忽兮路超远。带长剑兮挟秦弓，首身离兮心不惩。"战场上一片惨象，天时怨怒，尸横遍野，文章却没有丝毫消沉气氛，将士们："诚既勇兮又以武，终刚强兮不可凌。身既死兮神以灵，魂魄毅兮为鬼雄！"文章歌颂了勇武刚毅、死生不渝的楚国将士，也体现了屈灵均自身的爱国精神。

楚辞与汉赋一脉相承，汉人也称辞为赋，《汉书·艺文志》著录屈原作品即称《屈原赋》，本书即以《国殇》这一旷古名作开篇。

佚 名

　　《卜居》《渔父》二篇，王逸《楚辞章句》谓为屈原所作，历代因之，但其体裁、风格与《离骚》等屈作迥异，思想亦有所不同。明谓"屈原既放"，就不是屈原之作。《渔父》所述，司马迁作为屈原行事录入本传，可见史迁并不认为是屈原作品。王逸虽说"屈原之所作也"，但又谓屈原在江湘之间，渔父见之，遂相问答，"楚人思念屈原，因叙其辞以相传焉"，可见王逸也并不认为出自屈原之手。由此可以断定，两篇均非屈原所作。此佚名作者了解且同情屈原，王逸谓系"思念屈原"之楚人，至为确切。作品产生于战国末年。

卜　居①

　　屈原既放，三年不得复见。②竭智尽忠，而蔽障于谗，心烦虑乱，不知所从。乃往见太卜郑詹尹，曰："余有所疑，愿因先生决之。"③

　　詹尹乃端策拂龟④，曰："君将何以教之？"

　　屈原曰："吾宁悃悃款款朴以忠乎？将送往劳来，斯无穷乎？⑤宁诛锄草茅以力耕乎？将游大人以成名乎？⑥宁正言不讳以危身乎？将从俗富贵以偷生乎？宁超然高举以保真乎？将哫訾栗斯喔咿嚅唲以事妇人乎？⑦宁廉洁正直以自清乎？将突梯滑稽如脂如韦以洁楹乎？⑧宁昂昂若千里之驹乎？将泛泛若水中之凫与波上下偷以全吾躯乎？⑨宁与骐骥亢轭乎？将随驽马之迹乎？⑩宁与黄鹄比翼乎？将与鸡鹜争食乎？⑪此孰吉孰凶？何去何从？世溷浊而不清，蝉翼

历代抒情小赋选 | 5

为重,千钧为轻;黄钟毁弃,瓦釜雷鸣;⑫谗人高张,贤士无名。吁嗟默默兮,谁知吾之廉贞!⑬"

詹尹乃释策而谢曰⑭:"夫尺有所短,寸有所长;⑮物有所不足,智有所不明,数有所不逮,神有所不通。⑯用君之心,行君之意。龟策诚不能知此事。"

【注释】

①本篇与下篇《渔父》选自《楚辞集注》。居,处也,卜问何以自处,即"何去何从"之意。

②放,被流放。姜亮夫《屈原赋校注》:"三年既放,未知何时。以词意与他篇互勘详审之,疑在顷襄王斥逐时也。"

③太卜,卜筮之官。因,就。决,判断。

④端策拂龟,摆好蓍草,拂拭龟甲,以备占卜。策,蓍草。龟,龟甲。二者均为占卜用品。

⑤悃悃款款,诚实貌。朴,朴质。将,选择连词,犹言抑、还是。"宁……将……",犹言"宁可……还是……"。送往劳来,指庸俗应酬。劳,慰问。

⑥诛锄草茅,指开荒种地。力,致力于。游,到处干谒。大人,指权贵。

⑦超然高举,谓超出世俗。保真,保持纯真。哫訾(zú zǐ),洪兴祖补注:"以言求媚也。"栗斯,曲意逢迎之貌。喔咿嚅唲(ō yī rú ér),朱熹集注:"强笑语貌。"哫訾栗斯、喔咿嚅唲,均象声词,形容欲言不吐,谄媚逢迎之状。

⑧突梯,滑达貌。滑稽(gǔ jī),圆转貌。如脂如韦以洁楹,即如脂洁楹,如韦洁楹。脂,油脂。韦,去毛熟治的兽皮。洁,擦洗。楹,圆柱。脂、韦,均滑达物,以之洁楹,极言其滑达圆转之状。

⑨昂昂，轩昂特出之貌。泛泛，随波逐流之貌。凫，一种水鸟。

⑩骐骥，骏马。亢轭，犹言并驾。亢，相并。轭，车辕前端驾牲口的横木。驽马，劣马。

⑪黄鹄，鸟名，善高飞。鹜，鸭。

⑫蝉翼，喻极轻之物。千钧，喻极重之物。钧，重量单位，一钧三十斤。黄钟，铜铸大钟，为贵重乐器。瓦釜，瓦器名，物之贱者，为粗劣乐器。

⑬吁嗟，叹词。默默，不得意之貌。廉贞，正直忠贞。

⑭释，舍弃、丢开。谢，辞谢。

⑮尺有所短，寸有所长，古代俗语，此偏取"尺有所短"一义，即下文所谓"物有所不足"之意。

⑯"物有所不足"四句，均谓占卜不足以为屈原决疑。数，卦数。

【评析】

（一）《卜居》《渔父》未标"赋"名，前人把它们纳入楚辞。马茂元先生谓，但这"两篇开头和结尾的叙述，完全是散文的写法，中间用骈偶和散句参错组成，用韵也较自由，它是介乎诗与散文之间的一种新的体裁，是'不歌而诵'的汉赋的先导，是从楚辞演化为汉赋的过渡期间的产物"。（《楚辞选》）

《卜居》是根据有关的传说写的。作品中的屈原和詹尹都是艺术形象。"竭智尽忠，而蔽障于谗"二句，概括了屈原一生的品格和遭遇。作品的思想通过屈原提问的方式来表现。他一口气提了八组十六个正反对立的问题。每组前一问是对屈原忠诚正直的颂扬，后一问则是对那些阿谀逢迎、庸俗狡猾之徒的揭露，对那个溷浊不清的社会进行了无情的鞭笞。愤激之情，溢于言表。开头屈原只是提问，问到后来压抑不住心头的愤怒，干脆变成了激烈的控诉。这其中用了许多生动的比喻,对比鲜明,给人以强烈的感染。

《卜居》的作者对屈原虽然极为同情,但只是集中歌颂屈原的品质,揭露世情的卑下,与《离骚》《九章》等屈原自己的作品抒发他对奸人误国的愤恨与美政不能实现的悲哀,思想深度是有差距的。

赋中郑詹尹的表现颇耐人寻味。开始他"端策拂龟",以为屈原真要占卜。听了屈原的述说以后,他立即"释策而谢"。他知道屈原的问题是不需要回答的,所以他说"用君之心,行君之意,龟策诚不能知此事"。

(二)"尺有所短,寸有所长",古代俗谚,说明长短的相对性。尺固长于寸,但用于更长处亦有所短;寸固短于尺,但用于更短处亦有所长:长短随所用而不同。此语常偏取"尺有所短"一义,谓物的作用有限,即下文"物有所不足"之意。詹尹不愿回答屈原的问题,故托言龟策之力有限,诚不足以知此事。《史记·白起王翦列传》太史公曰:"鄙语云:'尺有所短,寸有所长。'白起料敌合变,出奇无穷,声震天下,然不能救患于应侯。王翦为秦将,夷六国,当是时,翦为宿将,始皇师之,然不能辅秦建德,固其根本,偷合取容,以至殁身;及孙王离为项羽所虏,不亦宜乎!彼各有所短也。"此处解说明白,正偏取"尺有所短"一义。

渔 父

屈原既放,游于江潭,行吟泽畔;颜色憔悴,形容枯槁。渔父见而问之,曰:"子非三闾大夫欤①?何故至于斯?"

屈原曰:"举世皆浊我独清,众人皆醉我独醒②,是以见放!"

渔父曰:"圣人不凝滞于物③,而能与世推移。世人皆浊,何不淈其泥而扬其波④？众人皆醉，何不餔其糟而歠其醨⑤？何故深思高举，自令放为？⑥"

屈原曰："吾闻之：新沐者必弹冠，新浴者必振衣；安能以身之察察，受物之汶汶者乎？⑦宁赴湘流⑧，葬于江鱼之腹中；安能以皓皓之白，而蒙世俗之尘埃乎？"

渔父莞尔而笑，鼓枻而去。⑨乃歌曰："沧浪之水清兮，可以濯吾缨；沧浪之水浊兮，可以濯吾足！"⑩遂去，不复与言。

【注释】

①三闾大夫，楚国官名。《史记集解》引《离骚序》曰："三闾之职，掌王族三姓，曰昭、屈、景，序其谱属，率其贤良，以厉国士。"

②举世、众人，均指统治集团。

③不凝滞于物，即与世推移。凝滞，凝结滞留，引申为拘泥、困扰、被纠缠之意。物，客观外物。

④淈（gǔ），搅动。

⑤餔（bū），吃。歠（chuò），饮。醨（lí），水掺入酒糟过滤而得之薄酒。古代制酒未经蒸馏，酒熟澄清即成，糟亦可食，向糟里掺水，滤出汁水亦薄有酒味，即所谓醨。

⑥高举，高超之举。举，行动。为，句末表疑问助词。

⑦"新沐者"四句，又见《荀子·不苟》："故新浴者振其衣，新沐者弹其冠，人之情也。其谁能以己之潐潐（jiào），受人之掝掝（huò）者哉！"沐，洗头。弹冠、振衣，均弹去灰尘之动作。浴，洗身。察察，洁白貌。汶汶（mén），王逸注："蒙垢尘也。"洪兴祖补注："汶，蒙，沾辱也。"

⑧宁赴湘流，谓宁可投江而死。湘流，即湘水，在今湖南省。

⑨莞尔，微笑貌。鼓，拍打。鼓枻（yì），即以桨击水。枻，船桨。

⑩沧浪，古人注作水名，即汉水。《书·禹贡》："嶓冢导漾，东流为汉，又东流为沧浪之水。"按，"沧浪"二字叠韵，当为形容词，言水色清亮之貌。《文选·陆机〈塘上行〉》："垂影沧浪泉。"李善注："沧浪，水色也。"濯，洗。缨，系帽带。清水濯缨，浊水濯足，谓随时适应环境，亦即"不凝滞于物，与世推移"之意。此歌又见《孟子·离娄上》："有孺子歌曰：'沧浪之水清兮，可以濯我缨；沧浪之水浊兮，可以濯我足。'孔子曰：'小子听之，清斯濯缨，浊斯濯足，自取之也。'"

【评析】

《渔父》写的也是屈原的传说。全篇都是屈原和渔父的对话，表现了两种截然相反的思想和处世态度。这个渔父是长沮、桀溺、楚狂接舆一流人物，是道家所谓的"避世之士"。春秋战国时代，天下混乱，许多有志之士，特别是儒家和法家，纷纷提出自己的主张，积极投入斗争，希冀改变社会现实。道家者流却采取消极避世的态度，桀溺对子路说："滔滔者天下皆是也，而谁以易之？"（《论语·微子》）认为世事完全不可为。楚狂接舆对孔子唱道："方今之时，仅免刑焉！"（《庄子·人间世》）认为当时能保住生命就不错。渔父所谓"与世推移"正是这种思想。屈原觉得"举世皆浊我独清，众人皆醉我独醒"，渔父就要他"淈其泥而扬其波"，"餔其糟而歠其醨"，大家浑浑噩噩混过了事。"与世推移"是为了远祸全身，而屈原偏偏不愿全身，也不屑远祸，他"宁赴湘流，葬于江鱼之腹中"，一定要坚持到底。两种人生观绝对对立，结果渔父只能"遂去，不复与言"。作者固然赞扬了屈原"伏清白以死直"的斗争精神，但对渔父也是肯定的，让他"莞尔而笑""鼓枻而歌"。在作者看来，屈原坚持斗争固然可敬，然未免"凝滞"；"渔父避世隐身，渔钓江滨，欣然自乐"（王逸注），亦不失为高明。可见作者的客观主义态度中，也含有"此亦一是非、彼亦一是非"的老庄思想。

宋 玉

宋玉，战国末年楚国人。《史记·屈原贾生列传》谓"屈原既死之后，楚有宋玉、唐勒、景差之徒者，皆好辞而以赋见称"。王逸《楚辞章句》中《九辩章句序》曰："《九辩》者，楚大夫宋玉之所作也。"又曰："宋玉者，屈原弟子也。"称宋玉为屈原弟子，为楚大夫，然不知所据；宋玉生平其实不详。

风 赋

楚襄王游于兰台之宫①，宋玉、景差侍②。有风飒然而至③。王乃披襟而当之，曰："快哉此风，寡人所与庶人共者邪④？"

宋玉对曰："此独大王之风耳，庶人安得而共之！"

王曰："夫风者，天地之气，溥畅而至⑤，不择贵贱高下而加焉。今子独以为寡人之风，岂有说乎？"

宋玉对曰："臣闻于师，枳句来巢，空穴来风⑥。其所托者然，则风气殊焉。⑦"

【注释】

①此篇选自《文选》。楚襄王，即楚顷襄王，名横，周赧王十七年至五十二年（前298—前263）在位。其时朝政紊乱，任用佞幸奸邪，放逐贤臣屈原，对外向秦屈膝，强大的楚国从此走向衰亡。兰台，楚宫名。

②景差，楚国辞赋家。

③飒,风声。

④寡人,古代王侯谦称。《孟子·梁惠王上》:"寡人之民不加多。"朱熹注:"寡人,诸侯自称,言寡德之人也。"

⑤溥,普遍。畅,通畅。

⑥枳句(zhǐ gōu),枳即枸橘,长有硬刺。句,弯曲。枸橘弯曲之处多刺,小鸟做巢于此,可以躲避猛禽伤害。枳句,所以鸟来;穴空,所以风入。《太平御览》卷九五六引《庄子》"空门来风,桐乳致巢",李善注引作"空阅来风"。(今本《庄子》无此文。)

⑦托,凭借。然,如此,指空穴。谓所托"空穴"不同,风之性质亦异,此即下文雄风雌风所以不同之根本原因。

以上为第一段,首述风性之缘起。

王曰:"夫风,始安生哉?"

宋玉对曰:"夫风生于地,起于青萍之末,侵淫溪谷,盛怒于土囊之口,缘太山之阿①,舞于松柏之下,飘忽溯滂,激扬熛怒,耾耾雷声,回穴错迕,蹶石伐木,梢杀林莽。②至其将衰也,被丽披离,冲孔动楗,眴焕灿烂,离散转移。③

"故其清凉雄风,则飘举升降,乘凌高城,入于深宫。抵花叶而振气,徘徊于桂椒之间,翱翔于激水之上,将击芙蓉之精,猎蕙草,离秦蘅,概新夷,被荑杨,回穴冲陵,萧条众芳。④然后倘佯中庭,北上玉堂,跻于罗帷,经于洞房⑤,乃得为大王之风也。故其风中人,状直憯凄惏栗,清凉增欷,清清泠泠,愈病析酲,发明耳目,宁体便人。⑥此所谓大王之雄风也。"

【注释】

①青萍,水草名。末,尖端。侵淫,渐渐进入。溪谷,山谷。土囊,山洞。太山,大山。阿,山曲。

②飘忽,风行迅速之貌。激扬,风起貌。熛(biāo)怒,猛烈。耾耾(hōng),风声。回穴,回荡。错迕,错杂。蹶(jué)石,吹动沙石。伐木,摧折树木。梢杀,击毁。

③衰,指风势减弱。被丽披离,四散之貌。冲孔,冲进孔穴。动楗(jiàn),摇动门闩。眴焕(xuàn huàn)灿烂,鲜明貌,此指风吹动花木,光彩闪烁。离散转移,指微风分散消失。

④乘凌,上升。抵,触。振气,散发香气。桂椒,桂树与花椒,桂花、椒实均有香气。激水,流水。芙蓉,荷花。猎,掠过。蕙草、秦蘅,均香草。离,历,经过。概,吹平。夷,辛夷。荑、杨,均树木名。冲陵,冲击侵凌。萧条,凋零。

⑤徜徉(cháng yáng),犹徘徊。中庭,庭中。玉堂,指宫殿。跻(jī),升上。洞房,指内室。

⑥中(zhòng)人,吹上人身。状直,情形乃是。憯凄栗,清凉增欷,用《九辩》"憯凄增欷兮,薄寒之中人"句中词语,但取义不同。《九辩》"憯凄"为伤感貌,此与"栗"义近,即寒冷之意。《九辩》"增欷"为叹息声,此是舒气之意。《九辩》写其凄苦之状,此述其清凉之感。憯凄栗,寒冷貌。憯,同"惨"。欷,舒气。清清泠泠(líng),清凉爽快貌。愈病析酲,治愈疾病,解除酒醉。发明耳目,爽耳明目。宁体便人,使人身体安宁。便,犹安也。

以上为第二段,说"大王之雄风"。

王曰:"善哉论事!夫庶人之风,岂可闻乎①?"

宋玉对曰:"夫庶人之风,塕然起于穷巷之间②,堀堁扬尘,勃郁烦冤,冲孔袭门,动沙堁,吹死灰,骇混浊,扬腐余,邪薄入瓮牖,至于室庐。③故其风中人,状直憞混郁邑,驱温致湿,中心惨怛,生病造热,中唇为胗,得目为蔑,啗齰嗽获,死生不卒。④此所谓庶人之雌风也。"

【注释】

①岂,其。

②塕(wěng)然,风起貌,亦形容风声。

③堀(kū),翻动。堁(kè),尘土。勃郁烦冤,郁怒不平之貌。袭,侵入。骇,惊起,此指刮起。混浊,污秽之物。扬,吹起。腐余,腐败剩弃之物。邪,偏斜。薄,迫近。瓮牖,用破瓮做的窗户,言居室简陋。室庐,此指平民居屋。

④憞(dùn)混,烦躁。郁邑,气闷。驱温,送来闷热。致湿,造成潮湿。中心,心中。惨怛,痛苦。生病,使人得病。造热,使人发烧。中(zhòng)唇,碰上嘴唇。胗(zhěn),疔疮。得目,碰上眼睛。蔑,通"䁾",眼疾。啗齰(dàn zé)嗽获,中风时嘴抽搐之貌。啗,吃。齰,咬。嗽,呃。获,通"嚄",叫。死生不卒,死生不定。

以上为第三段,说"庶人之雌风"。

【评析】

(一)收入《文选》的五篇"宋玉赋",都是托为宋玉与楚襄王的问答,言辞浮侈夸诞,叙事铺张扬厉,具有大体统一的风格。《风赋》是其中内容颇为深刻的一篇。

楚襄王游于兰台,迎着一股凉风,问:"快哉此风!寡人所与庶人共者邪?"问得已颇荒诞。宋玉却回答:"此独大王之风耳,庶人安得而共之!"答得更为离奇。由此引出一篇论风文字。宋玉说:"空穴来风。其所托者然,则风气殊焉。"此为全文立论的基础。

所谓"清凉雄风",得以"乘凌高城,入于深宫",它吹拂的草木是桂椒、芙蓉、蕙草、秦蘅、新夷、黄杨,进入的"空穴"是中庭、玉堂、罗帷、洞房。这种风清泠凉爽,愈病析酲,"此所谓大王之雄风也"。而庶人之风,则起于穷巷,吹拂的东西是沙堁、死灰、混浊、腐余,进入的"空穴"是瓮牖、室庐,这种风驱温致湿,生病造热,"此所谓庶人之雌风也"。

作者把统治者和劳动人民生活的环境加以对比:一方面是深宫玉堂,一方面是瓮牖穷巷,连风吹进来的效果都截然相反,其他方面的悬殊就可想而知了。风并无雌雄之别,而人实有苦乐之殊,讽喻意味是明显的。

赋的结尾颇耐人寻味。当宋玉讲完"大王之雄风"后,楚襄王听了很得意,称其"善哉论事",并要他继续讲庶人之风。宋玉再讲完庶人之风,文章却戛然而止,没有下文。这实在是恰到好处。楚襄王听后是怫然变色,还是瞠目失惊,作者没有说,他让读者自己去设想。也许,那个夯货对此懵然不知所以!

《风赋》对风的描写非常出色。从风的发生,风的兴起,到风的消失,吹过不同地方出现不同的状态,发出不同的声响,绘声绘影,使读者如临其境。千古文章中,写风的名作,前乎此者有庄子《齐物论》的开头,后乎此者有欧阳修《秋声赋》的首段;《风赋》较之,是并不逊色的。

(二)《风赋》是收入《文选》宋玉七篇作品之一。余六篇为《九辩》《招魂》《高唐赋》《神女赋》《登徒子好色赋》与《对楚王问》。

七篇中《九辩》公认为宋玉所作,《招魂》尚且存疑。《风赋》诸作,无论体裁、风格、思想内容均与《九辩》迥异。"襄王"是谥号,赋中直称楚襄王,即非当时作者语气。《九辩》中诗人为"失职而志不平"之贫士,悲愁穷戚,悒郁彷徨;《风赋》诸作中之"宋玉"似颇受宠幸,谑浪笑傲,大言炎炎,甚至近乎狂放不羁:两者形象性格决然不类。《风赋》诸作引有不少《庄子》词语、故实,与《九辩》等楚辞不涉诸子成语者大有不同。

本篇虽仍从《文选》置于宋玉名下,并非认定为宋玉之作。

贾 谊

贾谊（前200—前168），洛阳（今属河南）人，汉初杰出的政论家、文学家。汉文帝时，由洛阳守吴公推荐被召见，为博士，超迁至大中大夫。他向文帝提了许多改革政治、巩固政权的建议，受到守旧大臣的反对，出为长沙王太傅。四年后被召回，复任为梁怀王太傅。后梁怀王堕马死，贾谊自以为未尽到责任，郁郁而死，年仅三十三岁。著有《新书》十卷，后人辑有《贾长沙集》。

吊屈原赋①

恭承嘉惠兮，俟罪长沙；侧闻屈原兮，自沉汨罗。②造托湘流兮，敬吊先生；遭世罔极兮，乃殒厥身。③呜呼哀哉兮，逢时不祥。鸾凤伏窜兮，鸱枭翱翔。④阘茸尊显兮，谗谀得志；贤圣逆曳兮，方正倒植。⑤世谓随夷为溷兮，谓跖蹻为廉；⑥莫邪为钝兮，铅刀为铦。⑦吁嗟默默，生之无故兮。⑧斡弃周鼎，宝康瓠兮。⑨腾驾罢牛，骖蹇驴兮；骥垂两耳，服盐车兮。⑩章甫荐履，渐不可久兮。⑪嗟苦先生，独离此咎兮⑫！

【注释】

①此赋并载《史记》《汉书》本传，昭明收入《文选》，文字小有出入，此用《文选》本。唯《文选》称《吊屈原文》，此仍以赋名。《史记》本传："天子议以贾生任公卿之位，绛灌东阳侯冯敬之属尽害之。乃短贾生曰：'雒

阳之人年少初学，专欲擅权，纷乱诸事。'于是天子后亦疏之，不用其议，乃以贾生为长沙王太傅。贾既辞往行，闻长沙卑湿，自以寿不得长，又以適去，意不自得。及渡湘水，为赋以吊屈原。"绛，绛侯周勃。灌，灌婴，皆汉高祖时旧臣。东阳侯，张相如。冯敬，时为御史大夫。汉初封功臣，吴芮封长沙王，都临湘。贾谊所傅者为吴芮玄孙长沙靖王吴著。適，通"谪"（zhé）。贾谊傅长沙，事在汉文帝四年（前176），时年二十五岁，上距屈原自沉汨罗已过百年。

②嘉惠，指皇帝恩惠。俟罪，待罪，自言才力薄弱，居官任职，未免获罪，是古代居官者谦辞，贾谊则还有被贬谪之意。侧闻，犹言听说。侧，旁。汨罗，水名。在今湖南东北部，西流入洞庭湖。

③造，到。托，托以寄意。罔极，犹言无道。《汉书》本传颜师古注："罔，无也。极，中也。无中正之道。"殒，殁，丧身。厥，其。

④鸾凤，鸾鸟凤凰，为祥瑞之禽。伏窜，潜藏逃窜。鸱枭（chī xiāo），猫头鹰，古人以为不祥之鸟。

⑤阘茸（tà róng），颜师古注："下材不肖人也。"尊显，尊崇显耀。逆曳，倒拖。倒植，倒立。二者均指受辱。

⑥随，卞随。颜师古注引应劭曰："卞随，汤时廉士，汤以天下让而不受。"夷，伯夷，商末周初人，孤竹君之子，与弟叔齐互让君位而出奔，曾谏阻武王伐纣。商亡以后，不食周粟，兄弟饿死于首阳山。《史记》有传。溷，污浊。跖（zhí），盗跖，传为春秋时大盗。见《孟子》《商君书》《荀子》《韩非子》等书，《庄子》有《盗跖》篇。蹻（jué），庄蹻，战国时楚人，见《商君书》《吕氏春秋》等书。《汉书》注引李奇曰："跖，秦大盗也。楚之大盗为庄蹻。"廉，廉洁。

⑦莫邪，古代吴国宝剑名，见《吴越春秋》。钝，不锋利。铦（xiān），

锋利。

⑧吁嗟默默，用《卜居》句。生，颜师古注，"先生也"，指屈原。无故，犹无辜。

⑨斡（wò），移置。周鼎，周代传世宝器。宝，珍视。康瓠，空葫芦。裴骃《史记集解》引应劭曰："康，空地。"瓠，瓠子，即葫芦。老化以后，中空，可以为壶，用以盛瓜菜种子。

⑩腾驾，驱使驾车。罢（pí），疲劳，衰弱。蹇驴，跛驴。骥，骏马。垂两耳，马有病貌。服，驾。《战国策·楚策四》："夫骥之齿至矣，服盐车而上太行。蹄申膝折，尾湛胕溃，漉汁洒地，白汗交流，中阪迁延，负辕不能上。伯乐遭之，下车攀而哭之。"

⑪章甫，冠名。荐，垫。履，鞋。渐，近，谓时间短暂。

⑫离，通"罹"，遭受。咎，灾祸。

第一段，简述作赋缘起；控诉社会不平，哀悼屈原之不幸。

讯曰："已矣！国其莫我知兮，独壹郁其谁语？"①凤漂漂其高逝兮，固自引而远去。②袭九渊之神龙兮，沕深潜以自珍；偭蟂獭以隐处兮，夫岂从虾与蛭螾？③所贵圣人之神德兮，远浊世而自藏；使骐骥可得系而羁兮，岂云异夫牛羊？④般纷纷其离此尤兮，亦夫子之故也。⑤历九州而相其君兮，何必怀此都也？⑥凤凰翔于千仞兮，览德辉而下之；见细德之险征兮，遥曾击而去之。⑦彼寻常之污渎兮，岂能容夫吞舟之巨鱼？横江湖之鳣鲸兮，固将制于蝼蚁！⑧

【注释】

①讯，《说文》："讯，问也。"《汉书》作"谇"（suì），读音有异，含

义相同。详解见评析（二）。"已矣！国其莫我知"，用《离骚》"已矣哉！国无人莫我知兮"句。壹（yì）郁，同"悒郁"，失意忧愁之貌。此代屈原设辞。"讯曰"主语是"汝"，即屈原，下文为作者设问的回答。

②高逝，犹言远走高飞。固，犹言坚决。自引，自动离去。

③袭，入，犹言深藏。九渊，深潭。九者，极言其深。汩（mì），潜伏。俛（miǎn），背。蟂獭（xiāo tǎ），两种害鱼动物。蛭螾（zhì yǐn），蚂蟥。

④神德，谓非凡人所能有的高贵品德。骐骥，骏马。《史记正义》："使骐骥可得系缚羁绊，则与犬羊无异。"

⑤般，同《离骚》"斑陆离其上下"之"斑"，乱也。离此尤，遭此灾祸。夫子之故，《文选》李善注："亦夫子自为之故，不可尤人也。"谓其未能高飞远引。故，《说文》："使为之也。"

⑥"历九州"二句，用《离骚》"思九州之博大兮，岂惟是其有女""何所独无芳草兮，尔何怀乎故宇"句意。历，走遍。九州，指各国。相，观察。

⑦千仞，极言其高。仞，长度单位，一仞，有七尺、八尺、五尺六寸诸说。览，看到。德辉，道德的光辉。险征，危险的征象。遥曾去，谓远远高飞。曾，高。

⑧寻常，长度单位，八尺为寻，两寻为常；寻常，言其甚浅。污渎（dú），水沟、泥塘。"横江湖"二句，言鱣（zhān）鲸处于污渎，必受制于蝼蚁。《庄子·庚桑楚》："夫寻常之沟，巨鱼无所还其体，而鲵鳅为之制。"此即用其意。横江湖之鱣鲸，即"吞舟之巨鱼"。鱣鲸，两种大鱼名。固，犹言一定。制，受欺。蝼蚁，蝼蛄与蚂蚁，亦泛指虫蚁。

第二段，惋惜屈原未能高飞远行，因而受制于群小。

【评析】

（一）贾谊以命世之才，自觉不得志，过湘水，作赋以吊屈原。屈贾生平颇相类似，故司马迁将二人同传。贾谊赋也是骚体，吊屈原其实也是"吊"自己，述说屈原的无辜，正是发泄自己的牢骚。赋中短促的词句，急骤的旋律，用大量的比喻，作强烈的对比，表达感情极其愤激，都源于楚辞，与《九章》中《涉江》《怀沙》等尤相类似。

赋第二段指责屈原为什么不高飞远行，"历九州而相其君兮，何必怀此都也？"实际上只是借题发挥抒发自己的幽愤，觉得自己正像横卧江湖的鳣鲸，受制于渺小的蝼蚁。司马迁在《屈原贾生列传》赞中说他"適长沙，过屈原所自沉渊，未尝不垂涕，想见其为人。及见贾生吊之，又怪屈原以彼之材游诸侯，何国不容，而自令若是！"这是一篇《吊屈原赋》的概括，寄寓的是司马迁同样的感慨。

（二）"讯曰：'已矣！国其莫我知兮，独壹郁其谁语？'"裴骃《史记集解》引李奇曰："讯，告也。"又引张晏曰："讯，《离骚》下章乱辞也。"《汉书》颜师古注全引《集解》说，《文选》李善注只引张晏说。朱熹集注引用李奇、张晏注，司马贞《史记索隐》全引《集解》说之后，又说："讯，犹宣也，重宣其意。"

综上诸书，于"讯"字之说三：一曰"告也"；二曰"犹宣也"；三曰"《离骚》下章乱辞也"。后世解贾赋者，或笼统地兼而取之，或于三说中单取一说，而以比附楚辞"乱曰"者为多。

三说皆不准确。

一曰"讯，告也"，出《尔雅·释诂》，虽于训诂为有据，但为什么这里要突然出来"告"一下？谁"告"谁？是作者告诉屈原吗？下面"国其莫我知兮,独壹郁其谁语?"明明是问,而不是告,句中"我"字也不好理解。

二曰"讯,犹宣也,重宣其意"。"讯"字无"宣"义,大概是由"告"引申出来的。写文章把意思加深一层来说是常有的事,但没有必要特别申明,如果这里指"重宣其意",句中的"我"字同样不好理解。

三曰"讯,《离骚》下章乱辞也"。意思是说,这个"讯曰",相当于《离骚》的"乱曰",是辞中用的一个音乐术语。这是由《离骚》"乱曰"比附出来的,并无训诂根据。《离骚》"乱曰"为"乐歌之卒章"(即与文章内容无关,只是一个音乐术语),为它在楚辞中多次出现所证实。而"讯曰"不见于楚辞,把它也看成音乐术语没有根据。

按:"讯",应作"问"讲。《说文》:"讯,问也。""讯曰"两句,是作者借用《离骚》"乱曰"的形式代屈原设辞,主语是省掉了的"你",指屈原。句子中的"我"是屈原自指。句子应该这样标点:"讯曰:'已矣!国其莫我知兮,独壹郁其谁语?'"这样标点的关键,在于把问话加上引号。意思是,(你)说:"算了吧,国内那样地无人了解我,我独自郁郁向谁去诉说呢?"已矣,解作"完了"也可以。这是作者假设的屈原的问话。下面接着是作者的回答。之所以要设此一问,就是为了引出作者自己的话来。作者告诉他,"国其莫我知",你就应该"自引而远去",应该"沕深潜以自珍",不妨"历九州而相其君",而不必固执地"怀此都"。这些当然都是愤激之语,向屈原陈说,实际是发泄自己的愤懑。

"讯曰"《汉书》作"谇曰","谇"亦"问也",含义应与"讯"相同。又《汉书》这一句作"谇曰国其莫吾知兮,子独壹郁其谁语?"第二句多一"子"字。多一"子"字亦通,但,句子应作如下标点:"谇曰:'已矣!国其莫我知兮。'子独壹郁其谁语?"这样标点,引号只用于"已矣"两句。"子独壹郁其谁语"即为作者的话。意思是,(你)说:"算了吧,国内那样地无人了解我呀。"你独自壹郁向谁去诉说呢！——读音之所以有异,《尔雅》郝懿行义疏曰:"盖'讯、谇'二字声相转,古多通用。"

鵩鸟赋①

单阏之岁兮,四月孟夏,庚子日斜兮,鵩集予舍。②止于坐隅兮,貌甚闲暇③。异物来萃兮,私怪其故。④发书占之兮,谶言其度。⑤曰:"野鸟入室兮,主人将去。请问于鵩兮,予去何之?吉乎告我,凶言其灾。淹速之度兮,语予其期。⑥"鵩乃叹息,举首奋翼。口不能言,请对以臆⑦。

【注释】

①此赋并载《史记》《汉书》本传,昭明收入《文选》,文字小有出入,此从《文选》。《史记》本传:"贾生为长沙王太傅三年,有鸮飞入贾生舍,止于座隅。楚人命鸮曰服。贾生既以適居长沙,长沙卑湿,自以为寿不得长,伤悼之,乃为赋以自广。"服,同"鵩",即猫头鹰,古人以为不祥之鸟。自广,自我宽解。

②单阏(chán yè),卯年的别称。《尔雅·释天》:"太岁在卯曰单阏。"汉文帝六年岁在丁卯(前174)。庚子,汉文帝六年四月庚子为阴历二十三日。日斜,日落时,傍晚。集,鸟来栖止。时贾谊二十七岁。

③闲暇,指鵩不惊恐、从容不迫。

④异物,指鵩。萃,《史记》作"集"。野鸟不应进入居室,故觉其怪。

⑤书,指占吉凶的书。谶(chèn),验证,指根据占书验其凶吉。度,

指吉凶之数。

⑥淹速,迟早。语予,告诉我。

⑦臆,心中揣度。《史记》《汉书》并作"意"。赋正文即"请对以臆"的内容。

第一段,叙述鹏集于舍而私怪其故,"乃为赋以自广",具有序言性质。

万物变化兮,固无休息。斡流而迁兮,或推而还。①形气转续兮,变化而嬗。沕穆无穷兮,胡可胜言。②祸兮福所倚,福兮祸所伏;忧喜聚门兮,吉凶同域。③彼吴强大兮,夫差以败;越栖会稽兮,勾践霸世。④斯游遂成兮,卒被五刑;傅说胥靡兮,乃相武丁。⑤夫祸之与福兮,何异纠缠;命不可说兮,孰知其极!⑥水激则旱兮,矢激则远;万物回薄兮,振荡相转。⑦云蒸雨降兮,纠错相纷;大钧播物兮,坱圠无垠。⑧天不可预虑兮,道不可预谋;迟速有命兮,焉识其时!⑨

【注释】

①"万物"四句,谓世间万物永远在变化之中,没有止息。或运转而迁徙,或推移又回还。李善注引《鹖冠子》:"斡流迁徙,固无休息。"斡(wò)流,运转流移。斡,转也。迁,迁徙。推,推移。还(xuán),回还。

②"形气"四句,谓形和气互相转化赓续如连在一起,深微无穷,不可尽言。李善注引《鹖冠子》:"变化无穷,何可胜言。"《庄子·至乐》:庄子妻死,鼓盆而歌。曰:"察其始而本无生,非徒无生而本无形,非徒无形而本无气。杂乎芒芴之间,变而有气,气变而有形,形变而有生,今又变而之死,是相为春秋冬夏四时行也。"庄子所说正"形气转续兮,变

化而蟺"之意。形，有形之物。气，无形之气。转续，转化赓续。而，如同。蟺（chán），《史记》《汉书》作"嬗"，连也。汒穆（wù mù），深微貌。

③"祸兮"四句出《老子》第五十八章："祸兮福之所倚，福兮祸之所伏。"倚，依也。伏，藏也。句中二字实同义。忧喜聚门，吉凶同域，即祸福倚伏之意。

④夫差，春秋末吴国君。勾践，春秋末越国君。吴王夫差二年败越于夫椒，越王勾践仅以甲士五千人栖于会稽，被迫行成（求和）于吴。勾践卧薪尝胆，立志复仇。二十年之后越军伐吴，大败吴师，夫差自杀，吴国遂亡。勾践已平吴，以兵北渡淮水，与齐晋诸侯会于徐州。越兵横行，号称霸王。见《史记·吴太伯世家》《史记·越王勾践世家》。

⑤斯，李斯，楚上蔡人，战国末入秦，佐秦始皇帝灭亡六国，统一天下，为丞相。始皇死，李斯追随赵高，立少子胡亥为二世皇帝。后赵高诬其谋反。"二世二年七月，具斯五刑，论腰斩咸阳市"，夷三族。见《史记·李斯列传》。被，受也。五刑，古代五种刑罚，即墨、劓、剕、宫、大辟。傅说（yuè），商代人，据传曾筑于傅岩之野，后为武丁访得，用以为相，佐武丁中兴。见《尚书·说命》《史记·殷本纪》。胥靡，刑徒。《吕氏春秋·求人》："傅说，殷之胥靡也。"高诱注："胥靡，刑罪之名也。"

⑥纠缦，两股线撚成绳曰纠，三股线撚成绳曰缦。李善注引《鹖冠子》："祸与福如纠缦也。"命，天命、命运。说，解说。极，止境。

⑦激，受外力冲激。旱，通"悍"，疾猛、猛烈。矢，箭。回薄，循环相迫变化无常。振荡，同震荡。李善注："言矢飞水流，各有常度，为物所激，或旱或远，斯则万物变化，乌有常则乎！《鹖冠子》曰：水激则悍，矢激则远，精神回薄，振荡相转。"

⑧"云蒸"二句，谓云上升，雨下落，纠错在一起。蒸，上升。降，下落。

大钧，犹言造化、大自然。制陶者用的转轮叫钧，制陶者在钧上铸造各种陶器，造化创造万物，故曰大钧。播，运转创造。块圠（yǎng yà），无边际之貌。垠，边际。

⑨天，自然。预，参与。《史记》《汉书》作"与"。道，自然之道。虑、谋，同义，谋划。李善注引《鹖冠子》："天不可预谋，道不可预虑。"

第二段用道家哲学来解说祸福吉凶总是互相倚伏，天道深微，不可预为谋虑。

且夫天地为炉兮，造化为工；阴阳为炭兮，万物为铜。①合散消息兮，安有常则？千变万化兮，未始有极！②忽然为人兮，何足控抟；化为异物兮，又何足患！③小智自私兮，贱彼贵我；达人大观兮，物无不可。④贪夫殉财兮，烈士殉名。夸者死权兮，品庶每生。⑤怵迫之徒兮，或趋西东；大人不曲兮，意变齐同。⑥愚士系俗兮，窘若囚拘；至人遗物兮，独与道俱。⑦众人惑惑兮，好恶积亿；真人恬漠兮，独与道息。⑧释智遗形兮，超然自丧；寥廓忽荒兮，与道翱翔。⑨乘流则逝兮，得坻则止；纵躯委命兮，不私与己。⑩其生兮若浮，其死兮若休；⑪澹乎若深渊之静，泛乎若不系之舟。⑫不以生故自宝兮，养空而浮；⑬德人无累兮，知命不忧。⑭细故蒂芥兮，何足以疑！⑮

【注释】

①炉，冶炼金属之炉。造化，大自然。工，冶炼工。阴阳，指化生万物的力量。《易·系辞上》："阴阳不测之谓神。"疏："天下万物，皆由阴阳。或生或成，本其所由之理，不可测量之谓神也。"铜，代指冶炼之物。此以冶炼为喻，人与万物生于天地之间，自然化育，如同冶炉熔炼金属。《庄

子·大宗师》:"夫大块载我以形,劳我以生,佚我以老,息我以死;故善吾生者,乃所以善吾死也。""今一以天地为大炉,以造化为大冶,恶乎往而不可哉!"

②"合散"四句,谓万物或聚或散,或生或灭,哪有一定准则;千变万化,永远没有穷尽。《庄子·知北游》:"人之生也,气之聚也。聚则为生,散则为死。"又,《大宗师》:"若人之形者,万化而未始有极也。"合,聚合。散,分散。消,消亡。息,生长。常则,固定的准则。未始,未尝。极,穷尽、极际。

③"忽然"四句,谓偶然生成为人,何需爱惜珍贵;而后化为异物,也无须忧虑。忽然,犹偶然。控抟,李善注:"爱生之意也。孟康曰:'控,引也。抟,持也。言人生忽然,何足引持自贵惜也。'"《史记集解》引如淳曰:"控抟,玩弄爱生之意也。"《索隐》:"控抟,谓引持而玩弄爱生意也。"异物,谓人死变成别的东西。

④小智,智识低贱之人。自私,指私爱生命。贱彼,以化为异物为贱。贵我,以我之生命为贵。达人,通达之人。《史记》作"通人"。大观,犹达观。物无不可,化为异物都无所不可。此以"小智"与"达人"相对。李善注引《鹖冠子》:"小智立趣,好恶自惧;达人大观,乃见其符。"《庄子·齐物论》:"物固有所然,物固有所可;无物不然,无物不可。"《秋水》:"以道观之,无贵无贱;以物观之,自贵而相贱。"

⑤贪夫,贪婪之人。殉,以身从物曰殉。一作"徇",义同。烈士,刚烈之士。夸者,虚夸之人,指好虚名贪权势者。权,权势。李善注引《列子》:"胥士之殉名,贪夫之殉财,天下皆然,不独一人。"品庶,众庶、众人。每,《汉书》注引孟康曰:"每,贪也。"《史记》作"凭",《集解》也引孟康曰:"凭,贪也。"虚夸之人,为权力而死,一般人贪恋生命。李善注引《鹖冠子》:

"夸者死权，自贵矜容殉名。""贪夫"四句中"贪夫、烈士、夸者、品庶"，都属小智。

⑥怵迫之徒，面对人生死变化感到恐惧窘迫之人。或趋西东，犹言仓皇奔走。大人，犹达人。不曲，不屈从任何变化。意变，《史记》作"亿变"，犹言千变万化。齐同，即《庄子》"齐物论"之意。

⑦"愚士"四句，意谓下愚之人牵于俗累，窘迫如同拘囚；至人遗弃外物，与道同在。愚士，下愚之人。系，牵累。俗，俗尚。至人，道家指修养极高的人。《庄子·逍遥游》："至人无己，神人无功，圣人无名。"遗物，遗忘外物，即不为俗累。道，此指老庄之道。《老子》第二十五章："有物混成，先天地生，寂兮寥兮，独立而不改，周行而不殆，可以为天地母。吾不知其名，字之曰道。"可知老子之"道"是宇宙的本原；作为意识形态，则是与之相应的认识，其本质是顺应自然，不为外物所累。

⑧"众人"四句，意谓众人昏乱，好恶积之万亿；真人恬淡虚静，与道并存。众人，普通人。惑惑，惑之又惑，昏乱浑糊。好恶，爱憎。积亿，李善注引李奇曰："所好所恶，积之万亿也。"真人，得道之人。《文子》："得天地之道，故谓之真人也。"《庄子·大宗师》："何谓真人？古之真人，不逆寡，不雄成，不谟士。若然者，过而弗悔，当而不自得也。若然者，登高不栗，入水不濡，入火而热。是知之能登假于道者若此。""古之真人，不知悦生，不知恶死，其出不䜣，其入不距；翛然而往，翛然而来而已矣。"恬漠，淡泊虚静。《庄子·天道》："夫虚静恬淡寂漠无为者，天地之平而道德之至。"又曰："夫虚静恬淡寂寞无为者，万物之本也。"息，生，犹言存在。

以上诸句，"小智自私"与"达人大观"，"怵迫之徒"与"大人不曲"，"愚士系俗"与"至人遗物"，"众人惑惑"与"真人恬漠"，皆一一相对。小智、怵迫之徒、愚士、众人，皆智识低贱者，达人、大人、至人、真人，皆道德修养高超者。

⑨释智，去掉智慧。遗形，遗忘形体。超然，超脱物外。自丧，丧失自我，如《庄子·齐物论》南郭子綦所谓"吾丧我"。寥廓，空虚无际涯之貌。忽荒，犹"恍惚"，无形无象之貌。与道翱翔，义同"独与道俱""独与道息"。

⑩流，水流。坻（chí），水中小洲。纵躯委命，纵任生命委之自然，如随水流，流到哪里就在哪里。李善注引《鹖冠子》："纵躯委命，与时往来。"

⑪"其生兮若浮，其死兮若休"，语出《庄子·刻意》"其生若浮，其死若休"。上文"乘流则逝兮，得坻则止"即是此意。

⑫澹，水静貌，引申为坦然安定之意。深渊，原作"深泉"，唐人避高祖讳改，此从《史记》。泛，浮动。《庄子·在宥》："其居也渊而静。"又，《列御寇》："泛若不系之舟，虚而遨游者也。"

⑬自宝，自我贵重。养空而浮，《汉书》注引服虔曰："道家养空，虚若浮舟也。"

⑭德人，犹达人。无累，不为外物所累。《庄子·天地》："德人者，居无思，行无虑。"又，《刻意》："（圣人）循天之理，故无天灾，无物累，无人非，无鬼责；其生若浮，其死若休，不思虑，不豫谋。"《易·系辞上》："乐天知命，故不忧。"乐天，乐其自然。

⑮细故，细小事情。蒂芥，《汉书》颜师古注："小鲠也。"引申为小事情，此即指鵩鸟入室之事。谓系小事，不用疑虑。

第三段，说明天理深微，千变万化，未始有极；只有纵躯委命，与道并存，生死也无须计较，细故蒂芥更不需疑虑。

【评析】

一只野鸟飞进屋来，只是一件偶然小事，却使满怀忧愤的贾生感到惊恐，又是发书，又是验谶，并作了这篇独特的《鵩鸟赋》。说是赋咏鵩鸟，实际除开头叙述缘起和结尾点出"细故蒂芥，何足以疑"以外；正文没有一个字涉及鵩，全篇都是关于死生祸福的剖析。

赋的主体分为两段，前一段从客观上论述祸福相互倚伏，后一段从主观上说明如何对待生死。贾谊对道家特别是庄子有深入的研究和领会，遗憾的是他主要接受了消极的部分。在这篇赋里，固然阐明了万物变化固无休息，祸福倚伏有同纠缠的辩证观点，但他的结论却是"命不可说兮孰知其极""天不可预虑兮道不可预谋"，在天道命运面前人完全无能为力。这与曹孟德"盈缩之期不但在天，养怡之福可得永年"那种积极精神不可同日而语。在对待生死问题上，他似乎全盘接受了庄子消极的人生哲学，认为生命不值得宝贵，化为异物也不足忧虑；人生应该是"纵躯委命，不私与己"，一切都顺天委命，任其自然；如同随水漂流，流到哪儿就在哪儿。

为什么"独与道俱""独与道息"就可以"不以生故自宝"，"化为异物"也不足为患？这涉及道家特别是庄子的人生哲学。道家认为"道"是宇宙间的客观存在，先天地生而又永恒不灭，世间万物无不是由道所生成。人偶然之间成了人，而后又化为异物，就体道而言并无区别，所以庄子说"天地与我并生，而万物与我为一"（《齐物论》）。世间万物无不虚幻，"千变万化，莫知其极"。既然如此，所以生死可以等同，"其生兮若浮，其死兮若休"，是无须计较的。愤世嫉俗的庄子休用这种荒唐悠谬之说来聊以自解；贾谊"为赋以自广"，无非也是这个意思。这种虚无缥缈的理论，只是空设言语，并不能解决现实生活中的矛盾。在这篇赋里，尽管作者一再宣布要同至人真人一样,"独与道俱""独与道息",知命可以不忧,对于"细故蒂芥"无须疑虑,反反复复做出声明以后,他"自以寿不得长"的伤悼心情一点没有减轻;所谓"为赋以自广"即自我宽解,完全没有达到目的。如果他真能齐同生死,与道俱息,根本就无须说这么多废话。

　　历史上有才不得伸展的志士才人何止万千,不少成功的英杰也大都饱历艰辛,贾生在这些人中并不算太不幸。他年纪轻轻即受知于汉文帝,一岁之中由博士超迁至大中大夫,后虽受到故旧大臣的阻挠,出为长沙王太傅,也不能说是贬逐,只能说是来日方长。但这位过于自负又易于伤感的年轻人乃至如此忧愁愤懑,以至无以自存。司马迁将贾谊与屈原合传,因为他们都受谗远谪,其实两人有很大的不同。屈原经历长期反复激烈的斗争,他虽受到谗害,遭到放逐,但仍然坚贞不屈。后来看到国家隳败,恢复无望,才抱石自沉,他是为国而死的。贾谊的境况大不相同,他并未受到太大的打击,稍一受挫,便如此灰心。他初渡湘水为赋以吊屈原,即满怀愤懑;在长沙短短的三年,到作《鵩鸟赋》之时,更是无限忧伤。论卓荦的才华与敏锐的政治见解,贾谊也许下不于屈原;论器量和斗志,他远不能同伟大诗人相提并论。苏东坡《贾谊论》,认为"贾生王者之佐,而不能自用其才",说他"不善处穷""志大而量小,才有余而识不足",是极其中肯的批评。

　　《吊屈原赋》具有强烈的抒情性,愤激之情溢于言表;《鵩鸟赋》却是一篇哲理赋。赋中反复论述祸福倚伏之理,探索人生命运之谜,引喻取譬,鞭辟入里,耐人寻味,发人深思,在古代赋作中别开生面,很可能独一无二。在阐述哲理的外表下,隐含着无尽忧愁幽思,这也与《吊屈原赋》一脉相承。

淮南小山

淮南小山，《楚辞章句》："昔淮南王安，博雅好古，招怀天下俊伟之士。各怀才智，著作篇章，分造词赋，以类相从，故或称'小山'，或称'大山'，其义犹《诗》有《小雅》《大雅》也。"据此，"小山""大山"似作品类别之名，是淮南王刘安宾客所作。

刘安（前179—前122），汉高祖庶子刘长之子，袭父封立为淮南王。刘安好读书，汉武帝曾使作《离骚传》，"旦受诏，日食时上"。招致宾客方术之士数千人，著述甚多，今存《淮南子》二十一篇。武帝元狩元年因谋反事败自杀。见《史记·淮南衡山列传》与《汉书·淮南衡山济北王传》。

招隐士[①]

桂树丛生兮山之幽，偃蹇连蜷兮枝相缭。[②]山气巃嵸兮石嵯峨，溪谷崭岩兮水曾波。[③]猿狖群啸兮虎豹嗥，攀援桂枝兮聊淹留。[④]王孙游兮不归，春草生兮萋萋。[⑤]岁暮兮不自聊，蟪蛄鸣兮啾啾。[⑥]

块兮轧，山曲岪，心淹留兮恫慌忽。[⑦]罔兮沕，憭兮栗，虎豹穴，丛薄深林兮人上栗。[⑧]嵚岑碕礒兮，碅磳磈硊。[⑨]树轮相纠兮，林木茷骫。[⑩]青莎杂树兮，薠草靃靡。[⑪]白鹿麇麚兮，或腾或倚。[⑫]状貌崟崟兮峨峨，凄凄兮漇漇。[⑬]猕猴兮熊罴，慕类兮以悲。[⑭]

攀援桂枝兮聊淹留。虎豹斗兮熊罴咆，禽兽骇兮亡其曹[⑮]。王孙兮归来！山中兮不可以久留！

【注释】

①本篇选自《楚辞章句》,又见《文选》。招隐士,征召山林隐士出山。

②桂树,木名,即木樨。山之幽,山林幽深之处。偃蹇(yǎn jiǎn)、连蜷,皆屈曲之貌。此用作枝条交相纠结之意,即下文"枝相缭"之意。缭,纠结。

③山气,山中云雾。巃嵷(lóng sǒng),山势高峻之貌,此用作云气聚集缭绕之意。嵯峨(cuó é),山石高耸貌。崭岩,通"巉岩",山石险峻貌。曾波,层层波浪。曾,通"层"。

④猿狖(yòu),猿猴。嗥,洪兴祖补注:"嗥,胡高切,咆也。""攀援桂枝"句,主语即隐士,亦即下文的王孙。聊,且也。淹留,逗留。

⑤王孙,本指王者的后人,后也用以泛指贵族子弟或智士才人。萋萋,草盛貌。

⑥不自聊,自觉无所聊赖。蟪蛄,蝉的一种,此泛指蝉。啾啾(jiū),蝉鸣声。

⑦坱(yǎng)兮轧(yà),王逸注:"雾气昧也。"兮,语气词。曲岪(fú),山势盘纡曲折。恫(dòng),恐惧。慌忽,同"恍惚",心神慌乱。此句意谓雾气弥漫,山势盘曲,心怀恐惧,恍惚不安。

⑧罔兮沕,犹"恍惚"。憭兮栗,恐惧战栗。丛薄,草木丛生。人上栗,人到此即恐惧发颤。

⑨嶔岑(qīn cén)、碕礒(qǐ yǐ)、碅磳(jūn zēng)、磈硊(wěi wěi),皆山石耸峙之貌。

⑩树轮,大树横枝。洪兴祖补注引五臣云:"轮,横枝也。"莍骫(bá wěi),王逸注:"枝条盘纡。"

⑪青莎(suō),即指青草。莎,草名。蘋(fán),草名。靃靡(suǐ

mǐ），草木细弱，随风披拂之貌。

⑫麇（jūn），兽名，即獐子。麚（jiā），公鹿，此泛指鹿。腾，跳跃。倚，倚伏。

⑬状貌，形貌。嶙嶙（yín）、峨峨（é），《文选》吕向注："头角高貌。"凄凄、洗洗（xǐ），王逸注："衣毛若濡也。"洪兴祖补注："润也。"

⑭熊罴（pí），兽名。罴，棕熊。慕类，追求同类。悲，悲鸣。

⑮骇，惊骇。亡其曹，失群奔散。曹，同类。

【评析】

王逸《楚辞章句》认为《招隐士》是为屈原而作，谓"桂树芬香，以兴屈原之忠贞也"。他认为，赋文"皆陈山林倾危，草木茂盛，麋鹿所居。虎兕所聚，不宜育道德，养性灵，欲使屈原还归郢都也"。此系牵强附会，捕风捉影，屈原不是隐士，被楚王流放，并非归隐山林。屈原"游于江潭，行吟泽畔"，与《招隐士》描述的环境完全不同。王夫之《楚辞通释》谓"此篇义尽于招隐，为淮南召致山林潜伏之士，绝无闵屈子而章之之意"。船山所说，完全正确。淮南王刘安表面上"好读书，鼓琴，不喜弋猎狗马驰骋"，实际上一心想谋取皇位，"时欲畔逆"，故"行阴德拊循百姓，流誉天下，招致宾客方术之士数千人"，以畜养自己的势力。《招隐士》暗里是为这种政治目的服务，招募的不只是山林隐士，而更是"天下俊伟之士"。文章出于淮南，无疑是"招"他们成为淮南王的"宾客"。

征召山林"隐士"，不是呼唤他们出来建功立业，而是集中笔力，极大夸诞地描绘山野的阴森险恶，山间的树木也枝柯缭绕，山气也荫翳巃嵷，溪谷嶙岩，溪流波涌；尤其可怕的是猿狖群啸，虎豹聚噂，连禽兽也惊骇奔窜，人们在这里"心淹留兮恫慌忽""丛薄深林兮人上栗"，简直无法生存。诗人于此大声呼唤："王孙兮归来！山中兮不可以久留！"山中不可以久留，到哪儿去呢？作者明明在呼唤"王孙兮归来"，那里便是他们的去处。这是在特殊条件下使用特殊手法发表的特殊作品。

文化士人向往荣名利禄，实属常情，是不用"招"的。然而在封建社会，人们真正进入仕途后，往往会感到官场的险恶，如此又怀想归隐山林，诗史上征召隐士出山，似仅有淮南小山《招隐士》一篇，而歌咏归隐山林的作品却颇为不少。晋代陆机、左思、张载并有《招隐诗》，没有标出"招隐"字样而表现归隐之意的作品更多不胜举。"招隐"的内涵与《招隐士》完全相反。

《招隐士》文章不长，却摆脱不了汉赋隆盛时期的风气，铺陈辞藻，排比联翩，历史上不失为名作。随着时间的推移，语言的变化，《招隐士》中的词汇，现在读来，生僻古奥，佶屈聱牙，严重地影响作品的艺术感染力。唯文中"王孙游兮不归，春草生兮萋萋""王孙兮归来！山中兮不可以久留"，两组四句，平易生动，成为千秋名句，被后世诗人反复化用。如南朝谢灵运《悲哉行》诗："萋萋春草生，王孙游有情。"唐王维《山居秋暝》诗："随意春芳歇，王孙自可留。"《山中送别》诗："春草明年绿，王孙归不归？"白居易《赋得古原草送别》诗："又送王孙去，萋萋满别情！"温庭筠《杨柳枝》词："系得王孙归意切，不关春草绿萋萋。""王孙"一词，在这些作品中，成为情人、友人的替代词，与王室后裔不相干了。

刘　彻

刘彻（前156—前87），即汉武帝，景帝后元三年（前141）即位。汉武帝是历史上有名的皇帝，他在位期间，巩固中央政权，消灭割据势力，反击匈奴南侵，安定西南边境；文治武功，都有突出成就。武帝好辞赋，又兴乐府采集歌谣，对汉代文学的发展有重大意义。在位五十四年，前87年去世，终年七十。

秋风辞①

秋风起兮白云飞，草木黄落兮雁南归②。兰有秀兮菊有芳，携佳人兮不能忘。③泛楼船兮济汾河，横中流兮扬素波④，箫鼓鸣兮发棹歌⑤。欢乐极兮哀情多，少壮几时兮奈老何！

【注释】

①本篇选自《文选》卷四十五，又见《乐府诗集》卷八十四引《汉武故事》。

②草木黄落兮雁南归，化用《礼记·月令》，"鸿雁来宾""草木黄落"。

③秀、芳，皆花也。携，带领。

④汾河，源出山西宁武管涔山，西南流至河津注入黄河。中流，河中央。

⑤棹歌，行船歌唱。棹，桨。

【评析】

本篇《文选序》云:"上行幸河东,祠后土,顾视帝京欣然,中流与群臣饮燕,上欢甚,乃自作《秋风辞》。"按,《汉书·武帝纪》记汉武帝行幸汾阳河东祀后土凡六次,皆在三月。《武帝纪》记元鼎四年(前113),"东幸汾阳,十一月甲子,立后土祠于汾阴脽上"。逯钦立先生认为,作《秋风辞》即在此次(见逯编《先秦汉魏晋南北朝诗》汉诗卷一)。武帝时年四十四岁。

"秋风起兮白云飞,草木黄落兮雁南归。"开头两句即描绘出一个秋高气爽、北雁南飞的开阔境界。"兰有秀兮菊有芳",既是秋天实有的物候,又具有对下句"佳人"的比兴意义。携,带领。佳人,《文选·谢灵运〈南楼中望所迟客〉》:"佳人殊未适。"吕向注:"佳人,谓君子也。"又,《文选·陶潜〈拟古诗〉》:"佳人美清夜。"吕向注:"佳人,谓贤人也。"忘,《集韵》:"忘,弃忘也。"《文选·陆机〈叹逝赋〉》:"乐隤心其如忘。"李善注:"忘,失也。"辞中"佳人"应谓贤人君子,亦即序中之"群臣"。武帝爱重人才,故曰贤人君子不能离弃。携,一作"怀",谓怀思君子贤人,不能遗忘,于义亦通。"泛楼船兮"三句,写出行幸汾河,泛舟中流,鸣箫鼓发棹歌的热烈场景。最后两句,欢乐之中,感到年光有限,青春易逝。时武帝人过中年,欢乐之极,未免有"少壮几时兮奈老何"的感叹,这是人之常情。整篇作品表现的还是这位大有作为的皇帝雄横豪放之气,而并无暗淡消沉之色;较之汉高祖"大风起兮云飞扬"的气势有过之而无不及。

司马迁

司马迁（约前145或前135—？），字子长，夏阳（今陕西韩城南）人，西汉伟大的文学家和史学家。父司马谈，武帝建元、元封间任太史令。司马迁少而好学，二十以后，游踪几遍全国。元封三年（前108）继任太史令，参与制订太初历，并开始写《史记》。天汉三年（前98），因在还不了解情况之时替投降匈奴的李陵辩解，被下狱处腐刑。出狱后发愤著书，以坚韧不拔的毅力撰成历史巨著《史记》。另有《报任少卿书》传世，其卒年未详。

悲士不遇赋①

悲夫士生之不辰，愧顾影而独存。②恒克己而复礼，惧志行之无闻。③谅才韪而世戾，将逮死而长勤。④虽有行而不彰，徒有能而不陈。⑤何穷达之易惑，信美恶之难分。⑥时悠悠而荡荡⑦，将遂屈而不伸。使公于公者，彼我同兮；私于私者，自相悲兮。⑧天道微哉，吁嗟阔兮；人理显然，相倾夺兮。⑨好生恶死，才之鄙也；好贵夷贱，哲之乱也。⑩照照洞达，胸中豁也；昏昏罔觉，内生毒也。⑪我之心矣，哲己能忖；我之言矣，哲己能选。⑫没世无闻，古人惟耻；朝闻夕死，孰云其否？⑬逆顺还周，乍没乍起。理不可据，智不可恃。⑭无造福先，无触祸始；⑮委之自然，终归一矣。⑯

【注释】

①本文选自严可均《全汉文》,严辑自《艺文类聚》卷三十。

②生之不辰,犹言生不逢时。《诗·大雅·桑柔》:"我生不辰,逢天僤怒。"(僤,盛。)辰,时。愧,愧恨。

③恒,经常、总是。克己而复礼,约束自己而使之合于礼教规范。《论语·颜渊》:"颜渊问仁。子曰:'克己复礼为仁。一日克己复礼,天下归仁焉。'"志行,志向行为。

④谅,信。才韪(wěi)而世戾,谓才能虽是而时世多非。才,才能。韪,是。世,时世。戾,乖违。逮,至。勤,忧虑。《楚辞·远游》:"惟天地之无穷兮,哀人生之长勤。"

⑤行,品德。彰,显扬。能,才能。陈,施展。《论语·季氏》:"陈力就列,不能者止。"

⑥穷,穷困、逆境。达,显达、顺境。惑,迷惑。信,确实。

⑦时悠悠而荡荡,言时俗世风败坏。悠悠,渺邈难期之貌。荡荡,《诗·大雅·荡》郑玄笺:"荡荡,法度废坏之貌。"

⑧"使公于公者"二句:言如能秉公对待一切,则彼我均可等同。即贾谊《鵩鸟赋》"达人大观兮,物无不可""大人不曲兮,意变齐同"之意。"私于私者"二句:言若人都私于一己,结果必然各"自相悲"。即贾赋"小智自私兮,贱彼贵我"之意。"贱彼贵我"与"彼我同"正相反。

⑨"天道微哉"四句,"人理"与"天道"相对,"显然"与"微哉"相对,言人理显系互相倾夺,则所谓天道又何在焉。《史记·伯夷列传》:"或曰:'天道无亲,常与善人。'……吾甚惑焉,傥所谓天道,是邪非邪?"与此义同。天道,犹天命。微,幽深。吁嗟阔矣,化用《诗·邶风·击鼓》诗

句,言天道幽远。吁嗟,叹词。阔,邈远。

⑩"好生恶死"四句:"才"与"哲"互文,通指才智之士、明哲之人。之,犹所。鄙,鄙弃。夷,轻视。乱,反对。言好生恶死,为智士哲人所鄙弃;好贵夷贱,为智士哲人所反对。

⑪照照:明净透彻之貌。《历代赋汇》作"昭昭",义同。洞达,通达坦荡。豁,开阔。昏昏,惑乱昏聩之貌。罔觉,无知、不悟。内,内心,与上文"胸中"同义。毒,邪恶。《书·盘庚》:"惟汝自生毒,乃败祸奸宄,以自灭于厥身。"

⑫忖,揣度、理解。《孟子·梁惠王上》:"(齐宣)王说,曰:'《诗》云"他人有心,予忖度之",夫子之谓也。'"引诗见《诗·小雅·巧言》。选,抉择。

⑬没世,犹言终身。无闻,不为人所知。《论语·卫灵公》:"子曰:'君子疾没世而名不称焉。'"闻,指闻道。《论语·里仁》:"子曰:'朝闻道,夕死可矣。'"否,错误。

⑭逆顺,犹言凶吉。还周,谓循环反复、变化不定。乍,骤然,言"逆顺"无定,骤起骤灭。"理不可据"二句:言自然规律不可抗拒,人的理解能力和智力都不可靠。今本《艺文类聚》无此二句。

⑮"无造福先"二句:道家谓祸福无定,可以互相转化,故不要造福,也不要触祸。语本《老子》第五十八章"祸兮福之所倚,福兮祸之所伏"。造,到。

⑯委之自然,终归一矣,即贾谊《鹏鸟赋》"纵躯委命""独与道俱"之意。一,道家哲学中"道"之同义语,为世间万物之本体,无法感知之永恒存在,亦为理想之最高境界。

【评析】

司马相如、枚皋等人用大量的鸿篇巨制,为汉武之世烘染出缤纷烂漫的霞彩盛世；司马迁却在他那不朽的巨著《史记》之外，用体制特短的小赋，反映了这个光华时代的另外一面，阴暗的一面。

这篇二百零二字的微型小赋，内容却相当丰富而深刻。它以作者特有的沉郁的风格，揭露了不合理的社会现象，表达了自己的愤懑和悲哀、理想和操节。他"恒克己而复礼，惧志行之无闻"，希望有所作为；对社会现实又有清醒的认识，做好了充分的准备，不管遭受怎样的命运也要坚持战斗。他看到统治阶级到处相互倾轧，美恶难分，而所谓"天道"却邈不可测，对"天道"表示了怀疑。但他并不因此消极地对待人生，而以古代哲人为楷模，鄙弃那种"好生恶死""好贵夷贱"，庸俗卑下的人生观。他一方面用儒家"君子疾没世而名不称焉""朝闻道夕死可矣"的格言勉励自己，另一方面又用道家"逆顺还周""委之自然"的思想来求得精神上的解脱。

这种儒道兼用的哲学，确是司马迁人生观的根本。他在《伯夷列传》里揭露了许多不合理的社会现象，对"天道"表示怀疑，之后又引用了孔子的格言，表明即使在艰难逆境中也必须坚持操守，同这篇赋的精神实质完全一致。他在《屈原贾生列传》里全文录用贾谊《鵩鸟赋》，宣扬"至人遗物兮，独与道俱""纵躯委命兮，不私与己"的道理，在这篇赋里也同样得到了印证。这种外儒内道的处世哲学，对后世有着长远的影响。

从这篇小赋的思想内容和艺术风格推测，当是司马迁晚年之作。这是一篇格言赋，是司马迁生平的总结，修养的箴铭。明澈而沉静的思想，犹如风暴之后天边放出的一抹斜阳，犹如秋深月夜从天际传来的几声雁唳，引起人们无限的追思和遐想。没有大段的铺叙，没有夸诞的描写，语言朴质深刻，高度概括，这在赋中极其罕见。

班婕妤

　　班婕妤①，楼烦（今山西宁附近）人。汉成帝初选入宫，为婕妤。"居增成舍，再就馆，有男，数月失之。"成帝尝欲与婕妤同载，婕妤辞曰："观古图画，圣贤之君皆有名臣在侧，三代末主乃有嬖女，得无近似乎？"太后闻之②，喜曰："古有樊姬③，今有班婕妤。"时成帝隆于内宠，婕妤进侍者李平，平得幸，亦立为婕妤。其后赵飞燕姊妹大幸，班婕妤及许皇后皆失宠。成帝鸿嘉三年（前18）赵飞燕诬告许皇后、班婕妤挟媚道诅咒后宫，许皇后被废。考问班婕妤，婕妤曰："妾闻死生有命，富贵在天，修正尚未蒙福，为邪欲以何望？使鬼神有知，不受不臣之诉；如其无知，诉之何益？故不为也。"得到成帝的怜悯。婕妤恐久见危，求供奉太后长信宫。如此退居东宫。作赋自伤悼。至成帝崩，婕妤充奉园陵，薨，因葬园中。见《汉书》本传。

【注释】

①婕妤，女官名，实为妃妾之一。汉武帝始设。

②太后，孝元王皇后（前70—13），成帝之母。

③樊姬，春秋楚庄王夫人。庄王好狩猎，樊姬屡谏不止，乃不食禽兽之肉；王改过，勤于政务。王尝退朝罢晏，姬问之，曰："与贤者虞丘子语。"姬曰："虞丘子相楚十余年，未闻进贤退不肖，是蔽君而塞贤路。"虞丘子闻之，乃进孙叔敖，庄王以为令尹，三年而霸天下。见《列女传》。

自悼赋①

承祖考之遗德兮，何性命之淑灵。②登薄躯于宫阙兮，充下陈于后庭。③蒙圣皇之渥惠兮，当日月之圣明。④扬光烈之翕赫兮，奉隆宠于增成。⑤既过幸于非位兮，窃庶几乎嘉时⑥。每寤寐而累息兮，申佩褵以自思。⑦陈女图以镜监兮，顾女史而问诗。⑧悲晨妇之作戒兮⑨，哀褒阎之为邮⑩；美皇英之女虞兮，荣任姒之母周。⑪虽愚陋之靡及兮，敢舍心而忘兹。⑫历年岁而悼惧兮，闵蕃华之不滋。⑬痛阳禄与柘馆兮，仍襁褓而离灾。⑭岂妾人之殃咎兮，将天命之不可求。⑮白日忽已移光兮，遂暗莫而昧幽。⑯犹被覆载之厚德兮，不废捐于罪邮。⑰奉共养于东宫兮，托长信之末流。⑱共洒扫于帷幄兮，永终死以为期。⑲愿归骨于山足兮，依松柏之余休！⑳

重曰㉑：潜玄宫兮幽以清，应门闭兮禁闼扃。㉒华殿尘兮玉阶苔，中庭萋兮绿草生。㉓广室阴兮帏幄暗，房栊虚兮风泠泠㉔。感帷裳兮发红罗，纷綷縩兮纨素声。㉕神眇眇兮密靓处，君不御兮谁为荣？㉖俯视兮丹墀，思君兮履綦；仰视兮云屋，双涕兮横流。㉗顾左右兮和颜，酌羽觞兮销忧。㉘惟人生兮一世，忽一过兮若浮㉙。已独享兮高明，处生民兮极休。㉚勉虞精兮极乐㉛，与福禄兮无期。《绿衣》兮《白华》，自古兮有之。㉜

【注释】

①《自悼赋》，据《汉书》本传。又见《列女传》，略见于《艺文类聚》

与《初学记》。悼,伤悼、哀伤。

②承,继承。祖考,班倢伃先祖班壹秦末"避地楼烦",汉初"以财雄边"。壹生班孺。孺生班长,"官至上谷守"。长生班回,回"以茂材为长子令"。回生班况,况即班倢伃之父,举孝廉为郎,积功劳至上河农都尉,入为左曹越骑校尉。何,颜师古注:"任也,负也。"《列女传》作"荷",义同。性命,犹本性。淑灵,善良。——班况兄弟班伯、班游、班稚,并有名于当世。稚子为班彪,彪子是大文学家班固与威震西域的定远侯班超,女为续完《汉书》的曹大家班昭;故班倢伃为班彪姑母,班固、班超、班昭祖姑。一门才俊,中国历史上罕有其匹。

③登,升。薄躯,犹贱躯。宫阙,帝王宫殿之前有双阙,此即指皇宫。下陈,后宫。《战国策·齐策四》:"狗马实外厩,美人充下陈。"此代指后宫美人。后庭,后宫。

④圣皇,指汉成帝。渥惠,厚恩。颜师古注:"渥,厚也。"日月之圣明,形容太平时代。

⑤扬,发扬。光烈,犹光辉。翕赫,犹显赫,声威盛大之貌。奉隆宠,言极受宠爱。奉,受。增成,宫舍之名。注引应劭曰:"后宫有八区,增成第三也。"此即本传所述"为倢伃,居增成舍"。前一句状皇上之声威,后一句言自身受宠幸。

⑥窃,谦辞,言不应得而得到。庶几,本近于、近似之意,因《易·系辞下》有"颜氏之子,其殆庶几乎"之语,因以"庶几"代指可以成材之意。嘉时,美好的时代。此谦言自己竟可成材于美好的时代。

⑦每,经常、总在。寤寐,睡觉之时与睡醒之时。累息,犹言反复地思考。累,重也,犹言反复不断。息,亦思也。朱骏声《说文通训定声》:"息,假借,又为思。"申,束也。《汉书·宣帝纪》:"数申诏公卿大夫。"颜师古注:

"申,束也。"佩褵,妇女佩巾。颜师古注:"女子适人,父亲结其褵而戒之,故云自思也。"前一句写夜间寤寐之间,后一句写白天束系佩巾之时,皆反复思考,警告自己。

⑧女图,古代贤惠后妃的肖像画。镜监,如引镜自照,以为监戒。顾,视也、念也。女史,女官名。《周礼·天官》:"女史,掌王后之礼职,以诏后治内政。逆内宫,书内令,凡后之事以礼从。"问诗,即学诗。

⑨晨妇,指淫乱于政的后妃,实指殷纣王妃妲己。《书·牧誓》:"牝鸡无晨。牝鸡之晨,惟家之索。"孔氏传:"索,尽也。喻妇人知外事,雌代雄鸣则家尽,妇夺夫政则国亡。"《国语·晋语一》:"殷辛伐有苏,有苏氏以妲己女焉。妲己有宠,于是与胶鬲比而亡殷。"《史记·殷本纪》谓"(纣)爱妲己,妲己之言是从"。《周本纪》谓"殷王纣乃用其妇人之言,自绝于天"。作戒,犹言"行诈",与下句"为邮"相对应。戒,朱骏声《说文通训定声》:"戒,假借为诫。"诫(jiè),饰也,此用作贬义,虚饰诈伪之意。

⑩褒阎,即周幽王后褒姒。《诗·小雅·正月》:"赫赫宗周,褒姒灭之。"又,《诗·小雅·十月之交》:"艳妻煽方处。"毛传:"艳妻,褒姒。美色曰艳。煽,炽也。"按,韩诗作"阎妻扇方处",阎,通"艳"。《国语·晋语一》:"周幽王伐有褒,褒人以褒姒女焉。褒姒有宠,生伯服,于是乎与虢石甫比,逐太子宜臼而立伯服。太子出奔申,申人鄫人召西戎以伐周,周于是乎亡。"为邮,犯错、犯罪。邮,通"尤"。尤,过也、罪也。

⑪美,钦仰、赞赏。皇英,娥皇、女英,帝尧之二女。女虞,作为妻子辅助虞舜。荣,尊荣、崇敬。任姒,二女,季历之妻、文王之母太任,文王之妻、武王之母太姒。《史记·周本纪》:"季历娶太任。"正义引《国语》注:"太任,王季之妃,文王母也。"《诗·大雅·大明》:"大任有身,生此文王。"又,《诗·大雅·思齐》:"思齐大任,文王之母。"(大任,同

"太任"。)《诗·大雅·大明》:"缵女维莘,长子维行,笃生武王。"母周,作为母亲培育了周的圣君。("女虞""母周"之"女""母",动词。)

⑫"虽愚陋"二句,谓我虽愚陋不如古代贤惠的后妃,但岂敢息心忘记她们的仪范。敢舍心,岂敢不放在心里。舍,颜师古注:"息也。"兹,指上述皇英任姒。

⑬"历年岁"二句,谓经历了这多年忧伤恐惧的日子,担心繁华的时间不会太多。悼惧,忧伤恐惧。闵,忧虑、担心。蕃华,同"繁华",青春年华。不滋,不会加多。滋,颜师古注:"益也。"

⑭"痛阳禄与柘馆"二句,服虔注:"(阳禄、柘馆),二馆名也。生子此馆,皆失之也。"颜师古注:"二观并在上林中。仍,频也。离,遭也。"(观,通"馆"。)襁褓,包裹婴儿的布包,此即指襁褓中的婴儿。按,本传"居增成舍,再就馆,有男,数月失之",注引苏林曰:"外舍产子也。"又引晋灼曰:"谓阳禄与柘观。"综合服、颜、苏、晋四注,知班婕妤先怀孕,就外舍阳禄产子,数月夭折。再怀孕,换外舍柘馆产子,同样数月失之。实频遭灾殃,接连失子。

⑮"岂妾人"二句,谓难道我襁褓离灾,频失婴儿,乃是命中注定不能得到。妾人,婕妤自指。殃咎,灾难。咎,亦殃也。将,犹乃也。

⑯"白日"二句,谓白日忽然失去光辉,天空一片幽暗黑暗。比喻遭到诬陷,突然大难临头。移,通"遗",失也。遂,乃也。暗莫、昧幽,义实相同,皆幽暗、黑暗之日。暗莫,师古注:"莫,读曰'暮'。一曰莫,静心,读如本字。"

⑰"犹被覆载"二句,喻指赵飞燕诬害许皇后、班婕妤;许皇后坐废,成帝独怜悯班婕妤之事。被,受到。覆载,天覆地载,比喻莫大的恩德。颜师古注:"言主之恩比如天地,虽有罪过,不废弃也。"

⑱"奉共养"二句,即本传所云:"赵氏姊弟骄妒,倢伃恐久见危,求共养太后长信宫。上许焉,倢伃退处东宫。"因太后曾赞赏"古有樊姬,今有班倢伃",故倢伃求供养太后,以保安全。共,通"供"。

⑲"共洒扫"二句,谓自愿供奉太后,洒扫宫室,直到生命的结束。帷幄,宫室的帷幕,此代指宫室。

⑳"愿归骨"二句,颜师古注:"山足,谓陵下也。休,荫也。"表示自己死后希望安葬皇陵之下。归骨,即安葬。依松柏之余休,陵墓旁多种松柏,依松柏之余荫,意即得皇陵的庇荫。

㉑重曰,颜师古注:"重者,情志未申,更作赋也。"

㉒潜,深藏。玄宫,犹幽宫、深宫。幽以清,幽暗而冷清。"应门"句,谓正门、禁门全部关闭。应门闭,颜师古注:"正门谓之应门。"禁闼,禁门。扃,关闭。

㉓苔,苔藓。字原作"落",通"苔"。萋,犹萋萋,草盛貌。

㉔房栊,窗户。颜师古注:"栊,疏槛也。"泠泠,清冷貌。

㉕"感帷裳"二句,颜师古注:"感,动也。言风动发帷裳罗绮也。"綷縩(cuì cài),象声词,即指风动"纨素声"。纨素,丝绢,代指丝绢的帷幕。

㉖"神眇眇"二句,谓神魂昏乱在此幽隐冷静的宫中,君王不御幸谁能使之荣耀。神眇眇兮密靓处,《文选·扬子云〈甘泉赋〉》:"魂眇眇而昏乱。"李善注:"言迷惑也。"神眇眇,正神魂昏乱迷惑之意。神,神思、神魂。密静,幽隐冷静之处,指冷宫。密,隐曲之处。《礼记·少仪》:"不窥密。"靓,郑玄注:"靓,通'静'。"御,幸也。荣,荣耀。

㉗丹墀(chí),《文选·张平子〈西京赋〉》:"青琐丹墀。"吕向注:"丹墀,阶也,以丹漆涂之。"履綦(qí),颜师古注:"綦,履下饰也。言视殿上之地,则想君履綦之迹也。"《汉书·扬雄传》:"履挽枪以为綦。"注引晋灼曰:

"綦，履迹也。"云屋，颜师古注："云屋，言甚黤霮，状若云也。"黤霮（dǎn duì），深黑貌。

㉘"顾左右"二句，谓与左右和谐相处，饮酒消愁。顾，视也、望也。和颜，和蔼的容颜。羽觞，酒器。孟康注："作爵鸟状，左右形如两翼。"（爵，通"雀"。）

㉙若浮，如同天上浮云，一晃而过。《庄子·刻意》："其生若浮，其死若休。"

㉚独享兮高明，即前段"当日月之圣明"之意。享，颜师古注，"当也"。高明，犹"盛明"。休，颜师古注："美也。"

㉛虞精，《列女传》作"娱情"。

㉜"《绿衣》"二句，谓嬖妾谗害后妃，自古以来就有。《绿衣》，《诗·邶风》篇名。《绿衣序》："绿衣，卫庄姜伤己也。妾上僭，夫人失位而作是诗也。"孔颖达疏："作《绿衣》诗者，言卫庄姜伤己也。由贱妾为君所嬖而上僭，夫人失位而幽微，伤己不被宠遇，是故而作是诗也。"《白华》，《诗·小雅·鱼藻之什》篇名。《白华序》："《白华》，周人刺幽王后。幽王取申女以为后，又得褒姒而黜申后。故下国化之，以妾为妻，以孽代宗，而王弗能治。周人为之作是诗也。"

【评析】

封建社会后宫争荣夺宠，明争暗斗，极为险恶。翻开《汉书·后妃传》，看那些后妃的命运令人震颤。班倢伃以其过人的度量与睿智，尽管大起大落，总算相对平安地度过了一生。班倢伃出身于一个文化氛围浓郁的家庭，她从小学诗问史，了解古代后妃的境况、后妃之德，修养了自己的品性。她年轻时被选入宫，得到成帝的宠幸，"蒙圣恩之渥惠兮"，"窃庶几乎嘉时"。

她寤寐自思，小心谨慎。"悲晨妇之作戒兮，哀褒阎之为邮；美皇英之女虞兮，荣任姒之母周。"她吸收正反两面的经验教训，时刻警惕自己。不料遭遇不幸，连续生产的婴儿都夭折了。如果班婕妤生的孩子不死，她后来的命运将是另一番景况。但人生没有"如果"，客观情况就是如此。她把自己的不幸，归之于"天命之不可求"。她自知不会再受宠幸，乃将自己的"侍者"进献皇上，实有借以自保之意。但灾难并没有因此放过她，她与许皇后同遭赵飞燕姊妹的诬陷，许皇后因此被废。班婕妤被考问时合理应对，得到成帝的怜悯，得免于难。"白日忽已移光兮，遂暗莫而昧幽"，犹言突然之间天昏地暗，白日无光，此实指赵氏姊妹的陷害，大难临头。其时赵氏飞燕、昭仪气焰正盛，故措辞极其隐晦，采取比喻象征的手法，而不直言其事。接着笔锋一转，极力颂扬皇帝的厚恩，使自身不被废弃。最后说自己"奉共养于东宫"，"依松柏之余休"。——赋前段叙述她前半生实际也等于一生，由进宫受宠，迭遭不幸，又受谗言诬陷，到自请供奉太后长信宫的全过程，并表达了"永终死以为期"的心情。本传谓"至成帝崩，婕妤充奉后宫；薨，因葬园中"，达到了她"归骨于山足"的遗愿。

历尽艰危，饱经颠簸，班婕妤总算履险如夷地渡过难关。她是否真那么坦然置之，无所遗憾呢？当然不是，在其"情志未申"乃"更作赋"的"重曰"一段，绘声绘色地抒写了禁宫的清冷凄凉，心境之惆怅抑郁；对往昔的眷念，对君王的怀思，无不深沉宛转，曲尽其情。虽汉代大家的抒情赋作亦无以过之。最后归结到"惟人生兮一世，忽一过兮若浮"，真个是浮生若梦。"己独享兮高明，处生民兮极休"，两句回想当年的荣宠；"勉虞精兮极乐，与福禄兮无期"，两句抒发而今的感受。末了以《绿衣》兮《白华》，自古兮有之"，说明后妃不幸的遭遇，自古有之，亦聊以自解。

许皇后被废后，不甘失败，又受无聊人氏欺诳，"数通书记"，"书有悖谩",成帝"发觉",赐毒药使自尽。赵飞燕、赵昭仪姊妹曾贵倾后宫:"姊弟专宠十余年"。绥和二年(前7)三月,湛于酒色的汉成帝一夕"暴崩","民间归罪赵昭仪",昭仪自杀。七年之后,赵飞燕亦未能幸免,终因"罪恶深大"被废为庶人,当日自杀。在汉成帝后宫妒忌肮脏的斗争中唯有班婕妤以其善良坦荡的胸怀得到善终。唯其如此,为人处世应如何待人待己,如何对待人生得失,亦可从《自悼赋》中得到启发。

　　《文选》著录所谓司马相如所作的《长门赋》,其序曰:"孝武皇帝陈皇后时得幸,颇妒,别在长门宫,愁闷悲思。闻蜀郡成都司马相如天下工为文,奉黄金百斤为相如取酒,因于解悲愁之辞。而相如为文以悟主上,陈皇后复得幸。"按,此赋系后人纯文学创作,并非历史事实。陈皇后失宠"挟妇人媚道",被发觉,元光五年(前130),汉武帝"穷治之,女子楚服等坐为皇后巫蛊祠祭祝诅,相连及诛者三百余人,楚服枭首于市";皇后罢居长门宫。事情如此严重,司马相如岂敢为之作赋,陈皇后何曾"后复得幸"? 作者不知为谁,与司马相如无干。《长门赋》文辞亦有可取,往往为选家选录,实为无聊作品,与班婕妤《自悼赋》之恳切诚挚不能相提并论。

扬 雄

扬雄(前53—后18),字子云,蜀郡成都(今属四川)人,西汉文学家、哲学家、语言学家。赋与司马相如并称"扬马"。早年模仿司马相如,作《长杨》《甘泉》《羽猎》等大赋。晚年锐意学术,遂鄙薄辞赋,谓"雕虫篆刻,壮夫不为"。平生仕宦不甚得意,年四十余来游京师,"除为郎,给事黄门",历成、哀、平"三世不徙官",生活贫困。王莽时为大夫,校书天禄阁。天凤五年卒,年七十二。著有《法言》《太玄》《方言》等书,明人辑有《扬侍郎集》。

逐贫赋①

扬子遁世,离俗独处。左邻崇山,右接旷野。②邻垣乞儿,终贫且窭。礼薄义弊③,相与群聚。惆怅失志④,呼贫与语:"汝在六极,投弃荒遐。好为庸卒,刑戮相加。⑤匪为幼稚,嬉戏土沙;居非近邻,接屋连家。⑥恩轻毛羽,义薄轻罗。进不由德,退不受呵。久为滞客⑦,其意谓何?人皆文绣,余褐不完。人皆稻粱,我独藜餐。⑧贫无宝玩,何以接欢?宗室之燕,为乐不槃。⑨徒行负赁,出处易衣。⑩身服百役,手足胼胝⑪。或耘或耔,沾体露肌。⑫朋友道绝,进官凌迟⑬。厥咎安在?职汝为之!⑭舍汝远窜,昆仑之颠;尔复我随,翰飞戾天。⑮舍汝登山,岩穴隐藏;尔随我复,陟彼高冈⑯。舍尔入海,泛彼柏舟⑰;尔复我随,载沉载浮。我行尔动,我静尔休;岂无他人,从我何求?今汝去矣,勿复久留!"

【注释】

①本篇选自《汉魏六朝百三名家集·扬侍郎集》。《古文苑》赋前有子云自序:"不汲汲于富贵,不戚戚于贫贱,家产不过十金,乏无儋石之储,晏如也,此赋以文为戏耳。"按,此摘取《汉书》本传中语,为编者所加,非子云自序。

②遁世,避世隐居。遁,逃避。崇山,高山。

③垣,矮墙。乞儿,即指"贫",拟人之词。窭(jù),穷困。《诗·邶风·北门》:"终窭且贫。"毛传:"窭者,无礼也;贫者,困于财。"弊,尽也。

④惆怅,失意貌。

⑤"汝在六极"二句,谓汝属于六极之列,罪当投弃荒野。六极,谓天与人之六种惩罚。《书·洪范》:六极,其四曰贫。极,通"殛",惩罚。遐,远。庸卒,庸夫走卒。贫者为庸卒而屡遭刑戮,故"好为庸卒,刑戮是加"。语似轻蔑,实深含愤激。

⑥"匪为幼稚"四句:言与汝既非幼稚相交之友,又非居屋相接之邻,斥其不该来就。

⑦滞客,滞留不去之客。

⑧文绣,绣花的绸缎。褐,粗布衣。藜餐,谓以野菜为食。藜,野菜。"餐"原作"飧",此从《艺文类聚》。

⑨接,招待、延请。欢,指宾朋好友。燕,通"宴"。乐(yuè),音乐。不槃,贫无以为乐,故曰不槃。槃,快乐。

⑩徒行,徒步。贫无车马,故徒行。负贳,从事庸贳,即受雇为人劳役。贳,一作"笈",书箱。易衣,衣服不合时宜。易,违。此处即冷暖失时之意。

⑪胼胝(pián zhī),手足掌上因摩擦而生之硬茧。《荀子·子道》:"有

人于此,夙兴夜寐,耕耘树艺,手足胼胝,以养其亲。"

⑫耘,除草。耔,以土壅苗。《诗·小雅·甫田》:"今适南亩,或耘或耔。"沾体露肌,谓劳动在野,雨露沾濡肌体。《国语·齐语》:"脱衣就功,首戴茅蒲,身衣袯襫,沾体涂足,暴其发肤,尽其四支之敏,以从事于田野。"

⑬进官凌迟,言官位长期不得迁升。凌迟,本逐渐下倾之意,此用作迟缓义。

⑭厥,其。咎,过错。职,主。职汝为之,犹言责任在汝。

⑮昆仑,中国西部大山名,此泛指极远之地。颠,山顶。尔,即"汝",篇中"汝""尔"通用。"翰飞"句,《诗·小雅·小宛》:"宛彼鸣鸠,翰飞戾天。"翰飞,高飞。戾天,犹言摩天,极言其高。戾,到达。

⑯"陟彼"句,《诗·周南·卷耳》:"陟彼高冈,我马玄黄。"陟,登。冈,山冈。

⑰"泛彼"句,《诗·鄘风·柏舟》:"泛彼柏舟,在彼中河。"泛,浮。

第一段,谴责"贫"之为害。

贫曰:"唯唯!主人见逐,多言益嗤。①心有所怀,愿得尽辞。昔我乃祖,宗其明德,克佐帝尧,誓为典则。②土阶茅茨,匪雕匪饰。③爰及季世,纵其昏惑。饕餮之群,贪富苟得。鄙我先人④,乃傲乃骄。瑶台琼榭⑤,室屋崇高。流酒为池,积肉为崤。⑥是用鹄逝,不践其朝。⑦三省吾身,谓予无愆。⑧处君之家,福禄如山。忘我大德,思我小怨。⑨堪寒能暑⑩,少而习焉;寒暑不忒⑪,等寿神仙。桀跖不顾,贪类不干。⑫人皆重蔽,予独露居;人皆怵惕,予独无虞。⑬"——言辞既罄,色厉目张。摄齐而兴,降阶下堂。⑭——"誓将去汝,适彼首阳。⑮孤竹之子,与我连行!⑯"

余乃避席，辞谢不直。⑰"请不贰过，闻义则服。长与汝居，终无厌极。"⑱贫遂不去，与我游息。

【注释】

①唯唯，应诺之词。多言益嗤，谓多言容易招致讥笑。嗤，讥笑。

②乃祖，始祖。宗，本、崇尚。克，能。佐，辅佐。誓，申戒。典则，法规。尧尚简朴，不事豪奢，实亦贫者，故云克佐帝尧。

③土阶茅茨，以土为阶，以茅盖屋。茨，草编之屋盖，代指屋。匪雕匪饰，不加雕饰，言其简朴。《韩非子·五蠹》："尧之王天下也，茅茨不剪，采椽不斫。"

④爰，于是。季世，末世，衰微之世。（原作"世季"，此从《艺文类聚》。）纵，放任。昏惑，昏愦惑乱。饕餮（tāo tiè），传说中恶兽，贪食，因以代指贪婪之人。《左传·文公十八年》："缙云氏有不才子，贪于饮食，冒于货贿。侵欲崇侈，不可盈厌；聚敛积实，不知纪极。……天下之民以比三凶，谓之饕餮。"杜预注："贪财为饕，贪食为餮。"鄙，轻视。

⑤瑶台琼榭，谓精巧华丽之台榭。《淮南子·本经训》："帝有桀纣，为璇室瑶台。"瑶、琼，皆美玉。

⑥"流酒"二句，极言其奢侈。《史记·殷本纪》："（帝纣）以酒为池，悬肉为林，使男女倮，相逐其间，为长夜之饮。"崝，高山。

⑦"是用鹄逝"二句，言末世混乱奢侈，故"贫"如黄鹄远逝，不践其朝。刘向《新序》："田饶谓鲁哀公曰：'臣将去君，而鸿鹄举矣！'"鹄，黄鹄，鸟名，善高飞。逝，往。

⑧三省吾身，语本《论语·学而》曾子曰"吾日三省吾身"。省，省察。愆，罪过。

⑨"忘我"二句,引用《诗·小雅·谷风》:"忘我大德,思我小怨。"怨,嫌隙。

⑩堪,禁受。能,通"耐"。

⑪忒(tè),差错。

⑫"桀跖不顾"二句,言因为贫穷,无财货可取,故暴君大盗不顾,贪人败类不犯。桀,夏末代暴君。跖(zhí),盗跖,传为春秋时大盗。贪类,贪人败类。《诗·大雅·桑柔》:"大风有隧,贪人败类。"干,犯。

⑬蔽,隐藏,《艺文类聚》作"闭"。怵惕,戒惧。虞,忧虑。

⑭罄,尽。厉,严肃。摄齐,提起衣摆。《论语·乡党》:"摄齐升堂,鞠躬如也。"摄,提起。齐,泛指长衣的下摆。兴,起。"言辞既罄"四句,写"贫"愤怒而起之状。

⑮誓,犹决。去,离开。首阳,山名,在山西永济市南。语仿《诗·魏风·硕鼠》"逝将去女,适彼乐士"。(逝,通"誓"。)

⑯孤竹之子,即伯夷、叔齐。伯夷、叔齐不食周粟,饿死于首阳山。参见《吊屈原赋》注。连行,同行。

⑰避席,古人席地而坐,离座起立,谓之"避席",此为表示歉意。不直,不当。

⑱请不贰过,请求允其改正,不重犯此错误。《论语·雍也》"有颜回者好学,不迁怒,不贰过"。服,信服。极,已、尽。

第二段,写"贫"反驳主人,谓己无罪,主人因此服义谢罪,愿与游息。

【评析】

扬雄写过不少闳侈巨衍的大赋,却也创作了一种小赋,用来抒发自己的愤懑和牢骚。《逐贫赋》是其中极富有创造性的一篇。

作者对自己长期贫困的命运感到愤慨，由此异想天开，决定对"贫"采取驱逐措施。对"贫"的谴责一段，巧妙地控诉了社会的不平。"贫"的反驳，则更具有深刻意义。它赞扬了崇尚简朴的古代圣王，揭露了末世统治者穷奢极侈的腐朽生活。特别是它分析了贫困生活的两重性，指出贫固然使人辛苦穷困，但贫困生活还有另外的一面：由于贫，所以"堪寒能暑"，经得起考验，有益健康；由于贫，所以"桀跖不顾，贪类不干"，可以无忧无虑，平安生活。虽系诙谐之辞，但其实包含着一定的辩证因素。作者在《解嘲》中说："高明之家，鬼瞰其室。攫拏者亡，默默者存；位极者宗危，自守者身全。"说的也是同样的道理。

扬雄是有名的文字学家，同司马相如一样，赋中好用僻文奇字。这篇小赋却没有这种疵病，语言洗练，明白如话。篇中用了不少典故成语，但都是常见语句，随手拈来，自然流畅，毫无生硬凑合之感，反觉幽默有趣。

把一种社会现象拟人化，以诙谐之笔，写沉郁之思，这是扬雄的创造。这种别致的寓言，对后世颇有影响，仿作者不少，韩愈《送穷文》即是突出的一例，明黄省曾《礼贫赋》则更直承其绪。

张　衡

张衡（78—139），字平子，南阳西鄂（今河南南阳市卧龙区石桥镇）人，东汉杰出的科学家和文学家。安帝时征为郎中，迁太史令。顺帝永和初，出为河间王相，征拜尚书，永和四年卒，年六十二。明人辑有《张河间集》。

归田赋①

游都邑以永久，无明略以佐时。②徒临川以羡鱼，俟河清乎未期。③感蔡子之慷慨，从唐生以决疑。④谅天道之微昧，追渔父以同嬉。⑤超埃尘以遐逝⑥，与世事乎长辞。

于是仲春令月⑦，时和气清。原隰郁茂⑧，百草滋荣。王雎鼓翼，仓庚哀鸣。⑨交颈颉颃，关关嘤嘤。⑩于焉逍遥，聊以娱情。

尔乃龙吟方泽，虎啸山丘⑪；仰飞纤缴，俯钓长流。触矢而毙，贪饵吞钩；落云间之逸禽，悬渊沉之鲨鳝。⑫

于是曜灵俄景，系以望舒。⑬极盘游之至乐，虽日夕而忘劬。⑭感老氏之遗诫，将回驾乎蓬庐。⑮弹五弦之妙指，咏周孔之图书。⑯挥翰墨以奋藻，陈三皇之轨模。⑰苟纵心于物外，焉知荣辱之所如。⑱

【注释】

①本篇选自《文选》。李善注："张衡仕不得志，欲归于田，因作此赋。"

②都邑，指东汉都城洛阳。明略，谓高明的谋略。

③徒，空。临川以羡鱼，喻徒有愿望而无手段。董仲舒《举贤良对策》引古语："临渊羡鱼，不如退而结网。"俟，等待。河清，喻盛世。古人传说，盛世则黄河清。《左传·襄公八年》："周诗有之：'俟河之清，人寿几何？'"

④蔡子，蔡泽，战国时策士，燕人。唐生，唐举，战国时魏国相士。蔡泽游诸侯，不见任用，曾请唐举看相。曰："富贵吾所自有，吾所不知者寿也，愿闻之。"唐举曰："先生之寿，从今以往者四十三岁。"后蔡泽发愤入秦，终于说服范雎，代范雎为秦相。事见《史记·范雎蔡泽列传》。慷慨，《说文》："壮士不得志于心也。"凡感情激动都谓之慷慨，此指心情郁闷，与通常表示情绪激昂者不同。

⑤谅，信也、诚也。微昧，深隐幽暗。渔父，此用《渔父》事，渔父曾劝屈原与世推移，不必深思高举。嬉，游乐。

⑥埃尘，喻社会污浊。遐逝，远远离去。

"游都邑"以下十句，写长游都邑，理想不得实现，希望超脱尘埃，长辞世事。

⑦仲春，夏历二月。令，美好。

⑧原，高平之地。隰，低平之地。此泛指原野。郁茂，草木葱郁繁茂。

⑨王雎，鸟名。《诗·周南·关雎》毛传："雎鸠，王雎也。"仓庚，鸟名，即黄莺。《诗·豳风·七月》："春日载阳，有鸣仓庚。"哀鸣，婉转啼鸣。

⑩颉颃（xié háng），鸟上下翻飞。《诗·邶风·燕燕》："燕燕于飞，颉之颃之。"关关嘤嘤，鸟鸣声。《诗·周南·关雎》："关关雎鸠，在河之洲。"《诗·小雅·伐木》："伐木丁丁，鸟鸣嘤嘤。"

"于是仲春令月"以下十句，写仲春原野春光之美。

⑪尔乃，犹于是。于是、尔乃、若乃、乃若、至若等词义均相近，赋中常用为段落发语词。龙吟、虎啸，李善注："言己从容吟啸，类乎龙虎。"

方泽,大泽。

⑫"仰飞"六句,内容隔句承接,实即"仰飞纤缴,触矢而毙,落云间之逸禽;俯钓长流,贪饵吞钩,悬渊沉之鲨鳊。"纤缴(zhuó),系在箭上的细丝,射鸟用,此代指箭。逸禽,飞鸟。悬,钓起。鲨鳊(shā liú),两种鱼名,此泛指鱼。

"尔乃龙吟方泽"以下八句,写田居猎钓之乐。

⑬曜灵,太阳。俄景(yǐng),日影偏斜。系,继。《四部丛刊》六臣注本作"继"。望舒,月神,指月。

⑭极,尽。盘游,盘桓嬉游。盘,一作"般"。劬,疲劳。

⑮老氏之遗诫,指《老子》第十二章"驰骋田猎,令人心发狂"。诫,警告、教训。回,转。驾,车驾。蓬庐,茅屋。

⑯五弦,指琴,古有五弦琴,相传为舜所作。周孔之图书,泛指圣贤典籍。周孔,周公、孔子。

⑰挥翰墨,即写作文章。翰墨,笔墨。奋,发挥。藻,文思辞藻。三皇,有谓天皇、地皇、人皇,或燧人、伏羲、神农,或伏羲、神农、女娲诸说,此泛指古代圣王。轨模,规范法则。

⑱苟,且。纵,放任。物外,指世俗是非得失之外。焉,一作"安"。所如,所在。

"于是曜灵俄景"以下十二句,写将回归田里,以琴书自娱,纵心物外,忘却荣辱。

【评析】

张衡本来就不乐仕进,"举孝廉不行,连辟公府不就","累召不应",安帝闻其善术学,"公车特征拜郎中",被迫进入朝廷。安帝死后,顺帝暗弱，宦官把持朝政，政治腐败。张衡深恐遭谗被祸，因思"归田"。赋一开头就表达了这种希望远身避害的心情。归田其实只是他的愿望，一直到死也未曾真正实行。

《归田赋》甩掉了大赋臃肿板滞的形式、夸诞铺陈的手法，改用清丽的语言，描绘自然景物，以表现自己渴望摆脱浊世的愿望。作者描述明丽的春光，怡然自乐的生活，用以对比社会的污浊和官场的倾轧。后者他并未用很多笔墨直接叙述，只在开头略予说明，结尾又用"苟纵心于物外，焉知荣辱之所如"二句轻轻点出。把激越的感情，掩蔽在幽静自然的画面后边。所以赋的气氛和平恬淡，给人以煦日和风、夕阳明水似的美感。

张衡创造的这种抒情诗式的小赋，无疑是从《诗·豳风·七月》《小雅·出车》等状景抒情诗中得到了启发，为赋这种体裁开辟了一个全新的境界。

赵 壹

赵壹,字元叔,汉阳西县(今甘肃天水西南)人,东汉辞赋家。其为人耿直傲世,为乡里豪门所排摈,几至于死。虽也曾名动京师,但仅在灵帝光和元年(178)"举郡上计",未曾做官。《后汉书》本传录其作品两篇。

刺世疾邪赋

伊五帝之不同礼,三王亦又不同乐。①数极自然变化②,非是故相反驳。德政不能救世溷乱,赏罚岂足惩时清浊?③春秋时祸败之始,战国愈复增其荼毒!④秦汉无以相逾越,乃更加其怨酷。⑤宁计生民之命?唯利己而自足!⑥

于兹迄今,情伪万方。⑦佞谄日炽,刚克消亡。⑧舐痔结驷,正色徒行。⑨妪媚名势,抚拍豪强。⑩偃蹇反俗,立致咎殃。⑪捷慴逐物⑫,日富月昌。浑然同惑,孰温孰凉?⑬邪夫显进,直士幽藏。⑭

原斯瘼之攸兴,实执政之匪贤。⑮女谒掩其视听兮,近习秉其威权。⑯所好则钻皮出其毛羽,所恶则洗垢求其瘢痕。⑰虽欲竭诚而尽忠,路绝崄而靡缘。九重既不可启,又群吠之狺狺。⑱安危亡于旦夕,肆嗜欲于目前。奚异涉海之失柁,坐积薪而待燃?⑲荣纳由于闪揄,孰知辨其蚩妍?⑳故法禁屈挠于势族,恩泽不逮于单门。㉑宁饥寒于尧舜之荒岁兮,不饱暖于当今之丰年。乘理虽死而非亡,违义虽生而匪存。㉒

【注释】

①本篇选自《后汉书·文苑传》。伊,发语词。五帝,黄帝、颛顼、帝喾、唐尧与虞舜。三王,夏禹、商汤、周文王与武王。礼、乐,均代指政治制度。

②数,气运,事物发展趋向。极,极限,指事物发展到一定限度。

③"德政"二句,言社会风气败坏,无论德政法治都无法解决。德政,通常即指仁政。《论语·为政》:"子曰:'为政以德。'"赏罚,指法家的法治,与"德政"相对。惩,劝诫。清浊,指合理与不合理的社会现象。"赏罚"重在罚,"清浊"重在浊。

④荼毒,犹言毒害、残害。《书·汤诰》:"罹其凶害,弗忍荼毒。"孔颖达疏:"荼,苦菜。此菜味苦,故假之以言人苦。毒,谓螫人之虫,蛇虺之类,实是人之所苦。故并言荼毒,以喻苦也。"

⑤"秦汉"二句,谓秦汉未能改变社会现实。怨酷,狠毒残酷。

⑥宁,岂。自足,满足一己之欲望。

以上为第一段,斥责历代统治者不顾民生疾苦,唯利自足,社会弊病积深日久,无从解救。

⑦于兹迄今,发展至今。"于兹""迄今"为同义复合词。情,真相。伪,虚伪巧诈。"情伪"重在伪。万方,言其多。

⑧佞谄,巧佞阿谀。日炽,犹日益猖獗。炽,盛。刚克,刚强正直者。《书·洪范》:"二曰刚克。"孔氏传:"刚能立事。"

⑨舐痔,喻卑劣之徒。结驷,车队结集而行,言权势显赫。《庄子·列御寇》记宋人曹商出使秦国,秦王赐车百乘。曹商夸耀于庄子。庄子曰:"秦王有病召医,破痈溃痤者,得车一乘;舐痔者,得车五乘。所治愈下,得车愈多。子岂治其痔邪,何得车之多也?"正色,正派人。徒行,徒步走

路,喻地位低下。

⑩"妪娲"二句,言妪娲者得名势,抚拍者逞豪强。妪娲,弯腰屈背,指诌媚驯服之徒。抚拍,吹拍献媚之辈。

⑪偃蹇,耿介高傲。反俗,违反世俗。致,招致。咎殃,罪过灾祸。

⑫捷慑,急剧貌。逐物,追逐名利。

⑬"浑然"二句,言全都昏乱迷惑,不辨是非。浑然,糊涂。惑,迷乱。温、凉,喻是非、好恶。

⑭显进,显耀晋升。幽藏,隐居埋没。

"于兹迄今"以下十六句为第二段,揭露当时社会风气败坏。

⑮原,追索、推求。瘼,弊病。攸,所。执政,当权者。

⑯女谒,妇女请托者,指干预朝政的后妃。《荀子·大略》:"汤旱而祷曰:'宫室荣与?妇谒盛与?何以不雨至斯极也?'"杨倞注:"谒,请也。"近习,左右亲信。秉,掌握。

⑰"所好"二句,言于所爱则尽力扶植,于所恶则吹毛求疵。张衡《西京赋》:"所好生毛羽,所恶成疮痏。"

⑱九重,指君主之门。启,开。吠,狗叫,代指狗,喻小人。狺狺(yín),吠声。宋玉《九辩》:"岂不郁陶而思君兮,君之门以九重;猛犬狺狺以迎吠兮,关梁闭而不通。"

⑲奚异,何异。涉海,渡海。柂,同"舵"。薪,柴草。贾谊《治安策》:"措火积薪之下而寝其上,火未及燃而谓之安,当今之世何以异此。"涉海失柂、积薪待燃,皆喻形势危急。

⑳荣纳,荣宠晋升。纳,引进。纳,《历代赋汇》作"约"。约,通"要",机要,权要。《仪礼·燕礼》:"小人纳卿大夫。"闪揄(yú),邪佞貌。蚩妍,丑与美。

㉑法禁,法律禁令。屈挠,弯曲,引申为屈从。势族,权势之族。逮,到达。单门,孤门细族。

㉒乘理,顺应事理。违义,违背道义。

"原斯瘼"以下为第三段,揭示风气颓靡,源于统治者政治腐败。

有秦客者①,乃为诗曰:河清不可俟②,人命不可延。顺风激靡草③,富贵者称贤。文籍虽满腹,不如一囊钱。伊优北堂上,抗脏倚门边。④

鲁生闻此辞,系而作歌曰⑤:势家多所宜,咳唾自成珠;⑥被褐怀金玉,兰蕙化为刍。⑦贤者虽独悟,所困在群愚。且各守尔分,勿复空驰驱。⑧哀哉复哀哉,此是命矣夫!

【注释】

①秦客,与下文"鲁生"均为赋中假托之人。

②河清,喻清明盛世。

③激,劲吹。靡草,细弱之草,喻无主见、无骨气、随风而倒者。

④伊优,逢迎谄媚之徒。抗脏,刚正不阿之人。

⑤系(xì),继。

⑥势家,即势族之家。咳唾自成珠,即使咳唾也成珠玉,形容权势之家随便说话都起作用。

⑦"被褐"二句,言贫寒之士即使具有道德才华也无用处,如兰蕙而化为茅草。被褐,代指贫寒之士。被,同"披"。褐,粗布衣。金玉,喻道德才华。《老子》第七十章:"知我者希,则我者贵,是以圣人被褐怀玉。"兰蕙,两种香草。刍,草料。屈原《离骚》:"兰芷变而不芳兮,荃蕙化而

为茅。"

⑧分（fèn），本分。驰驱，奔走。"且各"二句为愤激之辞。

末段以诗歌作结，致其愤慨。

【评析】

汉代没有第二篇赋能像赵壹《刺世疾邪赋》一样，敢于对社会现实进行如此尖厉的抨击，而且矛头直指统治者。他生于汉代，公然把汉同暴秦并列，揭露其比"祸败之始"的春秋和"愈增荼毒"的战国"更加其怨酷"，并直言不讳地指出"原斯瘼之攸兴，实执政之匪贤"。作者正面指斥统治者"女谒掩其视听兮，近习秉其威权。所好则钻皮出其毛羽，所恶则洗垢求其瘢痕"；并且公然宣布："宁饥寒于尧舜之荒岁兮，不饱暖于当今之丰年。"愤世嫉俗之情，溢于言表，和传统"诗教"的温柔敦厚完全异致。"安危亡于旦夕，肆嗜欲于目前。奚异涉海之失柁，坐积薪而待燃"，准确地反映出农民大起义风暴到来之前东汉王朝的现实状况。

赋题中"刺世疾邪"四字即揭示了这篇作品的鲜明主题。但作者抨击社会邪恶的中心，全文并不是首尾一贯的。文章的开头，差不多有把整个封建社会制度，连德政与法治全部加以推毁的势头；他为天下苍生大声疾呼，谴责历代统治者"宁计生民之命？唯利己而自足！"但笔锋刚触到这儿就转了向，集中笔墨为他本阶层的命运鸣不平了。东汉后期，外戚、宦官，交错统治，社会上形成许多士族豪强，朝廷中卖官鬻爵，贿赂公行；正直的人们，特别是出身细族孤门的士人，受到排挤打击。赵壹本人就多次受到豪强的迫害，有亲历之痛苦的感受，所以对这种现象深恶痛绝，满腔怒火简直不可抑止。"佞谄日炽，刚克消亡。舐痔结驷，正色徒行"；"邪夫显进，直士幽藏"，都不是空泛的牢骚。"法禁屈挠于势族，恩泽不逮于单门"，鲜明地揭示了世族豪强与单门贫士之间的矛盾。结尾两首诗也是两者对立的集中反映。

激烈、尖锐、直言不讳，是这篇作品最突出的特点。与传统诗文的讲究含蓄蕴藉相比，此赋给予人以石破天惊的感觉，在古代文学作品中实为罕见。

祢 衡

祢衡（173—198），字正平，平原般（今山东乐陵西南）人。少有才名，与孔融交好，深为孔融所推许。曾当众折辱曹操，曹操想借刀杀人，派他到荆州见刘表。衡到荆州，又轻侮刘表，刘表将他送与江夏太守黄祖，后被黄祖杀害，年仅二十六岁。其文章多散佚。

【注释】

祢（禰），《广韵》音奴礼切（nǐ），应按近代字书读如弥（mí）。元人陈澔误解《礼记·文王世子》"其在军则守于祢"，谓其字通"祧"，其所编《字汇》因以"祢"入萧韵，他雕切（tiāo）；旧时学究们又读去声，读如跳（tiào），皆非是。

鹦鹉赋①

惟西域之灵鸟兮②，挺自然之奇姿。体金精之妙质兮，合火德之明辉。③性辩慧而能言兮，才聪明以识机④。故其嬉游高峻，栖跱幽深⑤。飞不妄集，翔必择林。绀趾丹嘴，绿衣翠衿。⑥采采丽容，咬咬好音。⑦虽同族于羽毛，固殊智而异心。配鸾皇而等美，焉比德于众禽？⑧

【注释】

①本篇选自《文选》。赋前有序，曰："时黄祖太子射（yì，古"䠶"字）

宾客大会,有献鹦鹉者,(射)举酒于衡前曰:'祢处士!今日无用娱宾,窃以此鸟自远而至,明慧聪善,羽族之可贵,愿先生为之赋,使四坐咸共荣观,不亦可乎?'衡因为赋,笔不停缀,文不加点。"此序为他人改加,非作者原有。又,汉魏时代,诸侯王嗣主称太子,江夏太守黄祖之子黄射不得称为太子。

②西域,西土,鹦鹉出陇山,故云。

③"体金精"二句:鹦鹉产于西方,西方属金,故曰"体金精之妙质"。南方七宿(井、鬼、柳、星、张、翼、轸)组成之星象曰朱鸟。鸟象在南,南方属火,故曰"合火德之明辉"。

④识机,有预见事物之能力。

⑤栖跱(zhì),栖息。跱,立。

⑥绀(gàn),青里带红。趾,脚。丹,红。衿,衣的前幅,衣襟。绿衣翠衿,指鹦鹉的羽毛。

⑦采采,鲜明貌。咬咬(jiāo),鸟鸣声。

⑧同族,指所有的鸟。羽毛,代指鸟类;亦即下文的"众禽"。配,匹配。鸾皇,神鸟。《文选·屈平〈离骚〉》:"鸾皇为余先戒兮。"李周翰注:"鸾皇,灵鸟。"焉,岂。比德,犹比美。

第一段,写鹦鹉姿容美丽,习性高超。

于是羡芳声之远畅,伟灵表之可嘉;命虞人于陇坻,诏伯益于流沙。①跨昆仑而播弋,冠云霓而张罗。②虽纲维之备设,终一目之所加。③且其容止闲暇,守植安停。④逼之不惧,抚之不惊。宁顺从以远害,不违迕以丧生。⑤故献全者受赏,而伤肌者被刑。⑥

【注释】

①远畅，犹远播。伟，赞赏、赞美。灵表，灵异的外表。虞人，古代掌管山泽之官。陇坻，指陇山，六盘山南段别称。古称"陇坂"。在陕西省陇县西南，延伸于陕、甘边境。坻（chí），泛指山。伯益，人名，尧时掌管山林川泽。流沙，泛指西方。《楚辞·招魂》："西方之害，流沙千里些。""于是羡芳声"四句主语是人。

②"跨昆仑"二句，言在极广的范围内猎取鹦鹉，主语也是人，捕鸟者。昆仑，中国西部大山，此泛指高山。弋，用系有丝绳之箭射鸟，此即指箭。罗，网。

③"虽纲维"二句，言全面张罗，终有一目捕得鹦鹉。（鸟试图自网眼钻出而终被卡住。）《文子》："有鸟将来，张罗以待之。得鸟者，罗之一目也。今为一目之罗，则无以得鸟也。"二句即由此翻出。纲维，网上绳索，代指罗网。目，网眼。

④容止，仪容举止。守植，犹言修养。

⑤"宁顺从"二句，谓鹦鹉被捕后不曾抗拒，宁顺从以保全生命。按，鹦鹉被捕时还是极力挣扎的，长时间驯养后才被迫驯服。违迕，抗拒。

⑥"故献全者"二句，就献鹦鹉者而言，谓献完好的鹦鹉者受赏，使鹦鹉伤肌者受刑。

第二段，写鹦鹉被罗网捕获。

尔乃归穷委命①，离群丧侣；闭以雕笼，剪其翅羽；流飘万里，崎岖重阻②；逾岷越障，载罹寒暑。③女辞家以适人，臣出身而事主。彼贤哲之逢患，犹栖迟以羁旅；矧禽鸟之微物，能驯扰以安处！④

眷西路而长怀,望故乡而延伫。⑤忖陋体之腥臊,亦何劳于鼎俎!⑥嗟禄命之衰薄,奚遭时之险巇?⑦岂言语以阶乱,将不密以致危?⑧痛母子之永隔,哀伉俪之生离;匪余年之足惜,愍众雏之无知。⑨背蛮夷之下国,侍君子之光仪。⑩惧名实之不副,耻才能之无奇。羡西都之沃壤,识苦乐之异宜;⑪怀代越之悠思,故每言而称斯。⑫

【注释】

①归穷委命,将遭遇归之于命运的穷厄。

②崎岖,不平貌。此作动词,为颠连度越之意。重阻,重重险阻。

③逾,越。岷、嶂,李善注:"二山名。"此泛指甘陕高山。载,再、又。罹,经历、遭遇。《诗·小雅·小明》:"二月初吉,载离寒暑。"(离,通"罹"。)

④适人,嫁人。出,献出。栖迟,滞留。羁旅,羁留于旅途,即寄居异乡。矧,况。能,能不。

⑤眷,眷恋。延伫,延颈伫望。

⑥忖,思。鼎,烹饪器。俎,砧板。

⑦嗟,叹。禄命,犹命运。奚,何。险巇,险恶颠危。

⑧阶乱,造成祸患。将,抑或。不密,不慎。致危,招致危险。《易·系辞上》:"乱之所生,则言语以为阶。君不密则失臣,臣不密则失身,几事不密则害成,是以君子慎密而不出也。"

⑨伉俪,配偶。匪,非。愍,哀怜。雏,小鸟。

⑩背,离。蛮夷,鹦鹉谦称其出生之地。侍,侍奉。君子,指主人。光仪,光辉仪容。

⑪"美西都"二句,言地方虽好,无奈苦乐异宜,即人以为乐,而我以为苦。西都,东汉称长安为西都。张衡《西京赋》,盛称西京"广衍沃野,

厥田上上"。西京即西都。此处借作故实,非真指长安。

⑫代,代郡,在北。越,南越,在南。《盐铁论》:"代马依北风,飞鸟翔故巢。"代马依恋北方,越鸟思怀南国,均为怀恋故乡。悠思,深长的怀念。每言而称斯,开口即谈此事,指怀念故山。

第三段,代鹦鹉设辞,写鹦鹉漂流异乡之悲苦心情。

若乃少昊司辰,蓐收整辔。①严霜初降,凉风萧瑟。长吟远慕,哀鸣感类。②音声凄以激扬,容貌惨以憔悴;闻之者悲伤,见之者陨泪。放臣为之屡叹,弃妻为之欷歔③。感平生之游处,若埙篪之相须;④何今日之两绝,若胡越之异区?⑤顺笼槛以俯仰,窥户牖以踟蹰。⑥想昆山之高岳,思邓林之扶疏。⑦顾六翮之残毁,虽奋迅其焉如!⑧心怀归而弗果,徒怨毒于一隅⑨。苟竭心于所事,敢背惠而忘初?⑩托轻鄙之微命,委陋贱之薄躯。⑪期守死以报德,甘尽辞以效愚。⑫恃隆恩于既往,庶弥久而不渝。⑬

【注释】

①少昊、蓐收,司秋之神。《礼记·月令》:"孟秋之月,其帝少昊,其神蓐收。"整辔,犹言备驾,谓秋天来到。辔,马缰。

②慕,怀思。感类,感怀同类。

③欷歔(xū xī),抽泣。

④游处,同游共处,指伙伴。埙(xūn),土制乐器。篪(chí),竹制乐器。《诗·小雅·何人斯》:"伯氏吹埙,仲氏吹篪。"《诗·大雅·板》:"天之牖民,如埙如篪。"毛传:"言相和也。"埙篪喻相处和谐。相须,相互依赖。

⑤两绝,两相隔绝。胡越,胡在北,越在南,喻相距遥远。

⑥顺,沿。笼槛,鸟笼的间隔。户牖,指鸟笼门窗。

⑦昆山,昆仑山,此泛指西方高山。高岳,高峻的山峰。邓林,神话中夸父弃杖所成之林,此泛指深林。扶疏,枝叶茂密貌。

⑧六翮(hé)之残毁,即前文"剪其翅羽"。六翮,《韩诗外传》:"夫鸿鹄一举千里,所恃者六翮耳。"翮,鸟之羽茎,即指翅膀。奋迅,奋起疾飞。焉如,怎能前往。

⑨怨毒,愤恨、伤痛。

⑩苟,且。竭心,尽心。所事,所侍奉之人。敢,岂敢。背惠,背弃恩惠。忘初,忘却先前恩遇。宋玉《九辩》:"窃不敢忘初之厚德。"

⑪轻鄙、陋贱同义,微命、薄躯同义。

⑫期,期望。守死,一直到死。甘,愿。尽辞,尽其言辞。此与鹦鹉能言关合。效愚,献其愚诚。

⑬恃,仗。不渝,不变。

第四段,写时节变换,鹦鹉怀念故山同类,更为伤感。末尾想到只有竭心事主,守死报德。

【评析】

祢衡是汉末奇士,他年轻有为,英才卓砾,却处处碰壁,并最终送掉了宝贵的生命。《后汉书》本传说他"尚气刚傲,好矫时慢物",其实未必是他天生傲慢,而是出于对那些军阀豪强的深恶痛绝。他二十二三岁来游许下,"始达颍川,乃阴怀一刺,既而无所之适,至于刺字漫灭",可见他性格矜持之一斑。

《鹦鹉赋》写鹦鹉罹于罗网,锁入雕笼的痛苦与悲哀。其对鹦鹉心情的描摹,简直是苦于羁绊的哀号,向往自由的呼喊。赋的主要段落用拟人的手法，写鹦鹉的心情，辗转曲折，反复沉吟，无不切合鹦鹉的实况，而又处处是被压迫者的哀鸣。"痛母子之永隔，哀伉俪之生离；匪余年之足惜，愍众雏之无知。""顺笼槛以俯仰，窥户牖以踟蹰。想昆山之高岳，思邓林之扶疏。顾六翮之残毁，虽奋迅其焉如！"这些句子千百年后犹使人"闻之者悲伤，见之者陨泪"。这是祢衡用心血凝成的篇章。作品其实是以鸟自喻，吐露自己身世的悲辛。

不知是否出于对主人黄祖的敷衍，赋的末尾写了几句背离全赋基调的话："苟竭心于所事，敢背惠而忘初？托轻鄙之微命，委陋贱之薄躯。期守死以报德，甘尽辞以效愚。恃隆恩于既往，庶弥久而不渝。"这一极不协调的结尾，严重地损害了那只"灵鸟"的形象，也成为这篇名作的累赘。

祢衡被害以后，埋葬在今武汉市汉阳区，其地因之被称为鹦鹉洲。1955年笔者曾到汉阳寻访，其墓尚在，一垄荒丘而已。因城市扩展，其地现时已属城内，衡墓可能早已不存。其实即使而今，在鹦鹉洲辟一方空地，为祢衡建个碑亭，刻上这篇《鹦鹉赋》，作为对这位千古才人的纪念，成为旅游胜地，也不无意义。

王 粲

王粲(177—217),字仲宣,山阳高平(今山东微山西北)人,"建安七子"之一。出身望族,曾祖王龚、祖王畅皆位至三公。献帝西迁,王粲也到长安。李傕、郭汜之乱,王粲南流荆州,依刘表十五年,不为其信用。表死后,曹操大军南征,王粲劝刘琮降曹操。操辟为丞相掾,赐爵关内侯,官至侍中。建安二十一年(216)从征东吴,第二年春,病卒于道。今人辑有《王粲集》。

登楼赋

登兹楼以四望兮,聊暇日以销忧。览斯宇之所处兮,实显敞而寡仇。①挟清漳之通浦兮,倚曲沮之长洲。②背坟衍之广陆兮,临皋隰之沃流。③北弥陶牧,西接昭丘。④华实蔽野,黍稷盈畴⑤。虽信美而非吾土兮,曾何足以少留!⑥

【注释】

①本篇选自《文选》。斯宇,此楼,传指当阳(在今湖北)城楼,疑非是。参见注④。显敞,开阔。寡仇,少有其匹。

②挟,带。漳,水名,发源于湖北南漳荆山,东南流经当阳与沮水合,又南流于荆州西注入长江。浦,大水分出支流与他水相通。倚,靠。沮,水名,同漳水均出荆山,东南流经当阳,与漳水合,称沮漳河。

③背,背靠。坟衍,高平之地。广陆,广大原野。临,面对。皋,水

边高地。隰，低地。

④弥，终极。陶牧，《文选》李善注引盛弘之《荆州记》："江陵县西有陶朱公冢。其碑云：'是越之范蠡，而终于陶。'"牧，李善注引《尔雅》曰："郊外曰牧。"昭丘，楚昭王墓。《荆州图记》："当阳东南七十里有楚昭王墓。"李善注引《荆州记》："当阳县城楼，王仲宣登之而作赋。"按，陶墓在江陵西，照当阳地望应是"南弥陶牧"。昭墓在当阳东南，应是"东接昭丘"。赋称"北弥陶牧，西接昭丘"，则作赋之地当在荆州，而不在当阳。

⑤畴，田地。

⑥信，诚。曾，乃。

第一段，写荆州富饶美丽，但恨非吾土，点出作赋旨意。

遭纷浊而迁逝兮，漫逾纪以迄今。①情眷眷而怀归兮，孰忧思之可任！②凭轩槛以遥望兮，向北风而开襟。平原远而极目兮，蔽荆山之高岑。③路逶迤以修迥兮，川既漾而济深。④悲旧乡之壅隔兮，涕横坠而弗禁。⑤昔尼父之在陈兮，有归欤之叹音；⑥钟仪幽而楚奏兮⑦，庄舄显而越吟⑧：人情同于怀土兮，岂穷达而异心⑨！

【注释】

①纷浊，纷乱污浊，喻时世动乱。迁逝，迁徙流亡。漫，悠忽。纪，十二年。王粲于献帝初平四年（193）流徙荆州，此时已逾一纪，则赋约作于建安十年（205）。

②眷眷，怀恋之貌。任，经受。

③轩槛，楼上栏杆。蔽，遮断。荆山，山名，在今湖北南漳，此系泛指。岑，山小而高，此即指山峰。

④逶迤（wēi yí）：曲折连绵。修迥，长远。漾，水长貌。济，渡，此指水。路迥川深，谓故乡遥远。

⑤壅隔，阻塞隔绝。横，交错。

⑥"昔尼父"二句，《论语·公冶长》："子在陈，曰：'归欤！归欤！'"尼父，孔子，名丘，字仲尼，鲁哀公称其为尼父。

⑦钟仪，春秋时楚人。《左传·成公九年》：楚伐郑，钟仪为郑军所获，献于晋。"晋侯观于军府，见钟仪。问之曰：'南冠而絷者谁也？'有司对曰：'郑人所献楚囚也。'使税之。召而吊之，再拜稽首。问其族，对曰：'伶人也。'公曰：'能乐乎？'对曰：'先人之职官也，敢有二事。'使与之琴，操南音。公语范文子，文子曰：'楚囚，君子也。言称先职，不背本也；乐操土风，不忘旧也。'"幽，囚禁。楚奏，演奏楚乐。

⑧庄舄（xì），人名。《史记·张仪列传》："越人庄舄，仕楚执珪，有顷而病。楚王曰：'舄，故越之鄙细人也，今仕楚执珪，贵富矣，亦思越不？'中谢对曰：'凡人之思故，在其病也，彼思越则越声，不思越则楚声。'使人往听之，则尚越声也。"显，荣耀。

⑨穷，困顿。达，显贵。

第二段，写流浪异乡，思怀故土。

惟日月之逾迈兮，俟河清其未极。①冀王道之一平兮，假高衢而骋力。②惧匏瓜之徒悬兮，思井渫之莫食。③步栖迟以徙倚兮④，白日忽其将匿。风萧瑟而并兴兮，天惨惨而无色。兽狂顾以求群兮，鸟相鸣而举翼。原野阒其无人兮⑤，征夫行而未息。心凄怆以感发兮，意忉怛而憯恻。⑥循阶除而下降兮⑦，气交愤于胸臆。夜参半而不寐兮，怅盘桓以反侧⑧。

【注释】

①惟,思。逾迈,过往。《书·秦誓》:"日月逾迈,若弗云来。"俟,待。河清,喻时代清平。极,尽。

②冀,希望。王道,指朝政。一平,恢复正常稳定。假,凭。高衢,大路,喻盛世。骋力,施展才力。

③匏瓜,葫芦。《论语·阳货》:孔子曰:"吾岂匏瓜也哉,焉能系而不食?"井渫,井已浚治。《易·井卦》:"井渫不食,为我心恻。"匏瓜徒悬、井渫莫食,并喻有力不能施展。

④栖迟,流连。徙倚,徘徊。

⑤阒(qù),寂静。

⑥忉怛(dāo dá),忧伤。憯恻(cǎn cè),犹凄怆。

⑦阶除,指城楼阶梯。

⑧怅,惆怅,失意貌。盘桓,犹辗转。

第三段,慨叹岁月迁延,清平无望,壮志不得舒展。

【评析】

经历了外戚宦官长期的倾轧,董卓集团的扰乱,东汉王朝终于走到了它的末日,整个中原卷入了军阀混战的旋涡。民不聊生,社会凋敝,造成了"白骨露于野,千里无鸡鸣"(曹操诗)的惨象。流浪荆州的青年诗人王粲,站在荆州城楼上北望中原,无限感触,写下了《登楼赋》这一千古名篇。

作者触景伤怀,通过描摹登临时的感触,抒发其积久的悲哀。全赋结构紧凑,思想感情随着笔锋所至而逐步展开。赋中写诗人从登楼到下降,从白日到昏夜的活动,随着风光景物的变换,心情也愈加沉重,两者配合映衬,极为自然。作品语言之精粹,感慨之深沉,内容形式结合之完美,古代赋作中罕有其匹。

曹 植

曹植（192—232），字子建，三国魏杰出诗人。武帝曹操子，文帝曹丕弟。少聪敏，颇为操所宠爱，曾拟立为嗣，后因其"任性而行，不自雕励"，终于失宠。曹操死后，受到曹丕及其子明帝曹叡的猜忌和压抑，不断徙封贬爵，甚至行动亦受监视，终于抑郁以终。宋人辑有《曹子建集》。

洛神赋 并序

黄初三年，余朝京师①，还济洛川②。古人有言，斯水之神，名曰宓妃③。感宋玉对楚王神女之事④，遂作斯赋。

【注释】

①本篇选自《文选》。黄初，魏文帝年号。黄初三年为公元222年。《三国志·魏志·陈思王植传》："（黄初）三年，立为鄄城王。""四年，徙封雍丘王。其年朝京师。"《赠白马王彪》诗序："黄初四年，予朝京师。"均言黄初四年朝京师，不言三年朝京师事。此系序文有误，抑史籍失载，无从查考。

②济，渡。洛川，即洛水，源出陕西洛南县西北，东南流经河南卢氏折向东北，在偃师杨村附近纳伊河后称"伊洛河"，至巩义洛口以北入黄河。

③宓（fú）妃，传为伏羲氏女，溺死洛水，为洛水之神。屈原《离骚》："吾令丰隆乘云兮，求宓妃之所在。"

④宋玉对楚王神女之事：《文选》有宋玉《高唐赋》，写楚襄王与宋玉

游云梦，襄王见高唐云气，问为何气。宋玉谓昔时先王游高唐，梦与神女相接。神女辞别时自言"妾在巫山之阳，高丘之阻，旦为朝云，暮为行雨；朝朝暮暮，阳台之下"。又有《神女赋》写当晚襄王梦与神女相遇事。

以上为序，简述作赋缘起。

其词曰：

余从京城，言归东藩。①背伊阙，越轘辕，经通谷，陵景山。②日既西倾，车殆马烦③。尔乃税驾乎蘅皋，秣驷乎芝田，容与乎阳林，流眄乎洛川。④于是精移神骇，忽然思散。⑤俯则未察，仰以殊观：睹一丽人，于岩之畔。⑥乃援御者而告之曰："尔有觌于彼者乎⑦？彼何人斯？若此之艳也！"御者对曰："臣闻河洛之神，名曰宓妃。然则君王所见，无乃是乎⑧？其状若何？臣愿闻之。"

【注释】

①京城，指魏都洛阳。言，助词。东藩，东方藩国，指植此时封地鄄城，地在今山东。

②伊阙，山名，在洛阳南。轘辕，山名，在河南偃师东，巩义西南。通谷，地名，在洛阳南。陵，登。景山，山名，在河南偃师南。

③殆，同"怠"，懈怠。烦，疲劳。

④税驾，解驾，停车。蘅，杜衡，香草名。皋，水边高地。秣驷，喂马。驷，古一车四马，称为驷，此即指马。芝，灵芝草。容与，闲舒之貌，此作动词，犹言从容闲步。阳林，李善注，"一作杨林"，杨树林。流眄，纵目观望。

⑤"于是"二句，写精神恍惚，思绪变幻。语本《神女赋》："精神恍

忽,若有所喜。"移,摇荡。骇,惊动。

⑥殊观,所见殊异。即"睹一丽人,于岩之畔"。

⑦觌(dí),见。

⑧无乃,莫不是。是,此,指洛神。

第一段,写路过洛水,遇见洛神。设作问答,以引起下文。

余告之曰:其形也,翩若惊鸿。婉若游龙。①荣耀秋菊,华茂春松。②仿佛兮若轻云之蔽月,飘飖兮若流风之回雪③。远而望之,皎若太阳升朝霞;迫而察之,灼若芙蕖出渌波。④襛纤得衷,修短合度。⑤肩若削成,腰如约素⑥。延颈秀项,皓质呈露。⑦芳泽无加,铅华弗御。⑧云髻峨峨,修眉联娟,丹唇外朗,皓齿内鲜,明眸善睐,靥辅承权。⑨瑰姿艳逸,仪静体闲。⑩柔情绰态,媚于语言。奇服旷世,骨像应图。⑪披罗衣之璀粲兮,珥瑶碧之华琚;戴金翠之首饰,缀明珠以耀躯。践远游之文履,曳雾绡之轻裾。⑫微幽兰之芳蔼兮,步踟蹰于山隅。⑬于是忽焉纵体,以遨以嬉。左倚采旄,右荫桂旗。攘皓腕于神浒兮,采湍濑之玄芝。⑭

【注释】

①翩,犹翩翩、轻盈貌。鸿,大雁。边让《章华台赋》:"体迅轻鸿,荣耀春华。"婉,犹蜿蜒曲折之貌。此言女神体态轻盈。《神女赋》:"婉若游龙乘云翔。"

②荣耀秋菊,华茂春松:即荣耀于秋菊,华茂于春松,言其光彩风貌比秋菊春松更加鲜丽。朱穆《郁金赋》:"比光荣于秋菊,齐英茂于春松。"

③飘飖,动荡之貌。回,旋转。

④"远而望之"四句，仿《神女赋》："其始来也，耀乎若白日初出照屋梁；其少进也，皎若明月舒其光。"皎，光辉。灼，鲜艳。芙蕖，即荷花。

⑤襛纤得衷，源于《神女赋》"襛不短，纤不长"。襛纤，肥瘦。得衷，得乎其中，恰到好处。修短合度，源于《登徒子好色赋》"东家之子，增之一分则太长，减之一分则太短"。修短，长短。

⑥腰如约素，谓腰细而柔美，句本《登徒子好色赋》："腰如束素。"约，束。素，白绢。

⑦延，长。项，后颈。皓质，肤质白皙。

⑧芳泽，芳香膏脂。无加、弗御，皆言本质极美，无须施用脂粉。句本《登徒子好色赋》："著粉则太白，施朱则太赤。"铅华，化妆用的铅粉。

⑨云髻，如云发髻。峨峨，高貌。修眉，细长眉。联娟，微曲之貌。《神女赋》："眉联娟以蛾扬兮，朱唇的其若丹。"朗，明亮。眸，眼瞳，代指眼睛。睐，顾盼、旁视。靥（yè），酒窝。辅，面颊。权，"颧"之借字，颧骨。

⑩瑰姿，美妙的姿态。《神女赋》："瑰姿伟态，不可胜赞。"艳逸，美丽高雅。仪，仪容。静，文静。体闲，体态娴雅。《神女赋》："志解泰而体闲。"

⑪绰，柔曼貌。媚，通"魅"。旷世，犹言绝世。旷，空。骨像，形体。应图，犹言如画。

⑫罗衣，绮罗之衣。璀粲，鲜明貌。珥（ěr），饰耳的圆形玉器，此处作动词"佩"解。瑶碧，美玉。华琚，佩玉有花纹者。琚（jū），佩玉名。翠，绿玉。践，穿、着，特指穿鞋。远游，履名。文履，绣鞋。曳，拖、系着。雾绡，轻薄如雾之丝绢。裾（jū），衣服的前后襟，此指裙。

⑬微，隐，此作动词，微微发出。芳蔼，香气。步，闲步。踟蹰，徘徊。山隅，山角、山畔。

⑭纵体，舒展身体。采旄，彩旗。采，彩色。旄原为旗杆上旄牛尾做

的饰物,此代指旗。桂旗,以桂木为杆之旗。攘,捋,揎。浒,水边。湍濑(tuān lài),急流。玄芝,黑色芝草。

第二段,写洛神容颜仪态之美。

余情悦其淑美兮,心振荡而不怡。①无良媒以接欢兮,托微波而通辞。②愿诚素之先达兮,解玉佩以要之。③嗟佳人之信修〔兮〕,羌习礼而明诗。抗琼珶以和予兮,指潜渊而为期。④执眷眷之款实兮,惧斯灵之我欺。感交甫之弃言兮⑤,怅犹豫而狐疑。收和颜而静志兮,申礼防以自持⑥。

【注释】

①淑,善。振荡,动荡。怡,乐、愉快。

②接欢,通接欢情。微波,疑指眼神。

③诚,情。素,通"愫",情意。要,约、邀请。

④嗟,叹美之词。信,诚。修,善、美好之意。("修"下原无"兮"字,据前后句例补。)羌,发语词。习礼而明诗,谓有文化教养。抗,举。琼珶,美玉。和,应和。潜渊,指深渊,宓妃系水神,故指潜渊为相会之地。

⑤执,持。眷眷,怀恋向往之貌。款实,真诚。斯灵,此神,指洛神。交甫,郑交甫。《初学记·地部下》引韩诗云:"郑交甫过汉皋,遇二女,妖服佩两珠。交甫与之言曰:'愿请子之佩!'二女解佩,与交甫而怀之。去十步,探之则亡矣。回顾二女,亦不见。"

⑥收,收敛。申,展,引申为用。礼防,礼义约束。

第三段,写对洛神之爱慕。

于是洛灵感焉,徙倚彷徨,神光离合,乍阴乍阳。①竦轻躯以鹤立,若将飞而未翔。践椒途之郁烈,步蘅薄而流芳。②超长吟以永慕兮,声哀厉而弥长。③尔乃众灵杂遝,命俦啸侣,④或戏清流,或翔神渚,或采明珠,或拾翠羽。从南湘之二妃,携汉滨之游女。⑤叹匏瓜之无匹兮,咏牵牛之独处。⑥扬轻袿之猗靡兮,翳修袖以延伫。⑦体迅飞凫,飘忽若神,陵波微步,罗袜生尘。⑧动无常则,若危若安。进止难期,若往若还。⑨转眄流精,光润玉颜。⑩含辞未吐,气若幽兰。华容婀娜,令我忘餐。⑪

【注释】

①徙倚彷徨,低回流连。乍阴乍阳,忽明忽暗。言其忽去忽来,若即若离。

②竦,同"耸",伸展。椒,花椒。郁烈,香味浓郁强烈。薄,草木丛生处。蘅薄,即杜衡丛生之地。

③超,通"怊",怅。永慕,长想。厉,急切。弥长,久长。

④众灵,众神,指洛神伴侣。杂遝(tà),众多貌。命俦啸侣,犹呼朋引类。曹植《名都篇》"鸣俦啸匹侣",亦用此语。

⑤从,带领。南湘之二妃,帝舜二妃娥皇、女英。刘向《列女传》载,尧女娥皇、女英,为帝舜后妃,舜南巡死于苍梧,二妃往寻,死于江湘之间,为湘水之神。携,挽挽。汉滨之游女,汉水之神。《诗·周南·汉广》"汉有游女,不可求思。"《韩诗章句》:"游女,汉神也。"

⑥匏瓜,星名,一名天鸡,在河鼓星东。阮瑀《止欲赋》:"伤匏瓜之无偶,悲织女之独勤。"杨炯《浑天赋》:"匏瓜宛然而独处,织女终朝而七襄。"牵牛,星名。传牵牛与织女二星为夫妇,隔天河相对,每年七月七日才得

一会。此二句谓洛神怜其独居无匹。

⑦袿（guī），妇女上衣。猗靡，随风飘动之貌。翳（yì），遮蔽。修袖，长袖。延伫，久立。

⑧迅，疾。凫，水鸟，即野鸭。陵波，形容女子步履轻盈。微步，小步。生尘，谓溅起的水沫如微尘扬起。

⑨若危若安，形容动作变幻不定。"进止难期"二句，是进是止，难以测度，似往又似还。语本《神女赋》："女意似近而既远，若将来而复旋。"

⑩转眄，回头顾盼。流精，露出光彩。光润，光华温润。玉颜，《神女赋》："苞温润之玉颜。"

⑪气若幽兰，言吐气芳香。《神女赋》："陈嘉辞而云对兮，吐芬芳其若兰。"华容，光辉之容颜。婀娜，柔美貌。

第四段，写洛神深受感动，并与众神在洲渚，徙倚流连。

于是屏翳收风，川后静波，冯夷鸣鼓，女娲清歌。①腾文鱼以警乘，鸣玉鸾以偕逝。②六龙俨其齐首，载云车之容裔。鲸鲵踊而夹毂，水禽翔而为卫。③于是越北沚，过南冈。纡素领，回清阳，动朱唇以徐言，陈交接之大纲：④恨人神之道殊兮，怨盛年之莫当。⑤抗罗袂以掩涕兮，泪流襟之浪浪。⑥"悼良会之永绝兮，哀一逝而异乡。无微情以效爱兮，献江南之明珰。虽潜处于太阴，长寄心于君王。"⑦忽不悟其所舍，怅神宵而蔽光。⑧

【注释】

①屏翳，风神。川后，河伯。冯夷，水神。女娲，女神名，始作笙簧。

②腾，跃起。文鱼，鱼名，能飞。李善注："有翅能飞，故使警乘。"警乘，

警卫车驾。玉鸾,玉制车铃。屈原《离骚》:"鸣玉鸾之啾啾。"鸾,铃。偕逝,众神一起离去。

③六龙,为洛神驾车之龙。俨,庄重貌。云车,洛神之车。容裔,同"容与",从容行进之貌。鲸鲵,鲸鱼雄曰鲸,雌曰鲵。毂(gǔ),车轮承轴之处,此代指车。卫,护卫。

④汜,洲渚。纡,回。领,颈项。清阳,清澈明亮之眼睛。陈,陈述。交接,往来结交。大纲,犹要旨。下文即为洛神所陈之言。

⑤道殊,道不同。盛年,美好年华。莫当,未能相接。

⑥抗,举。罗袂,绮袖。浪浪,泪下流之貌。《离骚》:"揽茹蕙以掩涕兮,沾余襟之浪浪。"此二句插叙女神行动情态。

⑦效爱,表达爱慕之情。明珰,明珠所制之耳饰。太阴,洛神所居之所,即前文之"潜渊"。"悼良会"以下六句,转述洛神语。

⑧所舍,所止。神宵而蔽光,言神光消失。宵,通"消"。李善注引《汉书音义》孟康曰:"宵,化也。"

第五段,写洛神限于人神之隔,不能交往,因含恨离去。

于是背下陵高①,足往神留,遗情想象,顾望怀愁。冀灵体之复形,御轻舟而上溯。浮长川而忘返,思绵绵而增慕。②夜耿耿而不寐,沾繁霜而至曙。③命仆夫而就驾,吾将归乎东路④。揽骈辔以抗策,怅盘桓而不能去。⑤

【注释】

①背下陵高,离开低地,登上高阜。

②冀,盼望。灵体,指洛神。复形,重新显现。御,驾。溯,逆流而

上。绵绵,漫长不绝之貌。增慕,增其向往之情。

③耿耿,不安貌。《诗·邶风·柏舟》:"耿耿不寐,如有隐忧。"曙,天明。

④归乎东路,与开头"言归东藩"相应。

⑤揽,拿起。騑(fēi),骖马。古代驾车四马,车辕中两马曰服,辕外两马曰骖。辔,马缰。抗策,举起马鞭。怅盘桓,惆怅徘徊。

以上为第六段,写对洛神之思念。

【评析】

曹植《洛神赋》显然受了《神女赋》的影响,序文明点出"感宋玉对楚王神女之事",语言与表现手法也有许多出于《神女赋》。蔡邕《述行赋》云:"乘舫舟而溯湍流兮,浮清波以横厉。想宓妃之灵光兮,神幽隐而潜翳。"这几句话简直是对《洛神赋》的概括,曹子建无疑受其启发。诗人充分驰骋其丰富的想象,塑造出一位人间未有的丽人,把她写得极妍尽丽,淑美无双,而又唯恍唯惚,若幻若真,具有相当强的艺术魅力。

作品就其表现形式而言,无疑又是一篇《神女赋》,然其精神实质,却有源于《离骚》之处,其中神女宓妃即来自《离骚》。如果仿《离骚》的句法,《洛神赋》可以简缩为:"朝吾将济于洛水兮,登景山而缣马;忽反顾以流涕兮,失宓妃之所在。"清人何焯《义门读书记》谓"植不得于君,因济洛以作为此赋。托辞宓妃,其亦屈子之志也"。此不失为一种独具只眼的解释。但赋中于此并不明显,我们不妨从更为普遍的意义上去理解。它体现出作者对一种理想的追求,而最后归于幻灭。它固然包含作者政治上的失意,但由此升华成一种人生之恨。歌德让浮士德博士追求希腊的神话美人海伦,最后也归于幻灭。虽然《浮士德》的情节更富于想象,但二者在意义上实有相通之处。

《洛神赋》是文学史上的名篇，神女是如此艳丽多情，而倏忽之间即已幻灭，使千百年来的读者为之怅惘。它在艺术上虽颇有特色，但也存在严重的缺陷。开头明说是"睹一丽人"，正文"余告之曰"也是回答御者问"其状若何"的。然下文却出现了许多神，有许多活动，虽说因为是写神可以随意变幻，但文中缺乏必要的交代。开头本是回答瞬间所见，叙述下来却有连续的相互爱慕的行动，这不能不说是逻辑上的欠缺。与洛神只是瞬间相遇，离别时竟至"泪流襟之浪浪"，也未免使人感到荒唐。正面写一个人的美是不容易的，作者采用大力铺陈的办法，使作品具有大赋那种板滞堆砌的通病。其所刻画的形象，只能给人以"非常美"的笼统的印象，而并不真那么生动感人；远没有"一顾倾人城，再顾倾人国；宁不知倾城与倾国，佳人难再得""回头一笑百媚生，六宫粉黛无颜色""怎敌她临去秋波那一转""她的美可以使十万兵船下海"这些描写使人印象深刻。大概作者也感到正面写人不易，他只好到前人的作品中去搜集词汇，寻求表现手段。这种作法已开六朝赋中堆砌典故、搬弄古书词语的端倪。可以说，王粲《登楼》是光辉两汉赋的结束，而曹植《洛神》则是缛丽六朝赋的开端。

【附记】

本篇选自《文选》。宋尤袤李注《文选》刻本（清胡克家重刻）题下引《记》曰："魏东阿王汉末求逸女，既不遂，太祖回与五官中郎将。植殊不平，昼夜思念，废寝与食。黄初中入朝，帝示植甄后玉镂金带枕，植见之不觉泣。时已为郭后谗死，帝意亦寻悟，因令太子留宴饮，仍以枕赉植。植还，度轘辕。少许时，将息洛水上，思甄后。忽见女来，自云：'我本托心君王，其心不遂。此枕是我在家时从嫁，前与五官中郎将，今与君王。遂用荐枕席，欢情交集，岂常辞能具？为郭后以糠塞口，今被发，羞将此形貌重睹君王耳。'言讫，遂不复见所在。遣人献珠于王，王答以玉佩。悲喜不能自胜，遂作《感甄赋》。后明帝见之，改为《洛神赋》。"据胡克家考异，此记非李善原有，未知尤袤取自何处。此小说家言，荒诞无稽，不可信实。

向 秀

向秀（约 227—272），字子期，河内怀（今河南武陟西南）人。好老庄哲学，是"竹林七贤"之一。与嵇康、吕安交好。嵇、吕被害以后，秀被迫"应本郡计入洛"。后为散骑侍郎，转黄门侍郎、散骑常侍。"在朝不任职，容迹而已。"

思旧赋 并序

余与嵇康、吕安居止接近①，其人并有不羁之才；嵇志远而疏，吕心旷而放，其后并以事见法。②嵇博综技艺，于丝竹特妙。③临当就命，顾视日影，索琴而弹之。④余逝将西迈⑤，经其旧庐。于时日薄虞渊⑥，寒冰凄然。邻人有吹笛者，发声寥亮。追思曩昔游宴之好，感音而叹，故作赋云。

将命适于远京兮，遂旋反而北徂。⑦济黄河以泛舟兮，经山阳之旧居。⑧瞻旷野之萧条兮，息余驾乎城隅。践二子之遗迹兮⑨，历穷巷之空庐。叹《黍离》之愍周兮，悲《麦秀》于殷墟。⑩惟追昔以怀今兮，心徘徊以踌躇。栋宇存而弗毁兮，形神逝其焉如！⑪昔李斯之受罪兮，叹黄犬而长吟。⑫悼嵇生之永辞兮，顾日影而弹琴。托运遇于领会兮⑬，寄余命于寸阴。听鸣笛之慷慨兮，妙声绝而复寻⑭。停驾言其将迈兮，遂援翰以写心⑮！

【注释】

①本篇选自《晋书·向秀传》，又见于《文选》。嵇康（223—262，或224—263），字叔夜，谯郡铚县嵇山（今属安徽涡阳）人，三国魏思想家、文学家。与魏宗室婚，拜中散大夫。崇尚老庄，鄙薄儒家礼教。与阮籍、山涛、向秀、刘伶、王戎、阮籍及侄阮咸，并称为"竹林七贤"。吕安（？—262），字仲悌，东平（今属山东）人。安妻与兄吕巽有染，丑恶败露，吕巽反污吕安不孝，安被捕下狱。吕安引嵇康为证。康曾得罪司马昭亲信钟会，会趁机谮害嵇康，因与吕安并被杀害。居止，行为举动。

②不羁，不可拘束。志远而疏，志向高远而疏略人事。心旷而放，性情旷达而脱略俗务。以事见法，指受谮被害。因有所避忌，故含糊其辞。

③博综技艺，谓掌握多种艺术技能。博，广泛。综，总聚。丝竹，丝指弦乐器，竹指管乐器，此代指音乐。

④"临当就命"三句，《晋书·嵇康传》："康将刑东市，太学生三千人，请以为师，弗许。康顾视日影，索琴弹之。曰：'昔袁孝尼尝从吾学《广陵散》，吾每靳固之，《广陵散》于今绝矣！'"

⑤余，传无"余"字，据《文选》补。逝将，行将。西迈，指西行入洛。

⑥薄，迫。虞渊，神话中日落之所。

⑦将命，奉命。适，往。远京，指洛阳。遂，乃。旋反，指应郡举归来。北徂，北行。

⑧济，渡。山阳，今河南修武。

⑨二子，指嵇康、吕安。

⑩叹《黍离》，《诗·王风》有《黍离》篇，诗序谓为"周大夫行役，至于宗周，过故宗庙宫室，尽为禾黍。闵周室之颠覆，彷徨不忍去，而作

是诗也"。愍，哀怜。悲《麦秀》，《史记·宋微子世家》载，殷亡之后，"箕子朝周，过故殷墟，感宫室毁坏，生禾黍。箕子伤之，欲哭则不可，欲泣为其近妇人，乃作《麦秀之诗》以歌咏之。"（箕子，《尚书大传》作微子。）

⑪栋宇，指嵇、吕旧居。焉如，何往。

⑫"昔李斯之受罪兮"二句，李斯，上蔡人，秦丞相，佐始皇定天下。始皇死，二世、赵高杀害李斯。"斯出狱，与其中子俱执。顾谓其中子曰：'吾欲与若复牵黄犬，俱出上蔡东门逐狡兔，岂可得乎？'遂父子相哭，而夷三族。"（见《史记·李斯列传》）

⑬托运遇于领会兮，此句意谓将遭遇付之命运。运遇，犹遭遇。领会，言所受所遇，亦命运之意。领，受也，见《字汇》。会，遇。

⑭寻，《文选》刘良注，"续也"。按，解作"寻求"似更好。

⑮停驾，停留之车。将迈，将行。援翰，取笔。

【评析】

向秀是嵇康、吕安的好友。他曾经帮嵇康打铁，同吕安灌园，非常佩服嵇康的人格。魏晋时代文人的遭遇是可悲的，他们常常成为政治阴谋的牺牲品，嵇康就是这种厄运的承受者。向秀是懂得统治者的残暴的，嵇、吕被害以后，他对自己的挚友只能写这么一点含蓄的文字来表示悼念。

赋前小序就是一篇优美的抒情小品，简要地写和嵇康、吕安的交谊，并述及他们的为人；后面着重叙述嵇康临死之前的戏剧性场面，充分地表现了嵇康的"高致"。然后才写到经其旧庐，"于时日薄虞渊，寒冰凄然"，听邻笛的悠扬，勾起对故友的怀念。凄清的景物与凄怆的情思相映，显得格外沉痛。

鲁迅在《为了忘却的记念》一文中曾说："年青时候读向子期《思旧赋》，

很怪他为什么只有寥寥的几行,刚开头却又煞了尾。然而,现在我懂得了。"鲁迅的几句话可以帮助我们了解这篇小赋。慑于统治者的淫威,赋中只写他重临旧地,触景伤情,不使用激烈的言辞,不正面触及统治者的凶残;但他的深沉的悲愤,自可以从字里行间传达出来。

此赋精悍简练,于平易中颇见沉着之思。然究其用典,却不甚贴切。《黍离》愍周,《麦秀》悲殷,均与故地怀人不协;据全赋内容来看,似无伤悼曹魏政权之意。而李斯与嵇康人品悬殊,不宜相提并论。二人临刑时前者的悔恨与后者的从容,更不可同日而语。

张 华

张华(232—300),字茂先,范阳方城(今河北固安西南)人,晋初重要政治家、文学家。少孤贫,曾以牧羊为生。在魏官长史兼中书郎。晋武帝即位,拜黄门侍郎,封关内侯,以谋伐吴功晋爵广武县侯。晋仪礼宪章多所制订,诏诰皆所草定,名重一时。惠帝即位为太子少傅,进封壮武郡公,为司空。永康元年,因拒绝赵王司马伦篡夺阴谋,遭杀害,年六十九。明人辑有《张茂先集》,收入《汉魏六朝百三名家集》。另著有《博物志》。

鹪鹩赋并序①

鹪鹩,小鸟也。生于蒿莱之间,长于藩篱之下,翔集寻常之内,而生生之理足矣。②色浅体陋,不为人用;形微处卑,物莫之害③;繁滋族类,乘居匹游,翩翩然有以自乐。④彼鹭鹗鹍鸿,孔雀翡翠⑤,或凌赤霄之际,或托绝垠之外⑥,翰举足以冲天,觜距足以自卫;⑦然皆负矰婴缴,羽毛入贡。⑧何者?有用于人也。夫言有浅而可以托深,类有微而可以喻大,故赋之云尔。

【注释】

①本篇选自《文选》,又见于《晋书·张华传》。鹪鹩(jiāo liáo),鸟名,形体细小,常栖息于灌木丛中。窝用细枝草叶毛羽编织,呈圆球形,一侧开口出入,甚精巧,故被称为巧妇。产于华北,亦有迁华南越冬者。

②蒿莱,杂草。藩篱,篱笆。翔集,飞翔栖息。寻常之内,指小范围之内。生生,原指大自然于变化之中产生生命。《易·系辞上》:"生生之谓易。"此处犹言生存。

③物莫之害,外物无有侵犯之者。

④繁滋,繁衍滋生。乘,成双。《广雅·释诂四》:"乘,二也。"《集韵·证韵》:"物双曰乘。"乘居匹游,谓雌雄一同栖止。匹,配偶。《列女传》:"雎鸠之鸟,犹未尝见其乘居而匹游。"翩翩,飞翔自得之貌。

⑤鹫(jiù),鸟名,为大型猛禽。鹗(è),鸟名,亦猛禽。李善注:"雕也。"《汉书·邹阳传》:"鸷鸟累百,不如一鹗。"鹍(kūn),鸟名。宋玉《九辩》:"鹍鸡啁哳而悲鸣。"洪兴祖补注:"鹍鸡,似鹤,黄白色。"鸿,鸟名,即大雁。孔雀,鸟名,以羽毛美丽著称。翡翠,鸟名,翠羽可作装饰。

⑥凌,逾越,此指飞上。赤霄,天空极高处。绝垠,指极远之地。李善注:"天地之边也。"

⑦翰,鸟羽,代指翅膀。觜,通"嘴"。此指鸟喙。距,某些鸟类雄性(如公鸡)脚后如趾状突起物,此代指鸟爪。

⑧负矰(zēng),中箭。矰,系有丝绳之短箭。婴,遭。缴(zhuó),即矰后丝绳。入贡,进献朝廷。

以上为序文,概括全赋作意。

何造化之多端兮,播群形于万类。①惟鹪鹩之微禽兮,亦摄生而受气。②育翩翾之陋体,无玄黄以自贵。③毛弗施于器用,肉不登乎俎味。鹰鹯过犹俄翼,尚何惧于罝罻!④翳荟蒙笼,是焉游集。⑤飞不飘扬,翔不翕习。⑥其居易容,其求易给;巢林不过一枝,每食不过数粒。⑦栖无所滞,游无所盘。匪陋荆棘,匪荣茞兰。⑧动翼而逸，投足而安。委命顺理，与物无患。⑨伊兹禽之无知⑩，何处身之似智！不怀宝以贾害，不饰表以招累；⑪静守约而不矜，动因循以简易。⑫任自然以为资，无诱慕于世伪。⑬

【注释】

①造化，创造化育，指大自然。多端，多种头绪。《晋书》无"兮"字，下句同。播，布。群形，众多形体，指各类生物。

②微禽，小鸟。摄生，获取生命。受气，承受生气，与"摄生"同义。《庄子·秋水》："自以比形于天地而受气于阴阳。"

③育，化育而成。翾翾（xuān），飞动之貌。《字林》："翾，疾飞也。"《说文》："翾，小飞也。"玄黄，代指色泽鲜艳的羽毛。玄，赤黑色。

④"毛弗施于器用"四句，言鹪鹩体小，毛不中用，肉不中吃，故嗜食小鸟之猛禽从旁飞过，不屑一啄，更不用担心罗网。俎，古代祭祀用器。鹰鹯（zhān），泛指猛禽。《左传·文公十八年》："见无礼于其君者，诛之如鹰鹯之逐鸟雀也。"鹯，鸟名。俄翼，谓从旁飞过。俄，倾斜。罿（chōng）、罻（wèi），均捕鸟网。

⑤翳荟，林木茂密之貌，代指茂林。蒙笼，草树丛生之貌，代指丛生草树。《孙子兵法》："林木翳荟，草树蒙笼。"是焉，于此，指翳荟蒙笼。游集，游处栖止。

⑥飘扬，指高飞。翕（xī）习，展翅高飞之貌。李善注："盛貌。""飞不飘扬"二句言鹪鹩只在草树间活动，从不高飞远举。

⑦居，住居。易容，易于容纳，即不需要多大地方。求，需求。给（jǐ），满足。《庄子·逍遥游》："鹪鹩巢于深林，不过一枝。"

⑧栖，栖止。滞，久停。游，出游。盘，盘桓。"滞""盘"互文。"匪

陋荆棘"二句,言不以荆棘为陋,也不以苣兰为荣,即随遇而安之意。苣(chǎi)、兰,均香草。苣,又通"芷",亦香草。

⑨逸,乐。委命,委诸天命。顺理,顾乎自然。物,外物。无患,无害。

⑩伊,助词。

⑪怀宝,怀抱珍宝。贾害,招祸。《左传·桓公十年》:"周谚有之:'匹夫无罪,怀璧其罪。'吾焉用此,以贾其害。"贾,买、招。不饰表,不修饰外表,指其无华美羽毛。招累,招致灾难。

⑫守约,保持简朴。不矜,不矜持、不傲慢。因循,照旧进行。

⑬资,禀赋。无诱慕于世伪,即不为世俗的好尚所惑,无所期求。诱慕,为被诱惑而贪恋。《文子》:"去其诱慕,除其嗜欲。"世伪,世俗的虚情假意。

第一段,写鹪鹩既不美也无用,无所求也无所害,因得以乐命全身。

雕鹗介其觜距,鹄鹭轶于云际,鹍鸡窜于幽险,孔翠生于遐裔;①彼晨凫与归雁,又矫翼而增逝②:咸美羽而丰肌,故无罪而皆毙。徒衔芦以避缴,终为戮于此世。③苍鹰鸷而受绁,鹦鹉慧而入笼;④屈猛志以服养,块幽絷于九重;⑤变音声以顺旨,思摧翮而为庸。⑥恋钟岱之林野,慕陇坻之高松;⑦虽蒙幸于今日,未若畴昔之从容。⑧海鸟鹢鹏,避风而至;条支巨爵,逾岭自致:⑨提挈万里,飘飘逼畏,⑩夫唯体大妨物,而形瑰足玮也。⑪

【注释】

①雕,鸟名,大型猛禽。鹗(hé),鸟名。《山海经·中山经》:"辉诸之山,其鸟多鹗。"郭璞注:"鹗似雉而大,青色,有角,斗死乃止。"介,恃。鹄(hú),鸟名,即天鹅。鹭,鸟名。轶,超越,此指高飞。幽险,幽僻

险峻之处。孔翠，孔雀与翡翠，均以羽毛美丽著称。遐裔，遥远边陲之地。

②凫，鸟名，即野鸭。《说苑》："魏文公嗜晨凫。"矫，高举。增逝，高飞。

③徒，空。衔芦，《淮南子》："雁衔芦而翔，以避矰缴。"《古今注》："自河北渡江南，常衔芦长数寸，以防矰缴。"为戮，被杀害。以上十句写雕、鹖、鹄、鹭、鸱鸡、孔、翠、凫、雁，均因美羽丰肌，而被杀害。

④苍鹰，鸟名。鸷，猛禽，此用其凶猛义。緤（xiè），系住。苍鹰能攫取小兽，常被驯养作为猎禽。惠，通"慧"。鹦鹉能言，常被笼养以供观赏。

⑤屈，委屈。块，块然，孤独貌。幽絷，囚禁。九重，深宫。此二句承"苍鹰鸷而受緤"。

⑥变音声，指鹦鹉被训练吐各种声音。顺旨，顺承主人旨意。思，悲叹。摧翮，毁坏翅羽，即《鹦鹉赋》"剪其翅羽"之意。为庸，言被用为玩物。庸，用。此二句承"鹦鹉惠而入笼"。

⑦恋，思念。钟岱，李善注作二山名，为苍鹰产地。岱，当作"代"。《汉书·地理志》："钟、代、石、北，迫近胡寇。"慕，思念。陇坻，陇山，在今甘肃，为鹦鹉产地。

⑧蒙幸，受到宠幸。畴昔，从前，指苍鹰、鹦鹉未被捕捉之时。从容，自由而不受拘束。以上十句写苍鹰雄鸷，鹦鹉聪慧，皆有用于人而受幽絷。

⑨鹡鹢，一作"爰居"，海鸟名。《国语·鲁语上》："曰爰居，止于鲁东门之外三日。臧文仲使国人祭之。展禽曰：'今兹海其有灾乎？夫广川之鸟兽，恒知而避其灾也。'是岁也，海多大风。"条支，古西域国名。《汉书·西域传》：安息国，西与条支接，"有大马爵"。颜师古注引《广志》："大爵，颈及膺身，蹄似橐驼，色苍，举头高八九尺，张翅长丈余，食大麦。"爵，通"雀"。大雀当即鸵鸟。《后汉书·西域传》：和帝永元十三年，"安息王满屈复献师子及条支大鸟，时谓之安息雀"。逾岭，越过西方大山。

⑩提挈(qiè)万里,指条支巨爵逾岭而来。挈,提持。飘飖逼畏,指海鸟爰居避风而至。逼畏,指受到逼迫威胁。畏,通"威"。

⑪体大,躯体巨大,指鹦鹉。妨物,有害于物,即受外物之害,指鹦鹉受海风威逼。形瑰,形貌奇伟,指巨雀。足玮,值得珍视,指巨雀之被献。以上八句写鹦鹉因体大受逼,巨雀因形瑰被献。

第二段,写诸多禽鸟,或因有用,或因形异,并遭祸患。

阴阳陶蒸,万品一区,巨细舛错,种繁类殊。①鹪螟巢于蚊睫,大鹏弥乎天隅。②将以上方不足,而下比有余;③普天壤以遐观,吾又安知小大之所如④。

【注释】

①阴阳,中国古代哲学范畴,谓宇宙由阴阳二气化生万物。陶蒸,创造化育。《文子·下德》:"老子曰:'阴阳陶冶万物。'"万品,犹万物。一区,同一区域,指整个宇宙或自然界。巨细,大小。舛错,错杂相混。繁,多。殊,各不相同。

②鹪螟(míng),又作"蟭螟",传为小虫名。蚊睫,蚊子眼睫毛。《晏子春秋·外篇》:"景公曰:'天下有极细者乎?'对曰:'有。东海有虫,巢于蚊睫,再乳再飞,而蚊不为惊。臣婴不知其名,而东海有通者,命曰鹪螟。'"《抱朴子·刺骄》:"蟭螟屯蚊眉之中,而笑弥天之大鹏。"大鹏,传说中的大鸟。弥,塞满、遮蔽。天隅,天之一方。《庄子·逍遥游》:"北冥有鱼,其名为鲲,鲲之大不知其几千里也。化而为鸟,其名为鹏,鹏之背不知其几千里也。怒而飞,其翼若垂天之云。"

③"将以上"二句,言鹪鹩上比大鹏不足,下方鹪螟有余。方,比。

④"普天壤"二句，意谓大小系相对而言，从整个宇宙观察，无法知其大小。遐观，远观。

以上为第三段，谓鹪鹩比上不足，比下有余，聊可自慰。

【评析】

这篇作品的题旨，如作者在序言中所说，主张以无用于人而使物莫之害。这是弱者在政治混乱、危机四伏的时代求得生存的人生哲学。这种思想源于老庄。老子主张"无为"，宣扬"柔弱"。庄子更极力宣传"无用之用"："山木自寇也，膏火自煎也。桂可食，故伐之；漆可用，故割之。人知有用之用，而莫知无用之用也。"（《庄子·人间世》）张茂先赋鹪鹩，即由庄子《逍遥游》"鹪鹩巢于深林，不过一枝"一语启发而来。

用消极退缩来求得生存，往往是达不到目的的。鹪鹩巢林，不过一枝，它于人无用，与物无患，其实并不可能由此得到安宁。鹰鹫雕鹗都可能攫来充饥果腹，怎么可能"物莫之害"呢！"无用之用"的主张，不过是失意者聊以自慰之辞。祢衡的鹦鹉，在哀号中饱含着愤怒，读了使人感到肃然；这只鹪鹩沾沾自喜，却只是显得可怜。《晋书》本传说这篇赋是张华"初未知名"时写的。其称"无诱慕于世伪"，其实写赋本身就很"诱慕"了，此赋一出，"由此声名始著"。其言"不为人用"，实际是很想为人所用，而且后来确实得到了大用，封侯爵，晋郡公，拜司空，位极人臣；但最终也由此引来杀身之祸。《鹪鹩赋》里所宣扬的哲学，成了作者生平最为严酷的讽刺。

《鹪鹩赋》在艺术结构方面颇具特色。它将鹪鹩与鹏、鹖、鹄、鹭、鹍鸡、孔、翠、鹰、鹦鹉、鸡鹜等禽鸟对比，层次极其清楚，很能突出主题。其写各种鸟雀，都能抓住特征。语言也极为洗练。

潘 岳

潘岳（247—300），字安仁，荥阳中牟（今属河南）人。少有才名，号为奇童。后为河阳令。他先依附外戚杨骏，杨骏以太傅辅政，引岳为太傅主簿。杨骏被贾后所杀，潘岳也险遭不测，被除名。后被选为长安县令，又谄事贾谧，与石崇、欧阳建等并称为贾谧二十四友。永康元年，赵王伦"辅政"，潘岳被赵王伦亲信孙秀诬杀，年五十四。潘岳是西晋初年重要诗人，与陆机并称"潘陆"，其《悼亡诗》最为有名，也是重要赋家，选入《文选》的赋即达八篇之多。明人辑有《潘黄门集》，收入《汉魏六朝百三名家集》。

秋兴赋 并序

晋十有四年，余春秋三十有二①，始见二毛②，以太尉掾兼虎贲中郎将，寓直于散骑之省③。高阁连云，阳景罕曜。④珥蝉冕而袭纨绮之士⑤，此焉游处。仆野人也，偃息不过茅屋茂林之下，谈话不过农夫田父之客；⑥摄官承乏，猥厕朝列⑦，夙兴晏寝，匪遑底宁。⑧譬犹池鱼笼鸟，有江湖山薮之思⑨。于是染翰操纸，慨然而赋。于时秋也，故以"秋兴"命篇。

【注释】

①本篇选自《文选》。晋十有四年，李善注："晋武帝太始十四年。"按，太始只十年，此咸宁四年（278）。潘岳生于魏正始八年（247），下距咸宁

四年,正"春秋三十有二"。

②二毛,黑发中间有白发。

③太尉,指晋武帝权臣贾充。充(217—282),字公闾,平阳襄陵(今山西临汾东南)人,曹魏时任大将军司马、廷尉,参与司马氏篡魏阴谋,晋初任司空,转太尉,权重一时。掾,属官。虎贲中郎将,皇宫卫戍部队将领。散骑之省,散骑官署,散骑为皇帝侍从。虎贲中郎将无专署,寄寓散骑之省当值办公。

④"高阁"二句,谓楼阁高耸入云,下面少能照进日光。阳景,日光。罕,少。曜,照。

⑤珥蝉冕而袭纨绮之士,指散骑省侍中、中常侍之属。蝉冕,蝉纹帽,侍中、中常侍所戴。《后汉书·舆服志》:"武冠,一曰武弁大冠,诸武官冠之。侍中、中常侍加黄金珰,附蝉为文,貂尾为饰。"《古今注》:"貂者,取其有文采而不炳焕。蝉,取其清虚识变也。"袭,重衣,此作动词,穿。纨,细绢。绮,丝帛有花纹者。

⑥"仆野人也"三句,谓自己本安于贫贱。按,潘岳出身世家官宦,所言并不真实。偃息,原为仰卧,此代指居处。

⑦摄官,暂领官职。摄,代领。承乏,言本不称职,由于乏人,才暂时承担。《左传·成公二年》,韩厥谓齐侯曰:"臣辱戎士,敢告不敏,摄官承乏。"猥,谦辞,犹言辱。厕,置身。朝列,朝廷命官之列。

⑧夙兴晏寝,早起晚睡。匪遑厎(zhǐ)宁,无暇安居。厎宁,安定。厎,定。

⑨山薮,犹言山野、山泽。

以上为序文,叙作赋缘由,并概述赋旨。

其辞曰：

四运忽其代序兮，万物纷以回薄。①览花莳之时育兮②，察盛衰之所托；感冬索而春敷兮③，嗟夏茂而秋落。虽末士之荣悴兮，伊人情之美恶。④善乎宋玉之言曰："悲哉秋之为气也，萧瑟兮草木摇落而变衰，憭栗兮若在远行登山临水送将归！"⑤夫送归怀慕徒之恋兮，远行有羁旅之愤，临川感流以叹逝兮，登山怀远而悼近。⑥彼四戚之疚心兮，遭一涂而难忍。⑦嗟秋日之可哀兮，谅无愁而不尽⑧。野有归燕，隰有翔隼，游氛朝兴，槁叶夕陨。⑨于是乃屏轻箑，释纤绤，藉莞蒻，御夹衣。⑩庭树槭以洒落兮，劲风戾而吹帷。⑪蝉嚖嚖以寒吟兮，雁飘飘而南飞。⑫天晃朗以弥高兮，日悠阳而浸微。⑬何微阳之短晷〔兮〕，觉凉夜之方永。⑭月朣胧以含光兮⑮，露凄清以凝冷。熠耀粲于阶闼兮，蟋蟀鸣乎轩屏。⑯听离鸿之晨吟兮，望流火之余景⑰。宵耿介而不寐兮，独展转于华省。⑱

【注释】

①四运，四季运行。忽，迅速。代序，替换时序。屈原《离骚》："日月忽其不淹兮，春与秋其代序。"纷，多貌。回薄，犹言循环相迫变化无常。贾谊《鵩鸟赋》："万物回薄兮，振荡相转。"回，回旋。薄，迫。

②莳，移栽、培育。

③索，尽，指草木凋零。敷，陈布，指万物生长。

④"虽末士"二句，言时序变换虽易引起末士兴衰之感，然亦人之常情。末士，微末之士，谦辞。荣，荣华。悴，憔悴。美，欢悦。恶，厌弃。

⑤萧瑟，寒风吹草木声，亦用作凄清寒凉之貌。摇落，摇动脱落。憭栗（liáo lì），犹凄怆。远行，羁旅外乡。送将归，送人归去。"悲哉"以

下三句引自宋玉《九辩》，言秋日可悲，草木凄凉摇落，如在秋日远行、登山、临水、送人归去，尤使人凄怆怅惘。

⑥"夫送归"四句：送人归则有怀慕徒侣之情，应上句"送将归"；远行则有羁旅之思，应上句"远行"；临川会感叹年光流逝，暗用《论语·子罕》"逝者如斯夫"语意，应上句"临水"；登山则有怀远念近之感，应上句"登山"。

⑦"彼四戚"二句，言四者使人心伤，遇其一涂即难以忍受。彼四戚，指"远行、登山、临水、送归"之悲愁。戚，悲愁。疚，病。此作动词，使人心疚。一涂，一个方面。

⑧谅无愁而不尽，似谓确实没有愁苦是可以穷尽的，亦即愁苦总是无穷无尽。（此句颇不易理解，勉为解释，未敢以为是也。谨志于此，以俟识者。）谅，诚也、确实。

⑨隰，低隰之地，此与"野"为互文。隼（sǔn），一种猛禽。游氛，指寒气。槁，枯。陨，坠落。

⑩屏，弃。箑（shà），扇。释，脱。纤绤（chī），细葛布。藉，垫。莞（guān）蒻（ruò），两种草，莞为莎之一种，蒻即蒲草，均可编席，此即代指草席。御，用。轻箑、纤绤为夏令用品，莞蒻、夹衣系秋天用物。

⑪槭（sè），李善注："枝空之貌。"指树枝光秃。洒落，飘零脱落。劲风，强劲的寒风。戾，李善注："劲疾之貌。"

⑫嘒嘒（huì），蝉鸣声。《诗·小雅·小弁》："菀彼柳斯，鸣蜩嘒嘒。"飘飘，飞翔貌。

⑬天晃朗以弥高，言秋日气候高爽。晃朗，犹爽朗。悠阳，迟缓之貌。李善注："日入貌。"浸微，逐渐衰微。

"嗟秋日之可哀"以下十六句写秋日白天。

⑭短晷(guǐ),指白天缩短。晷,日影,代指白天。("短晷"下原无"兮"字,据前后句例补。)永,长。此句以下转入写秋夜。

⑮朣胧(tóng lóng),犹"朦胧"。李善注:"欲明也。"

⑯熠(yì)耀,萤火。粲,闪光。闼(tà),小门。轩,有窗的长廊。

⑰流火,星名,即心宿。夏历五月黄昏在中天,六月逐渐偏西,七月愈益下流,故称流火。《诗·豳风·七月》:"七月流火。"余景,余光。

⑱耿介,犹"耿耿",心中不宁。展转,翻来覆去。华省,华丽的官署。省,官署。

第一段,写秋天景物萧索,触景凄怆。

悟时岁之遒尽兮,慨俯首而自省。①斑鬓髟以承弁兮,素发飒以垂领。②仰群俊之逸轨兮,攀云汉以游骋。登春台之熙熙兮,珥金貂之炯炯。③苟趣舍之殊涂兮,庸讵识其躁静。④闻至人之休风兮,齐天地于一指。⑤彼知安而忘危兮,固出生而入死。⑥行投趾于容迹兮,殆不践而获底;阙侧足以及泉兮,虽猴猿而不履。⑦龟祀骨于宗祧兮,思反身于绿水。⑧且敛衽以归来兮,忽投绂以高厉。⑨耕东皋之沃壤兮⑩,输黍稷之余税。泉涌湍于石间兮,菊扬芳乎崖澨。⑪澡秋水之涓涓兮,玩游鲦之潎潎。⑫逍遥乎山川之阿,放旷乎人间之世。⑬优哉游哉,聊以卒岁!⑭

【注释】

①悟,领悟。遒(qiú)尽,将尽。遒,迫近。宋玉《九辩》:"岁忽忽而遒尽。"慨,慨然。省,思考、省察。

②斑,花白。鬓,头两侧近耳边头发。髟(biāo),长发下垂之貌。弁,

皮冠。飒,纷杂貌。

③俊,俊才。逸,超迈。轨,车轨,代指车。云汉,银河,亦泛指高空。游骋,周游驰骋。春台,泛指宫中楼台。熙熙,和乐之貌。《老子》第二十章:"众人熙熙,若享太牢,若登春台。"金貂,黄金珰与貂尾。"珥金貂"与序中"珥蝉冕"均指皇帝左右侍从之冠饰,"蝉冕""金貂"前后互见。炯炯,光亮貌。攀云汉、登春台,既有比喻性质,写显贵侍从之臣优游于皇家"连云高阁"之上;又有象征意义,斥其攀附权贵,炫耀荣华。貌似赞许而实含鄙夷。

④趣舍,趋奔与舍弃。趣,同"趋"。殊涂,异路。庸讵,何以。词出《庄子·齐物论》。躁静,动静、行止。

⑤至人,道行最高者。《庄子·田子方》:"得至美而游乎至乐,谓之至人。"休风,犹高风。休,美。齐天地于一指,言万物均可等同。语本《庄子·齐物论》:"天地一指也,万物一马也。"齐,等同。此一句言群俊"攀云汉以游骋",而己"闻至人之休风",道路既殊,行止亦必相悖。

⑥彼,指至人。忘危,忘却危险。安危既可等同,故可忘。出生而入死,至人齐一生死,故以生为出,以死为入,不足介意。语本《老子》。

⑦投趾,投足,指投足走路。容迹,容足。殆,近处。获底,获安。阙侧足,谓沿放脚之地向下挖掘(即只余容足之地)。阙,通"掘"。侧足,置足。泉,黄泉,指地下极深之处。不履,不踏。"行投趾"四句,言人举足行路,所践之地仅需容足,并不践容足以外之地,然甚安全。但如仅留容足之地,沿足迹四周下掘,深及黄泉,则猴猿亦不敢过。此言"无用之用"。容足以外之地,本属无用,然掘而去之,仅留容足之地,则人不敢过。可知"无用"实亦有用。语本《庄子·外物》:"惠子谓庄子曰:'子言无用。'庄子曰:'知无用而可与言用矣。夫地非广且大也,人之所用容

足耳。然则厕足而垫之至黄泉,人尚有用乎?'惠子曰:'无用。'庄子曰:'然则无用之为用也亦明矣。'"(厕足,置足。垫,掘。)

⑧"龟祀骨"二句,言龟骨在宗庙受祭祀并不因而高兴,仍望返回绿水。《庄子·秋水》:"庄子钓于濮水,楚王使大夫二人往先焉。曰:'愿以境内累矣!'庄子持竿不顾,曰:'吾闻楚有神龟,死已三千岁矣,王巾笥而藏之庙堂之上。此龟者,宁其死为留骨而贵乎,宁生而曳尾于涂中乎?'二大夫曰:'宁生而曳尾涂中。'庄子曰:'往矣,吾将曳尾于涂中。'"宗祧,宗庙。

⑨敛衽,整整袖口,此代指准备行装。敛,收拾。衽,袖口。投绂(fú),即弃官。绂,系印之绶带。高厉,高飞远走。厉,疾飞。

⑩东皋,李善注:"水田曰皋。东者,取其春意。"

⑪涌湍,涌起波浪。扬芳,散发芳香。崖,山边。澨(shì),水畔。

⑫澡,洗。涓涓,水流之貌。游鲦(tiáo),游鱼。潎潎(pì),鱼游貌。《庄子·秋水》:"庄子与惠子游于濠梁之上。庄子曰:'鲦鱼出游从容,是鱼之乐也。'惠子曰:'子非鱼,安知鱼之乐?'庄子曰:'子非我,安知我不知鱼之乐?'"

⑬逍遥,优游自得貌。《庄子》有《逍遥游》篇;又《让王》:"逍遥于天地之间而心意自得。"放旷,放任旷达。人间之世,即人世间。《庄子》有《人间世》篇。司马彪曰:"言处人间之宜,居乱世之理。与人群者,不得离人。然人间之事故,世世异宜,唯无心而不自用者,为能唯变所适而何足累。"

⑭"优哉游哉"二句,言优游自得,且以终年。语出《左传·襄公二十一年》引逸诗。

第二段,抒写怀抱,表示鄙弃世俗荣华,希望归耕田里。

【评析】

《秋兴赋》虽然表现的是一种消极的思想，但对于封建官场还是有所批判的，并因此而表现出一种不慕荣利的心情。赋中描绘秋日的高爽，秋夜的凄清，都写得语言干净，形象鲜明。

读这篇赋，我们很容易联想到前此张衡的《归田赋》，后此陶渊明的《归去来兮辞》。他们都表现出厌弃官场、向往自由，希冀在美丽的大自然中求得解脱的思想情绪。究其实，《秋兴赋》与前后二者均不能相比。潘岳作赋时还很年轻，仕宦也还得意，西晋政权还处在短暂平静的阶段，他既没有张衡那样感到身处罗网的思想意识，更没有陶渊明那样毅然挂冠的行动。当然我们不能说赋中所表现的思想都不真实，但至少是相当浮泛，文与其人不符。潘岳荣利之心很强，并无守正不阿的操守，也无洁身自好的高致，先后投身权臣贾充，外戚杨骏，后党贾谧，几经波折，也没有急流勇退，并终不免于杀身之祸。他在知命之年写的《闲居赋》，较《秋兴赋》表现出更多的淡于功名利禄的高情雅致，然而在行动上仍无碍其屈身权贵。所以元遗山在《论诗》绝句中把他作为文不顾行的典型，道是"心画心声总失真，文章宁复见为人？高情千古《闲居赋》，争信安仁拜路尘！"对《秋兴赋》也未尝不可以这样看待。

魏晋是一个玄风泛滥的时代，老庄哲学渗入文学创作，"正始明道，诗杂仙心"，诗歌里面也宣扬玄理，后来便出现了玄言诗。这种风气也影响到赋。潘岳这篇赋就明显地掺杂着玄理，化用了不少老庄的语言和典故。这种现象，未见得能加深作品的思想深度，倒反而损害了艺术的真实自然。

陆 机

陆机（261—303），字士衡，吴郡吴县华亭（今上海市松江区）人。祖陆逊，父陆抗，并东吴名将。吴亡后陆机与弟陆云闭门勤学达十年之久。晋太康末，陆机兄弟入洛阳，颇得张华赏识，因而名重一时；后辟为祭酒，累迁太子洗马、著作郎等职。赵王伦"辅政"，引为相国参军，因诛贾谧功，赐爵关内侯。赵王伦败，被收付廷尉，赖成都王颖、吴王晏救免。颖以机参大将军军事，表为平原内史。晋惠帝太安初，成都王颖与河间王颙起兵讨长沙王乂，受任为后将军、河北大都督，兵败被诬，与弟陆云并遇害，年四十三。陆机诗现存一〇四首，纪行诗颇具特色，所著《文赋》是继曹丕《典论·论文》之后的重要文论。后人辑有《陆士衡集》，今人有《陆机集校笺》。

叹逝赋 并序

昔每闻长老追计平生同时亲故①，或凋落已尽，或仅有存者。余年方四十，而懿亲戚属，亡多存寡，昵交密友②，亦不半在，或所曾共游一涂，同宴一室，十年之外，索然已尽③。以是思哀，哀可知矣。乃作赋曰：

【注释】

①本篇选自《文选》。每，常也。

②懿亲，至亲。懿，美。昵，亲近。

③索然,枯竭貌。

以上为序文,概述作赋缘起。

伊天地之运流,纷升降而相袭。①日望空以骏驱,节循虚而警立。②嗟人生之短期,孰长年之能执③?时飘忽其不再,老晼晚其将及。④怼琼蕊之无征,恨朝霞之难挹。⑤望汤谷以企予,惜此景之屡戢。⑥悲夫!川阅水而成川,水滔滔而日度;世阅人而为世,人冉冉而行暮。⑦人何世而弗新?世何人之能故?野每春其必华,草无朝而遗露⑧。经终古而常然,率品物其如素。⑨譬日及之在条,恒虽尽而弗痦。⑩

【注释】

①伊,发语词。运流,运行流转。纷,盛貌。升降,指天地之气上升下降。《礼记·月令》:孟春之月,"天气下降,地气上腾,天地和同,草木萌动"。孟冬之月,"天气上腾,地气下降,天地不通,闭塞而成冬"。袭,承。天地之气升降相袭,意即时序相续。

②骏驱,迅速驰骋。节,时节。循虚,凭空。警立,犹言猝然出现。警,李善注,"犹惊也"。引申为猝然。

③执,持。

④飘忽,迅疾貌。晼(wǎn)晚,日将暮之貌。《楚辞·哀时命》:"白日晼晚其将入兮,哀余寿之弗将。"

⑤"怼(duì)琼蕊"二句,言欲食琼蕊、餐朝霞以求长生,然琼蕊无征,朝霞难挹。怼,怨。琼蕊,犹玉英、玉花。张衡《西京赋》:"屑琼蕊以朝飧,必性命之可度。"李善注引《三辅故事》:"武帝作铜露盘,承天露,和玉

屑饮之，欲以求仙。"无征，无效。朝霞，《楚辞·远游》："漱正阳而餐朝霞。"挹，舀取。

⑥望汤谷以企予，即企予以望汤谷。望汤谷，即所以望日。汤谷，神话中日出之处。企，踮起脚跟。《诗·卫风·河广》："谁谓宋远，企予望之。"景，日光，即指日。戢，藏。

⑦阅，更历。度，流度。冉冉，渐进之貌。行暮，喻趋向衰老。

⑧"人何世"四句，李善注："野每春其必华，喻人何世而弗新；草无朝而遗露，喻世何人而能故。夫露之在草，无一朝有余；以喻人之居世，无一朝而能故也。"遗，留、余。

⑨终古，自古至今。经，经历。率，全部。品物，众物。素，故。

⑩日及，植物名，生命极短，朝生暮死。《庄子·逍遥游》"朝菌不知晦朔"，《释文》引司马彪云："大芝也，天阴生粪上，见日则死，一名日及，故不知月之终始也。"《艺文类聚》卷八九引潘尼《朝菌赋序》："朝菌者，盖朝花而暮落，世谓之木槿，或谓之日及，诗人以为舜华，宣尼以为朝菌。"条，枝。寤，同"悟"。李善注："言命之行尽，譬乎日及，虽至于尽而不能寤。"

第一段，有感于天地无穷，慨叹人生短促。

虽不寤其可悲，心惆焉而自伤。①亮造化之若兹②，吾安取夫久长！痛灵根之夙殒，怨具尔之多丧。③悼堂构之陨瘁，慜城阙之丘荒。④亲弥懿其已逝，交何戚而不忘？⑤咨余今之方殆，何视天之芒芒！⑥伤怀凄其多念，戚貌瘁而鲜欢⑦。幽情发而成绪，滞思叩而兴端⑧。惨此世之无乐，咏在昔而为言⑨。居充堂而衍宇，行连驾而比轩；⑩弥年时其讵几，夫何往而不残！⑪或冥邈而既尽，或寥廓而仅半。⑫信松茂而柏悦，嗟芝焚而蕙叹。⑬苟性命之弗殊，岂同波而异澜?⑭瞻前轨之既覆,知此路之良难。⑮启四体而深悼,惧兹形之将然。⑯毒娱情而寡方,怨感目之多颜。⑰

【注释】

①不寤其可悲,指自然品物。惆焉而自伤,则为作者自己。惆焉,犹惆然、伤痛貌。

②亮,通"谅",诚。造化,创造化育者,指大自然。

③灵根,指先人。张衡《南都赋》:"固灵根于夏叶。"李善注:"言刘氏植根于夏叶。"(刘氏,指刘汉王朝。)张赋中"灵根"指远祖,陆机用以指祖、父等先人。夙陨,谓先人早已去世。夙,早。陨,落。具尔,指兄弟。《诗·大雅·行苇》:"戚戚兄弟,莫远具尔。"具,同"俱"。尔,通"迩",亲近之意。此以"具尔"代指兄弟。

④堂构,喻父祖的遗业。《书·大诰》:"若考作室,既厎法,厥子乃弗肯堂,矧肯构。"传:"以作室喻治政也。"后乃以"肯堂肯构"比喻父祖遗业。陆机父祖均有勋绩,故云。隤瘁(tuí cuì),崩塌毁坏。慜,通"悯",忧。城阙,城池宫阙。丘荒,成为废墟荒芜之地,喻吴国已亡。丘,废墟。

⑤亲,指懿亲戚属。弥懿,犹至美、至善。弥,极。交,即昵交密友。戚,亲近、密切。

⑥咨,嗟。殆,危。芒芒,同"梦梦",昏愦不明之貌。《诗·小雅·正月》:"民今方殆,视天梦梦。"

⑦瘁,通"悴",憔悴。鲜(xiǎn),少。

⑧叩,发动。

⑨咏在昔,咏叹往昔。

⑩"居充堂"二句,谓往昔亲交戚友甚多,居止接近,居则充堂衍宇,

行则连驾比轩。充堂,犹言广室。衍宇,连绵的屋宇。驾、轩,都指车。

⑪弥,终。讵几,犹几何。讵,何。残,毁。年时无几,而无往不残,谓亲友及产业均已凋丧。

⑫冥邈,幽深邈远,指人的死亡。寥廓,寥落、凋零,指亲友的衰败,兼指屋宇车舆之散失。半,读平声。

⑬"信松茂"二句,谓同类之间,繁茂则相悦,伤亡则相怜,重在后者,即物伤其类之意。松、柏,均美木。芝、蕙,均香草。

⑭"苟性命"二句,言人之性命没有不同,如水同波,无异澜也。殊,异。

⑮瞻,望。前轨之既覆,指在昔之人均已亡故。前轨,犹前车。此路,由生至死的人生之路。

⑯启视四体,深为伤悼,恐己身亦复如此,谓将死去。《论语·泰伯》:"曾子有疾,召门弟子曰:'启予足!启予手!'"启,"晵"之借字,视。四体,四肢。兹形,指己身。将然,亦将如此,指死去。

⑰毒,痛。寡方,犹言无术。感目,犹触目。多颜,李善注:"谓亡者既多,而非一状也。"

第二段,写父祖遗业及故国倾覆,亲友凋零,感到己身亦将如此,因而深自悲悼。

谅多颜之感目,神何适而获怡。①寻平生于响像,览前物而怀之。②步寒林以凄恻,玩春翘而有思。③触万类以生悲,叹同节而异时④。年弥往而念广,涂薄暮而意迮。⑤亲落落而日稀,友靡靡而愈索。⑥顾旧要于遗存,得十一于千百。⑦乐陨心其如忘,哀缘情而来宅。⑧托末契于后生,余将老而为客。⑨然后弭节安怀,妙思天造。⑩精浮神沦,忽在世表。⑪寤大暮之同寐,何矜晚以怨早。⑫指彼日之方除，岂兹情之足搅。⑬感秋华于衰木，瘁零露于丰草；在殷忧而弗违，夫孰云乎识道？⑭将颐天地之大德，遗圣人之洪宝。⑮解心累于末迹，聊优游以娱老。⑯

【注释】

①谅，信。神，精神。何适，何往。怡，乐。

②"寻平生"二句，言在昔人事均已过往，故只能寻其影像，览前物而加以怀念。响，回声。像，影像。

③玩，赏玩。翘，犹翘翘。《诗·周南·汉广》："翘翘错薪。"毛传："翘翘，薪貌。"错薪，庞杂之草木。此即以"翘"代指草木。

④同节而异时，节令相同而年时有异。

⑤弥，愈。涂薄暮，喻年老。《史记·伍子胥列传》："日暮途远，吾故倒行而逆施之。"涂，同"途"。迮（阻格切，zé），迫。

⑥落落，稀貌。靡靡，尽貌。索，尽、空。

⑦要，约。旧要，往昔之约，此用以代指旧交。旧要，犹"久约"。语本《论语·宪问》"久要不忘平生之言"。得十一于千百，千得十，百得一，谓死丧殆尽，所余无几。

⑧隤（tuí），失、遗。宅，居。"乐隤心"二句言快乐在心中，失落如被遗忘，悲哀缘情感而自来宅居，即乐易失而哀易来之意。

⑨末契，微薄之情谊，谦辞。将老而为客，谓将老死，在世之日无多，如同作客。

⑩弭节，原指乘车按节徐行，此用以喻安定心绪，与"安怀"同义。妙思天造，谓妙思骤得，迨由天造，非人力所能。

⑪"精浮神沦"二句，言精神若浮若沉，飘忽不定，若出尘世之外。沦，

沉。表，外。

⑫"寤大暮"二句，言人总归一死，同归大暮，晚不必矜持，早无须怨恨。寤，觉。大暮，犹长夜，喻死亡。作者有《大暮赋》。寐，喻死。矜，夸。

⑬彼日，指死之日。方除，即将来到。搅，乱。

⑭瘁，伤。殷忧，深忧。违，去。"指彼日"以下四句与前文"野每春其必华，草无朝而遗露"照应。李善注："言达人之志，混齐死生，今反感木衰之秋华，悲丰草之零露，是乃在殷忧而不去，何云识道乎？"

⑮"将颐"二句，言将颐养生命而遗弃荣利。《易·系辞下》："天地之大德曰生，圣人之大宝曰位。"颐，养。大德，指生命。遗，弃。洪宝，同"大宝"，指职位、富贵利禄之类。

⑯"解心累"二句，言解除世俗之累，聊优游自得，以娱老年。解，解除。心累，犹言思想负担，指欲望与情感。《庄子·庚桑楚》："彻志之勃，解心之缪，去德之累，达道之塞。富贵显严名利，六者勃志也；容动色理气意，六者缪心也；恶欲喜怒哀乐，六者累德也；去就取与知能，六者塞道也。此四六者，不荡胸中则正，正则静，静则明，明则虚，虚则无为而无不为也。"末迹，指世俗事务。聊，且。优游，悠闲自得。

第三段，写年时过往，触类生悲。又觉大暮同寐，无可如何，不若颐养天年，优游以老。

【评析】

（一）《叹逝赋》是一曲人生的哀歌。叹逝也者，叹亲友凋零，叹年光飘忽，更叹自身老大，不免大暮同归。"嗟人生之短期，孰长年之能执？"这是一个具有普遍意义的主题，赋写得亦可谓深挚。

"逝者如斯夫，不舍昼夜！"世间的一切总是不断飞逝，往而不返，这事实往往引起人们的思考，探索人生的真谛。有志者会想到更好地把握现实，建功立业；孱弱者却彷徨悲悼，无可如何。陆机这篇赋所表现的恰好是后者。"年弥往而念广，涂薄暮而意迮"，他没有找到理想的答案，最后仍不免陷入魏晋人惯于用来麻痹自己的老庄之道，用解除心累，颐养天年，优游岁月来聊以自慰。来者必逝，这是自然的规律，具有正确人生观的人，并不会因此得出消极的结论，他们想到的是如何尽最大的力量，为人类做出贡献，让自己的生命得到充实；"使生如春花之灿烂，死如秋叶之静美"，这才是正确的答案。但那种积极的人生，不是陆机所能想象的。

陆机不是一个甘于寂寞的人。他出身贵族，自负才望，不无政治野心。只是时代发生了变化，他的祖、父建立功业的孙氏王朝已经覆灭。他经过一段潜藏之后，北上洛阳，投奔新主，卷进了西晋统治集团内部倾轧的旋涡。《叹逝赋》作于晋惠帝永康元年（300），其时陆机入洛已经十年，经历了不少波折，因而，在他的人生感慨里应该有更多的社会内容。但他却停留在悼亡伤逝的表面，未免嫌于浮泛。沈德潜评论陆机的诗，说"士衡以名将之后，破国亡家，称情而言，必多哀怨，乃词旨肤浅，但工涂泽，复何贵乎"。于《叹逝赋》也未尝不可如此看待。

（二）《叹逝赋》中"瘁大暮之同寐，何矜晚以怨早。指彼日之方除，岂兹情之足搅"几句，方除，李善注引《诗》"日月其除"为解。按，"日月其除"之"除"，去也。彼日，指死之日。谓死之日方去，义不可通。李善注引《诗》不当。

《诗·唐风·蟋蟀》："蟋蟀在堂，岁聿其暮。今我不乐，日月其除。""日月其除"与"岁聿其暮"一致，指蟋蟀在堂之时，岁尽冬寒之日。毛传："除，去也。"诗意谓今我不乐，年光即已逝去。"除"为逝去之意。又，《诗·小雅·小明》："昔我往矣，日月方除；曷云其还，岁聿云暮？""日月方除"

与"岁聿云暮"对举，前者指年初春始之日，后者指岁尽冬残之时。毛传："除，除陈生新也。""除"为新生初始之意。——按，《广韵》"除，阶也"，即台阶。台阶的每一级，都是一级过去，又一级开始。故"除"有除去之意，终了之意；又有开始之意，新生之意。毛传训解明白：《蟋蟀》"日月其除"，曰"除，去也"；《小明》"日月方除"，曰"除陈生新也"。陆机赋"指彼日之方除"，用《小明》"日月方除"之"除"义，非《蟋蟀》"日月其除"之"除"义。故不应引《蟋蟀》"日月其除"为解；而应引《小明》"日月方除"，彼日之方除，谓"大暮"（死亡）之日将要来到。方除，谓将来，非言已去。赋意谓既寤大暮同寐，无须矜晚怨早，故彼死日来临，又岂能乱我之情。

王安石《元日》诗"爆竹声中一岁除"，后世春联中常理解为旧的一年已经过去，实与王安石诗意不同。王写的是元日诗，不是除夕诗；意谓一岁开始，非谓一年已尽也。

陶渊明

陶渊明（365 或 372 或 376—427），字元亮，一名潜，浔阳柴桑（今江西九江西南）人。曾祖陶侃，晋大司马。祖陶茂，武昌太守。至渊明时，家世衰微。他只做过短时间的镇军参军与建威参军。晋安帝义熙元年（405）为彭泽令，在官八十余日，即弃官归家，不再出仕。他是东晋杰出的诗人，诗作自然隽永。有《陶渊明集》。

归去来兮辞 并序①

余家贫，耕植不足以自给。幼稚盈室，瓶无储粟，生生所资，未见其术。②亲故多劝余为长吏，脱然有怀，求之靡途。③会有四方之事，诸侯以惠爱为德，家叔以余贫苦，遂见用于小邑。④于时风波未静，心惮远役，彭泽去家百里，公田之利，足以为酒，故便求之。⑤及少日，眷然有归欤之情。⑥何则？质性自然，非矫厉所得⑦。饥冻虽切，违己交病。⑧尝从人事，皆口腹自役。⑨于是怅然慷慨，深愧平生之志。犹望一稔，当敛裳宵逝。⑩寻程氏妹丧于武昌，情在骏奔，自免去职。⑪仲秋至冬，在官八十余日。因事顺心，命篇曰"归去来兮"。⑫乙巳岁十一月也⑬。

【注释】

①本篇选自《文选》，又见《晋书·陶潜传》。归去，弃官归家。来，语助词。

②耕植，犹耕种。瓶，储粮之陶器。生生所资，维持生计的需要。

③亲故，亲朋故旧。为长吏，泛指做官。脱然，不经意之貌。靡途，无门路。

④会有，适逢。四方之事，指当时军阀争战。诸侯，指各地方割据势力。以惠爱为德，言其爱惜人才，此敷衍之辞。家叔，渊明叔父陶夔，时为太常卿。

⑤风波未静，当时军阀时有争战，社会极不安定。惮，害怕。远役，去远方任职。彭泽，今江西彭泽。

⑥及少日，过时未久。眷然，思恋貌。归欤，回去。

⑦矫厉，谓用强力改变物性，犹强制。矫，矫正。厉，磨砺。

⑧"饥冻"二句，饥冻虽甚严重，但违背本心却更为痛苦。

⑨尝从人事，谓曾经出仕。口腹自役，为口腹而役使自己。

⑩怅然，失意貌。慷慨，感情激动。稔（rěn），谷物成熟。谷物一年一熟，故一稔即一年。敛裳宵逝，收拾衣裳，连夜启程。

⑪寻，不久。程氏妹，嫁于程氏之妹。陶集有《祭程氏妹文》。武昌，今湖北鄂州市鄂城区。骏，急。

⑫因，顺应。因事顺心，顺应事态发展，又合内心愿望。

⑬乙巳，晋安帝义熙元年（405）。文辞涉春耕，赋当写成于次年，时渊明约四十二岁。

以上为序，述其做官而又辞官的原因与经过，说明作赋缘由。

归去来兮！田园将芜胡不归？既自以心为形役，奚惆怅而独悲？①悟已往之不谏，知来者之可追，②实迷途其未远，觉今是而昨非。舟遥遥以轻飏，风飘飘而吹衣。问征夫以前路，恨晨光之熹微。③乃瞻衡宇,载欣载奔。④僮仆欢迎,稚子候门。三径就荒,松竹犹存。⑤携幼入室,有酒盈樽。引壶觞以自酌,眄庭柯以怡颜。⑥倚南窗以寄傲,审容膝之易安。⑦园日涉以成趣⑧,门虽设而常关。策扶老以流憩,时矫首而遐观。⑨云无心以出岫,鸟倦飞而知还;⑩景翳翳以将入,抚孤松而盘桓。⑪

【注释】

①以心为形役,使心为形体所役使,即为生活而丧失自由,亦即"口腹自役"。奚,为何。

②悟,醒悟。已往,过去之事,指出仕。谏,谏阻、挽回。来者,未来之事。追,来得及。《论语·微子》:"楚狂接舆,歌而过孔子,曰:'凤兮!凤兮!何德之衰?往者不可谏,来者犹可追。已而已而,今之从政者殆而!'"

③遥遥,同"摇摇",舟行摇荡之貌。飏,飘荡。熹微,黎明时晓色微萌之貌。

④瞻,望见。衡宇,横木为门的简陋屋宇。载,助词,用在句首或句中,起加强语气的作用。欣,高兴。奔,急走。

⑤三径,《三辅决录》卷一:"蒋诩归乡里,荆棘塞门,舍中有三径,不出,唯求仲、羊仲从之游。"蒋诩为西汉哀帝时人,王莽当政时隐居不出。就,将。

⑥樽,酒器。引,援。壶觞(shāng),酒壶酒杯。眄(miǎn),闲视。柯,树枝,此即指树。怡,愉悦。

⑦寄傲,寄托其高尚的情致。审,深知。容膝,古人席地而坐,以膝着地,容膝意即座席那么大的地方,此代指生活简易。《韩诗外传》:"北郭先生妻曰:'今结驷列骑,所安不过容膝;食方丈于前,所甘不过一肉。'"

⑧涉,走。趣,同"趋",闲行散步之所。《尔雅·释宫》:"堂上谓之

行,堂下谓之步,门外谓之趋,中庭谓之走,大路谓之奔。"郭璞注:"此皆行步趋走之处因以为名。"一说"成趣"为自成佳趣,亦通。

⑨策,杖。扶老,手杖。流憩,流连休息。矫首,举头。遐观,远望。

⑩"云无心"二句,既是实景描摹,又是心情的形象比喻。岫(xiù),山坳。

⑪景,日光。翳翳(yì),逐渐昏暗貌。盘桓,徘徊。

第一段,写弃官归来的心情与经过。

归去来兮!请息交以绝游,世与我而相违,①复驾言兮焉求②?悦亲戚之情话,乐琴书以消忧。农人告余以春及,将有事于西畴③。或命巾车,或棹孤舟,④既窈窕以寻壑,亦崎岖而经丘。⑤木欣欣以向荣,泉涓涓而始流;善万物之得时,感吾生之行休!⑥已矣乎,寓形宇内复几时!曷不委心任去留,胡为乎遑遑欲何之?⑦富贵非吾愿,帝乡不可期⑧。怀良辰以孤往,或植杖而耘耔;⑨登东皋以舒啸⑩,临清流而赋诗。聊乘化以归尽,乐夫天命复奚疑!⑪

【注释】

①请,此处犹言"让我"。息交以绝游,停止交游,谢绝世俗。游,指官场俗客,非指友朋邻里。世,世俗。

②驾言,驾车出游。言,语助词。《诗·邶风·泉水》有"驾言出游"句,此截取"驾言"以代"出游"。

③有事,指农事。

④巾车,有帷幕之车。棹,桨。此作动词,划。

⑤窈窕,幽深貌。崎岖,高低不平貌。

⑥善，欣美。行休，即将结束，谓生命短促。

⑦寓形，寄身。曷，何。委心，随心之自然。遑遑，匆遽貌，亦不安之貌。

⑧帝乡，天帝所居之处，谓仙境。吕延济注："帝乡，仙都也。"《庄子·天地》："千岁厌世，去而上仙。乘彼白云，至于帝乡。"成玄疏："（帝乡）天地之乡"应为"天帝之乡"。《文选·鲍照〈舞鹤赋〉》："去帝乡之岑寂。"刘良注："帝乡，天帝之乡也。"期，期待。

⑨怀，盼望。植杖，插好手杖。耘，除草。耔（zǐ），培土。《论语·微子》有荷蓧丈人"植其杖而耘"。

⑩皋，水边高地。舒啸，放声长啸。

⑪乘化，顺应自然规律。归尽，结束生命。乐夫天命，乐乎自然，安于命运。《易·系辞上》："乐天知命故不忧。"

第二段，写归来之生活与感受。

【评析】

陶渊明从彭泽断然弃官归去，是他一生在出仕与归隐的矛盾中作出的最后抉择，是封建社会历史上极为罕见的行动。《归去来兮辞》，也是文学史上独具风貌的奇文。欧阳修曾说："两晋无文章，幸独有此篇耳。"可见此文在文学史上的地位。

萧统《陶渊明传》说渊明为彭泽令，"岁余，会郡遣督邮至县，吏请曰：'应束带见之。'渊明叹曰：'吾岂能为五斗米折腰向乡里小儿！'即日解绶去职，赋《归去来》。"昭明所写或出于传闻，陶渊明自己说是因程氏妹去世急于奔丧；但两者可能都是事实。他在官没有几天就"眷然有归欤之情"，感到"饥冻虽切，违己交病"，他不愿"以心为形役"，已早有很深的思想基础。这种思想的产生，有一个真正的原因，是那个时代身处官场太危险。

军阀混战，社会动荡，统治者极端凶残，老百姓固然处在水深火热之中，文人名士也少有善终。前于渊明者，嵇康被无辜冤害，阮籍装聋作哑才得保全首领，张华见杀，陆机受祸，潘岳被诛，左思终身郁郁，刘琨以身殉国，郭璞屈死南岗；后于渊明者，谢灵运广州弃市，鲍明远荆州死难；其他无辜而死于非命者不可胜数。陶渊明决心脱离罗网，实在是为了免除祸患。他对他的儿子们说，自己"每以家弊，东西游走，性刚才拙，与物多忤。自量为己，必贻俗患"（《与子俨等书》），因此宁可忍受饥寒也要"僶俛辞世"，倒是说出了真情。

作品开头"既自以心为形役，奚惆怅而独悲？悟已往之不谏，知来者之可追，实迷途其未远，觉今是而昨非"，写出了长期以来渴望冲出罗网的复杂心情。可见作者辞官的决定，并不如传记作者设想的那么高雅，那么简单，他是经历了一番思想斗争的。作品接着用极其轻快的笔调，描写出回乡路上与到达家园时的欢乐情状。然后再写他回家以后自由自在的生活：淳朴的农民，美丽的山水，生机蓬勃的春光，都使他怡然自乐。然而也并不是没有矛盾的。"寓形宇内复几时，曷不委心任去留，胡为乎遑遑欲何之？"话说得如此坦然，实际上正是心头并不宁帖的表现。"聊乘化以归尽，乐夫天命复奚疑"，也不过是一种自慰，果真一点"疑"也没有，这些话也就不必说了。

但不管怎样，作品的情调是轻松的、欢乐的，表现的心境恬然自适、大彻大悟。他深感官场羁绊之苦，终于得到解放，有一种由衷的喜悦，正如朱熹所说，"其词夷旷萧散，虽托楚声，而无其尤怨切蹙之病"。"云无心以出岫，鸟倦飞而知还；景翳翳以将入，抚孤松而盘桓。"这些词句内涵极为丰富而深刻，没有丝毫愁苦之色，却表现出对人生真正的执着。作品语言之朴实，感情之真挚，潘岳陆机之作，与之相较，不啻天渊之别。

陶渊明的诗在魏晋六朝独树一帜，散文颇具特色，这篇辞赋在当时也极为醒目。以辞赋的体裁而具有陶诗的情韵和陶氏散文的朴素风格；叙事抒情，自然融洽，决无堆砌板滞之病；行文流畅而疏宕，欢快而沉着：这些是它主要的艺术特色。魏晋六朝，无人可比。

谢惠连

谢惠连（397—433），陈郡阳夏（今河南太康）人，南朝宋文学家。谢灵运族弟，颇为灵运所赏识。曾为彭城王刘义康法曹参军，仕途不甚得意。原有集，已佚，明人辑有《谢法曹集》，收入《汉魏六朝百三名家集》。

雪 赋

岁将暮，时既昏，寒风积，愁云繁。梁王不悦，游于兔园。①乃置旨酒，命宾友，召邹生，延枚叟。相如末至，居客之右。②俄而微霰零，密雪下。③王乃歌《北风》于卫诗，咏《南山》于周雅。④授简于司马大夫⑤，曰："抽子秘思，骋子妍辞，侔色揣称，为寡人赋之！"⑥

【注释】

①本篇选自《文选》。梁王，指汉梁孝王刘武，汉文帝次子，封于梁（今河南商丘），好辞赋。邹阳、枚乘、司马相如都曾被招纳入其门下。兔园，梁孝王所筑园名，后称梁苑，亦号梁园。

②邹生，即邹阳。枚叟，即枚乘。相如，即司马相如。三人均西汉有名赋家。梁王兔园赏雪，相如为赋，系作者设辞虚构。

③俄，旋即。霰，雪珠。零，飞洒。大雪常先下雪珠，然后飞雪。

④《北风》，《诗·邶风》篇名。诗云："北风其凉，雨雪其雰。"邶属卫地，故称卫风。《南山》，指《诗·小雅·信南山》。诗云："上天同云，雨雪霏霏。"

⑤简，竹简，用以写字。司马大夫，指司马相如。按，司马相如终身

未尝为大夫,此云大夫者,乃普通的敬辞。

⑥抽,出也。秘思,深秘之思。妍辞,妍丽之辞。俦色揣称,谓抽子秘思,骋子妍辞,务使与雪之美相当。俦,《说文》"齐等也"。色,《诗·大序》"忧在进贤,不淫其色",色与贤相对,美也。揣,《说文》"量也"。称,《尔雅·释言》"好也"。好亦美也。"俦"与"揣"义近,"色"与"称"义同。

第一段,虚构梁孝王与文士赏雪兔园,命相如作赋。

相如于是避席而起,逡巡而揖。①曰:

"臣闻雪宫建于东国,雪山峙于西域;②岐昌发咏于来思,姬满申歌于黄竹;曹风以麻衣比色,楚谣以幽兰俪曲;③盈尺则呈瑞于丰年,袤丈则表沴于阴德;④雪之时义远矣哉⑤!

"请言其始:若乃玄律穷,严气升,⑥焦溪涸,汤谷凝,⑦火井灭,温泉冰,⑧沸潭无涌,炎风不兴⑨,北户墐扉,裸壤垂缯。⑩于是河海生云,朔漠飞沙。连氛累霭,掩日韬霞。⑪霰淅沥而先集,雪纷糅而遂多。⑫

"其为状也,散漫交错,氛氲萧索;蔼蔼浮浮,瀌瀌奕奕;⑬联翩飞洒,徘徊委积。始缘甍而冒栋,终开帘而入隙。⑭初便娟于墀庑,末萦盈于帷席。⑮既因方而为珪,亦遇圆而成璧。眄隰则万顷同缟,瞻山则千崖俱白。⑯于是台如重璧,逵似连璐;庭列瑶阶,林挺琼树;⑰皓鹤夺鲜,白鹇失素;纨袖惭冶,玉颜掩姱。⑱

"若乃积素未亏,白日朝鲜,烂兮若烛龙衔耀照昆山⑲;尔其流滴垂冰,缘霤承隅,粲兮若冯夷剖蚌列明珠。⑳至夫缤纷繁骛之貌,皓旰皦洁之仪,回散萦积之势,飞聚凝曜之奇,㉑固展转而无穷,嗟难得而备知。

历代抒情小赋选 | 127

"若乃申娱玩之无已㉒,夜幽静以多怀。风触槛而转响,月承幌而通晖㉓。酌湘吴之醇酎,御狐貉之兼衣。㉔对庭鹍之双舞㉕,瞻云雁之孤飞。践霜雪之交积,怜枝叶之相违。驰遥思于千里,愿接手而同归㉖。"

【注释】

①避席,古人席地而坐,离座起立,表示尊敬。逡巡,迟疑退逊之貌。略微退步,也示敬意。

②雪宫,齐国宫名。《孟子·梁惠王下》记"齐宣王见孟子于雪宫"。东国,指齐国,在今山东一带。雪山,指天山。《汉书·西域传》:"天山冬夏有雪。"

③岐,山名,亦地名,在今陕西岐山,周发祥之地,因以代指姬周。昌,周文王姬昌。来思,《诗·小雅·采薇》有"昔我往矣,杨柳依依;今我来思,雨雪霏霏"之句,诗序谓诗作于文王时。姬满,即周穆王。黄竹,古歌名。《穆天子传》记周穆王"游黄台之丘,日中大雪,北风雨雪,天子作诗三章以哀民"。首句云"我徂黄竹",故名《黄竹歌》(歌实后人伪托)。麻衣,《诗·曹风·蜉蝣》有"蜉蝣掘阅,麻衣如雪"之句。楚谣,指传为宋玉所作《讽赋》,赋记宋玉出行,遇美女延之于兰房之室。室有鸣琴,宋玉"援而鼓之,为幽兰白雪之曲"。

④"盈尺"句,谓雪深盈尺,呈现丰年祥瑞。《诗·小雅·信南山》:"雨雪氛氛。"毛传:"丰年之冬,必有积雪。""袤丈"句,言雪深一丈,则有女主当权之灾。李善注引《春秋潜潭巴》:"大雪甚厚,后必有女主。天雪连月,阴作威。"(《春秋潜潭巴》为汉代纬书,已佚,明清两代均有辑本。李注引文不全,已无法补足。)袤,长、深。沴(lì),灾害。阴德,指女

性权威。

⑤时义，应时之意。句法仿《易·遁》"遁之时义大矣哉"。

以上九句列举典籍有关记载，说明雪之"时义"。

⑥玄律穷，谓四时运行将尽，已入岁暮。吕延济注："玄律穷，十二月也。"《礼记·月令》：季冬之月，"日穷于次，月穷于纪"。玄，天。《老子》第十五章："微妙玄同。"河上公注："玄，天也。"《周礼·冬官·画缋》："天谓之玄。"律，运行规律。严气，冬天严寒之气。《礼记·月令》：孟冬之月，"天地始肃"。郑玄注："肃，严急之气也。"

⑦焦溪，李善注引郦道元《水经注》曰："焦泉发于天门之左，南流成溪，谓之焦溪。"涸，水干。汤谷，李善注引盛弘之《荆州记》："南阳郡城北有紫山，东有一水，冬夏常温，因名汤谷也。"凝，冰冻。

⑧火井，李善注引《博物志》曰："临邛火井，诸葛亮往观之，后火转盛，以盆贮水，煮之得盐。"温泉，李善注引张衡《温泉赋》曰："遂适骊山，观温泉。"

⑨沸潭，李善注引郦道元《水经注》曰："曲阿季子庙前，井及潭常沸，故名井曰沸井，潭曰沸潭。"炎风，李善注曰："在南海外，常有火风，夏日则蒸，杀其过鸟也。"

⑩北户墐扉，谓北向门用泥涂门扇。语本《诗·豳风·七月》："塞向墐户。"墐，泥涂。扉，门扇。裸壤，李周翰注："裸壤，不衣国也。至此寒切，沸潭不能为涌，北户加泥以避寒，不衣之俗亦垂缯帛也。"缯，帛之总称。

⑪"连氛累霭"二句，言天空充塞寒云雾气，掩蔽天日，隐没霞彩。连氛累霭，云气重重。掩，蔽。韬（tāo），隐藏。

⑫淅沥（xī lì），雪珠下落声。纷糅，纷乱貌。宋玉《九辩》："霰雪纷

糁其增加。"

"请言其始"之后十六句,写开始下雪时气候变化,所有地方无不冰冻严寒。

⑬氤氲(yūn),云气浓盛貌。萧索,云气疏散貌。蔼蔼,密集貌。浮浮,飘浮貌。瀌瀌(biāo)、奕奕,均盛大貌。《诗·小雅·角弓》:"雨雪瀌瀌。"又:"雨雪浮浮。"

⑭联翩,连绵不断。委积,积聚。甍(méng),屋脊。冒,覆盖。

⑮便(pián)娟、萦(yíng)盈,均回旋飞舞之貌。墀,台阶。庑(wǔ),廊屋。帷,幕幔。

⑯珪,条形玉器。璧,圆形玉器。眄,斜视、观看。隰,低地,此泛指原野。缟(gǎo),素绢,此谓雪白如缟。瞻,望。

⑰台如重璧,言台榭为白雪覆盖,有如重叠之白璧。《穆天子传》:"为盛姬筑台,是曰重璧之台。"逵(kuí),大路。璐,美玉。瑶阶,玉阶。琼树,玉树。

⑱皓鹤,白鹤。白鹇,鸟名。纨,洁白细绢。"纨袖"与下"玉颜"相对,代指着素美女。冶,艳丽。玉颜,指美女。古诗:"燕赵多佳人,美者颜如玉。"姱,美。

"其为状也"之后二十二句正面描摹雪景。

⑲烂,与下文"粲"字均光明貌,二者合一即为灿烂之意。烛龙,神话中怪物名,在西北无日之处,人面兽身,衔烛以照幽阴。见《山海经·大荒北经》《淮南子·墬形训》。昆山,传说中玉山名。《书·胤征》:"火炎昆冈,玉石俱焚。"孔传:"山脊曰冈,昆山出玉。"

⑳霤(liù),屋檐。承,使承受,意即流入、注满。缘霤承隅,谓滴水凝成冰凌,缘屋椽注满各个角落。冯夷,水神。剖蚌列明珠,蚌能生珠,

人常剖而取之。

"若乃积素未亏"六句,写日光照耀下的冰雪奇景。

㉑缤纷繁骛,繁多纷乱貌。皓旰(hàn)皦(jiǎo)洁,洁白光明貌。仪,仪容,引申为景象。回散萦积,回旋、散乱、盘旋、委积。"回"与"萦"义同,"散"与"积"义反。飞聚凝曜,飞舞、聚集、凝结、辉映。

"至夫缤纷繁骛"六句,总写雪景之变幻莫测,绚烂多姿。

㉒申,延续。

㉓"风触楹"二句,言柱上挂满冰凌,遇风发出响声;窗帷凝结雪花,使月光更加皎洁。承,李善注"上也"。幌,布幔,此指窗帷。

㉔湘、吴,李善注引《吴录》:"湘川零陵县水以作酒有名,吴兴乌程县若下酒有名。"醇酎(chún zhòu),味质醇厚之酒。御,穿。兼衣,犹言重袭。

㉕鹍,鹍鸡,鸟名。

㉖接手,犹携手。

"若乃申娱玩"十二句,写夜间赏雪,对雪怀人。

第二段,写相如对雪景的描摹和称美。

邹阳闻之,懑然心服,有怀妍唱,敬接末曲。于是乃作而赋积雪之歌。①歌曰:"携佳人兮披重幄,援绮衾兮坐芳缛。燎熏炉兮炳明烛,酌桂酒兮扬清曲。"②

又续而为白雪之歌。歌曰:"曲既扬兮酒既陈,朱颜酡兮思自亲。愿低帷以昵枕,念解佩而褫绅。③怨年岁之易暮,伤后会之无因。君宁见阶上之白雪,岂鲜耀于阳春!"

歌卒,王乃寻绎吟玩,抚览扼腕④,顾谓枚叔,起而为乱。⑤乱曰："白羽虽白，质以轻兮；白玉虽白，空守贞兮；未若兹雪，因时兴灭。⑥玄阴凝不昧其洁，太阳曜不固其节。⑦节岂我名，洁岂我贞？凭云升降，从风飘零；值物赋象，任地班形；⑧素因遇立，污随染成；⑨纵心皓然，何虑何营！⑩"

【注释】

①愧然，惭愧貌。《庄子·天地》："子贡愧然惭。"作，起。

②披，掀开。幄，帷幕。援，取。绮衾，花被，此指绣花丝袍。缛，同"褥"，坐垫。燎，燃。熏炉，香炉。炳，照。

③朱颜，红颜。酡（tuó），因饮酒而脸红。《楚辞·招魂》："美人既醉，朱颜酡些！"昵，亲近。褫（chǐ），解。绅，衣带。

邹阳所赋二歌，咏赏雪之欢乐与因此而生之感触。

④寻绎，反复推求。扼腕，以手握腕，感情激动之状。

⑤枚叔，枚乘，字叔。乱，辞赋篇末总结全篇要旨之辞，始见于屈原诸作。王逸注："乱，理也，所以发理辞旨，总撮其要也。"

⑥白羽强白，《孟子·告子上》孟子曰："白羽之白也，犹白雪之白；白雪之白，犹白玉之白欤？"李善引刘熙曰："孟子以为白羽之性轻，白雪之性消，白玉之性坚。虽俱白，其性不同。"为赋中"白羽虽白"六句所本。以，太。贞，坚。因时兴灭，指雪因气候条件不同而出现或消失。李善注："言随时行藏也。"

⑦"玄阴凝"二句，谓雪在冬夜寒凝下不丧失其洁白，在日光照耀下即行融化。玄阴，冬天，此指冬夜。《艺文类聚》卷五七引王粲《七释》："农功既登，玄阴戒寒。乃致众庶，大猎中原。"

⑧值，遇。赋，形成。任，因。班，铺成，与"赋"同义。

⑨"素因"二句，言雪遇净则洁，遇秽则污。

⑩纵，放任。皓然，旷达淡泊貌。一说当作"浩然"。《孟子·公孙丑上》孟子曰："我善养吾浩然之气。"此借用其词，表其因任自然之意。虑，思虑。营，谋求。枚叔乱辞总摄全篇，称颂雪"因时兴灭""纵心皓然"之品性。

第三段，述邹阳作歌，枚叔为乱。

【评析】

自汉代楚赋设主客问答以来，赋家常取这种形式。现存楚赋写的都是屈原、宋玉的传闻，人是真的，故事多为传说。汉代大赋则虚构人物，使用化名，如子虚、乌有、亡是公、东都主人、西都宾之类。南朝赋则多用历史人物，实际纯系虚构。谢惠连这篇《雪赋》和谢庄《月赋》即是这类作品的代表。宋代欧阳修、苏轼写的散文赋仍设主客问答，但是由作者自己出马了。

《雪赋》描摹一种自然景物，为赋开辟了一个新的领域。这与东晋南朝诗歌、散文大量摹写自然景物是相应的。正面写景，特别是写单一的景色颇不容易。这篇赋，写下雪之前寒云四起的气氛，既下之后氤氲飞洒的景象，阳光下积雪的灿烂，夜色中雪色的洁白，都相当细致真切，显示了作者惨淡经营的匠心。

然而这种赋有它致命的缺陷，即内容空虚。如这篇赋，除了序言式的开头以外，分为咏雪的三部曲。"相如"的对答是主体，为写雪而写雪，别无兴寄，谈不上有什么深刻意义。其中用许多典故来说明"雪之时义"，纯系敷衍文字，并无深意。后面"邹阳"所赋两歌，与前后内容都不协调。"积雪之歌"歌的不是积雪，"白雪之歌"也与白雪无大关系，而是用赞赏的笔调来写统治者的奢侈淫靡。末尾"枚叔"的乱辞说理，为晋代玄言诗的遗迹。作者不歌颂雪的皎洁，也否定玉的坚贞，却以"因时兴灭"作为雪的品格，甚至提出"节岂我名,洁岂我贞?"对节操贞洁取否定态度,而鼓吹"值物赋象,任地班形;素因遇立,污随染成"这样一种随境逐时、同流合污的处世哲学。东晋南朝是一个云翻雨覆的时代,士大夫们不讲忠贞操守,谢惠连所称之"雪格",无意中成了这个乱世中许多封建士大夫"人格"的象征。

鲍 照

鲍照(约414—466),字明远,东海(郡治今江苏郯城北)人。出身贫寒。南朝宋临川王刘义庆任以为国侍郎,宋文帝迁为中书舍人。临海王刘子项镇荆州,照为前军参军,故称鲍参军。宋明帝泰始二年(466)临海王谋反,照为乱兵所杀。鲍照为南朝宋一代杰出诗人,所作风骨劲朗、语言俊逸,乐府诗尤能表现其豪迈的风格与慷慨的激情。有《鲍参军集》。

芜城赋①

弥迤平原②:南驰苍梧涨海,北走紫塞雁门。③柂以漕渠,轴以昆冈。④重江复关之隩,四会五达之庄。⑤当昔全盛之时,车挂轊,人驾肩;⑥廛闬扑地,歌吹沸天。⑦孳货盐田,铲利铜山。⑧才力雄富,士马精妍。⑨故能侈秦法,佚周令,划崇墉,刳浚洫,图修世以休命。⑩是以版筑雉堞之殷,井干烽橹之勤⑪,格高五岳,袤广三坟;⑫崒若断岸,矗似长云;⑬制磁石以御冲,糊赪壤以飞文。⑭观基扃之固护,将万祀而一君。⑮出入三代五百余载,竟瓜剖而豆分!⑯

【注释】

①本篇选自《文选》。李善注:"集云,登广陵故城作。"南朝宋文帝元嘉二十七年(450)冬十二月,北魏太武帝南犯,兵至瓜步,广陵太守刘怀之逆烧城府船乘,尽帅其民渡江。孝武帝大明三年(459)四月,竟陵王诞据广陵反。七月,沈庆之讨平之,杀三千余口。是十年之间,广陵

两遭兵祸，鲍明远盖有感于此而为赋。广陵，今江苏扬州。汉高祖十二年（前195），刘邦封兄子刘濞于此，称吴王。经营三十余年，国用饶足，景帝前元三年（前154），刘濞起兵反，旋被平定。赋中写广陵全盛之时，即自西汉起。

②弥迆（mí yǐ）：地势平坦辽阔之貌。

③苍梧，郡名，汉置，在今广西东部。涨海，南海。此代指南方极远之地。紫塞，指长城。崔豹《古今注·都邑》："秦筑长城，土色皆紫，汉塞亦然，故称紫塞焉。"雁门，郡名，秦置，在今山西西北。此代指北方极远之地。

④"柂以漕渠"二句，言广陵有邗沟以通航，昆冈以通车。柂，通"舵"，代指船。此作动词，行船。漕渠，运粮水道，此指邗（hán）沟，大致即今里运河一线。轴，代指车。此作动词，行车。昆冈，地名，在广陵西北。

⑤"重江复关"二句，言广陵四方辐辏，为交通枢纽。重江复关，条条江河、层层关塞。隩（ào），深邃之地，犹言中心。四会五达，四方来会、五方通达。庄，大路。《尔雅·释宫》："五达谓之康，六达谓之庄。"

⑥轊（wèi），车上部件，青铜制，套于车轴两端。人驾肩，行人拥挤，致肩部互相抬驾。

⑦廛（chán），居民区域。闬（hàn），里间。扑地，犹遍地。歌吹，歌吟吹奏。

⑧"孳货盐田"二句，言吴王刘濞利用辖地资源，煮海水为盐，以铜矿铸钱。《史记·吴王濞列传》："吴有豫章郡铜山，濞则招致天下亡命者盗铸钱，煮海水为盐，以故无赋，国用富饶。"孳（zī），繁殖、滋生。货，货币，也指财物。《书·洪范》："八政：一曰食，二曰货。"孔颖达疏："货者，金玉布帛之总名。"铲，发掘。

⑨才，通"财"。精妍，精良。

⑩"故能侈秦法,佚周令"二句,言逾秦代规模,超周代体制。张衡《西京赋》:"乃览秦制,跨周法。"侈,扩大。佚,通"轶",超越。划,规划,引申为建筑。崇墉(yōng),高城。刳,开凿。浚洫(jùn xù),深沟,指护城河。图,谋。修世,永世。休,美。命,命运。以上几句谓广陵物质条件优越,统治者因而野心膨胀,擅改旧制,大修城池,以图长远统治。

⑪版筑,墙板与筑杵,均为筑墙工具,此用作动词。雉堞,城上排列如齿轮状矮墙,即城垛。井干,井架,建造高建筑物用的栏架,此用作动词。烽橹,烽火城楼。"殷""勤"为"殷勤"一词之分用,频繁之意,言不断增筑。

⑫格,规格、规模,此指高度。五岳,五座名山,即东岳泰山、西岳华山、南岳衡山、北岳恒山、中岳嵩山。袤(mào),宽度。三坟,所指不详。坟,大土丘。

⑬崒(zú),高峻。断岸,陡岩。矗(chù),高耸直立。

⑭制磁石以御冲,古代宫门常嵌磁石以吸引铁制兵器用以防御敌人的袭击。赪(chēng)壤,红土。飞文,绘制生动图案。

⑮基扃(jiōng),城关。李善注:"凡言基扃,泛论城阙,犹车称轸,舟谓之舻耳,非独指扃也。"基,城基。扃,从外面关门的门闩。固护,牢固可靠。万祀,万年。一君,一姓之君。

⑯出入三代,广陵自刘濞建都始,至作者作此赋时已历汉、三国、晋三代。出入,谓此出彼入,依次相代。五百余载:刘濞于高祖十二年(前195)受封,到南朝宋孝武帝大明年间已六百五十余年,此概而言之。作者不愿明涉南朝宋时事,故意拉扯到前此"三代五百余载"的事以回避现实。瓜剖而豆分,喻广陵城经历次动乱后的残毁破碎之状。

第一段,写广陵地理形势与当年盛况,末句点出芜城。

泽葵依井，荒葛胃涂。①坛罗虺蜮，阶斗䴥鼯。②木魅山鬼，野鼠城狐，风嗥雨啸，昏见晨趋。③饥鹰厉吻，寒鸱吓雏。④伏虣藏虎，乳血飧肤。⑤崩榛塞路，峥嵘古馗。⑥白杨早落，塞草前衰。棱棱霜气，蔌蔌风威⑦，孤蓬自振，惊沙坐飞。⑧灌莽杳而无际，丛薄纷其相依。⑨通池既已夷，峻隅又已颓，⑩直视千里外，唯见起黄埃。凝思寂听，心伤已摧。

【注释】

①泽葵，莓苔。葛，藤本植物。胃（juàn），挂、缠绕。涂，道路。

②坛，李善注："王逸《楚辞》注曰：'坛，堂也。又，楚人谓中庭曰堂。'"虺（huī），毒蛇名。蜮（yù），传说中水中鬼怪，能含沙射影以害人。䴥（jūn），獐。鼯（wú），鼯鼠，亦名飞鼠，能飞，昼伏夜出。

③魅，鬼怪。见（xiàn），同"现"。

④"饥鹰厉吻"二句，言饥鹰寒鸱，厉吻吓雏，上下句结合理解。厉吻，磨利嘴尖。鸱（chī），鹞鹰。吓（hè），怒鸣声，吓服。雏，小鸟。

⑤虣（bào），"暴"之异体字。也为猛兽名。李善注："字书曰：虣，古文暴字。"乳，吮吸。飧（sūn），晚食，此用作吞噬之意。一作"餐"。肤，指肌肉。

⑥崩，倒塌。榛，乱树。峥嵘，高峻阴森之貌。馗（kuí），通"逵"，道路。

⑦前，先。棱棱（léng），寒气逼人之貌。蔌蔌（sù），风声劲疾之貌。

⑧孤蓬，蓬的一种，菊科植物，夏日于茎梢抽枝，生淡褐色花，秋后随风飘转。振，指飞起。坐飞，自然飞起。李善注："无故而飞曰坐飞。"

⑨灌莽、丛薄，均指草木密集丛生。杳，深远。纷，杂乱。

⑩通池，流通之城濠。夷，填平。峻隅，城上高耸之角楼。颓，崩塌。

第二段，写衰败中的广陵荒凉景象。

若夫藻扃黼帐①，歌堂舞阁之基；璇渊碧树，弋林钓渚之馆；②吴蔡齐秦之声，鱼龙爵马之玩：皆薰歇烬灭，光沉响绝！③东都妙姬、南国佳人，蕙心纨质，玉貌绛唇：莫不埋魂幽石，委骨穷尘；岂忆同舆之愉乐，离宫之苦辛哉！④

天道如何？吞恨者多。抽琴命操，⑤为芜城之歌。歌曰："边风急兮城上寒，井径灭兮丘陇残⑥。千龄兮万代，共尽兮何言！"

【注释】

①藻扃，刻有图案之门窗。藻，花纹。黼（fǔ）帐，绣帐。黼，黑白相间之花纹。

②璇渊，玉砌水池。碧，碧玉。弋，射。

③吴，今江浙地区。蔡，今河南上蔡。齐，今山东。秦，今陕西。以上四地泛指全国各地。声，音乐。鱼龙爵马，指诸多杂技。一说指诸多赏玩动物。爵，通"雀"。薰，烟。烬，燃烧剩余物。

④东都妙姬、南国佳人，泛指来自各地的美人。陆机《拟东城一何高》："京洛多妖丽，玉颜侔琼蕤。"京洛，即东都洛阳。曹植《杂诗》："南国多佳人，容华若桃李。"蕙心，犹芳心。蕙，香草名。纨，丝绢，喻其素洁。绛唇，红唇。委，弃。同舆，与君主同车，言受宠幸。舆，车。离宫，指与君王离居，言被疏弃。

⑤命，命名、命笔，此指歌咏。操，琴曲。

⑥井径灭，谓昔日人民聚居之处荒芜。井径，水井与道路，人聚居处必有井，故市肆亦称市井。丘陇残，谓死者坟墓之地破败。丘陇，坟墓。

第三段，慨叹昔日之豪华繁盛，如今都付与残迹穷尘。最后以歌作结。

【评析】

南朝宋孝武帝大明三年（459）发兵镇压割据广陵的竟陵王刘诞，并且下令屠城，把统治者内部倾轧而生的仇恨发泄到无辜的人民身上，历经兵燹的广陵再次遭到摧残。诗人鲍照来到残毁后的广陵，目睹这座历史名城的荒凉景象，无限感慨，写下了这一慷慨凄怆的名篇。按大明三年镇压竟陵王到南朝宋明帝泰始二年（466）诗人在荆州被乱兵杀害，相隔仅有七年，则此赋之作当在大明五六年（461、462）间。

广陵自西汉以来即成为东南重要都会，迭经修筑，又屡遭破坏。鲍明远的感触无疑直接来自孝武帝与竟陵王的残杀，却联系到以往五六百年间的历史变迁；诗人忌讳指斥南朝宋统治者的暴虐，笼而统之地发出他的感慨，虽出于回避现实的需要，却使作品的主题具有普遍的意义。

为野心所驱使的统治者一旦得到地理形势的便利，往往就骄横跋扈，招揽士马，大兴土木，扩展自己的势力，"图修世以休命"，而不知大都朝兴夕灭，乍盛即衰。历史上曾经演出过多少这样的悲剧，统治集团连同他们役使人民修建起来的城池都不免于"瓜剖而豆分"，这一点正是这篇赋的警示意义所在。

第二段写广陵的荒凉残破，是全文主要的一段，与前文"全盛之时"的广陵形成鲜明的对比。前段描绘广陵的兴盛。"重江复关之隩，四会五达之庄""廛闬扑地，歌吹沸天"，何等热烈！而今眼前所见，却是"泽葵依井，荒葛冒涂""木魅山鬼，野鼠城狐"，简直看不到人影；"白杨早落，塞草前衰""孤蓬自振，惊沙坐飞"，一派凄凉景象，令人触目惊心。城市如此凋零，人民流离失所，自可想见。

《芜城赋》虽然也像其他赋作一样采取大肆铺张的写法,但它的铺张来自诗人的生活实感,非但没有雕琢板滞的缺点,而且极其生动形象,给读者以强烈的感受。赋的语言清新流畅而又豪雄激荡,字字灌注着诗人的强烈感情。姚姬传称其"驱迈苍凉之气,惊心动魂之词",并目为"赋家之绝境",所以能震撼千百年来读者的心灵。

谢 庄

谢庄（421—466），字希逸，陈郡阳夏（今河南太康）人，南朝宋文学家。曾任吏部尚书，明帝时官金紫光禄大夫。能文章，善辞赋，文辞清丽。明人辑有《谢光禄集》，收入《汉魏六朝百三名家集》。

月 赋

陈王初丧应刘，端忧多暇。①绿苔生阁，芳尘凝榭。悄焉疚怀，不怡中夜。②乃清兰路，肃桂苑，腾吹寒山，弭盖秋阪。③临浚壑而怨遥，登崇岫而伤远。④于时斜汉左界，北陆南躔⑤，白露暧空⑥，素月流天。沉吟齐章，殷勤陈篇。⑦抽毫进牍，以命仲宣。⑧

【注释】

①本篇选自《文选》。陈王，即曹植，魏明帝太和六年（232）封陈王。应刘，应玚、刘桢，与王粲都属"建安七子"。应刘并卒于建安二十二年（217）。端，正。

②悄焉，忧貌。疚怀，犹伤怀。不怡，不乐。中夜，深夜。

③清，打扫。肃，清除。腾，喧腾。吹，管乐。弭，停。盖，车盖，代指车。阪，山坡。

④浚壑，深谷。崇岫，高山。怨遥、伤远，均谓怀念远人。

⑤斜汉左界，言银汉倾斜，在天左划一界线。汉，天河。北陆南躔（chán），即时入深秋。北陆，星名。躔，日月星辰运行日躔。

⑥暧，弥漫。《文选》刘良注："暧，满也。"

⑦齐章，指《诗·齐风·东方之日》其第二章："东方之月兮，彼姝者子，在我闼兮。"殷勤，此亦"沉吟"之意。陈篇，指《诗·陈风·月出》。其首章："月出皎兮，佼人僚兮。舒窈纠兮，劳心悄兮！"齐章、陈篇，皆寓对月怀人之意。

⑧毫，笔。牍，写字木板。仲宣，即王粲，字仲宣。

第一段，虚构陈王月夜"怨遥伤远"，命仲宣作赋。

仲宣跪而称曰①："臣东鄙幽介，长自丘樊，②昧道懵学，孤奉明恩。③臣闻沉潜既义，高明既经，④日以阳德，月以阴灵。⑤擅扶光于东沼，嗣若英于西冥。⑥引玄兔于帝台，集素娥于后庭。⑦朒朓警阙，胐魄示冲。⑧顺辰通烛，从星泽风。⑨增华台室，扬采轩宫。⑩委照而吴业昌，沦精而汉道融。⑪

【注释】

①称，陈述。

②东鄙，东方边远之地，王粲为山阳高平（今山东微山西北）人，故云。幽介，幽僻孤独，谦言出身微贱。丘樊，犹山畔。樊，边境。《广雅·释言》："樊，边也。"

③昧、懵，均愚蒙无知之意。孤，辜负。奉，承受。

④沉潜、高明，《书·洪范》："沉潜刚克，高明柔克。"孔传："沉潜，谓地；高明，谓天。"义，宜。经，常。二字在此犹言合乎规律，指天地形成。《左传·昭公二十五年》："夫礼，天之经也，地之义也。"

⑤阳德、阴灵，古人以日属阳，月属阴，故日具有阳德，月具有阴灵。

⑥ "擅扶光"二句，言太阳挟扶木光辉自汤谷升起，月亮于日落后接着放出光辉。（以上日月对举，下文专写月光。）擅，挟。扶光，扶桑之光，即日光。东沼，东方日出之池，即汤谷。《山海经·海外东经》："汤谷上有扶桑，十日所浴，在黑齿北。居水中，有大木，九日居下枝，一日居上枝。"嗣，承。若英，若木之光华，也指日光。若木为神话中日落处之神木。西冥，西方日落处。《淮南子·墬形训》："若木在建木西，末有十日，其华照下地。"

⑦ 玄兔，月中玉兔。张衡《灵宪》："月者阴精之宗，积成为兽，象兔形。"素娥，即嫦娥。嫦娥奔月，月色白，故称素娥。玄兔、素娥，均代指月光。帝台、后庭，指帝王台榭庭院。

⑧ 朒朓（nù tiǎo）警阙，言月初月末之微月，告诫人们知有缺失。朒（nù），阴历月初微月。朓，阴历月末微月。《说文》："朒，朔而月见东方谓之缩朒。""朓，晦而月见西方谓之朓。"朏（fěi）魄示冲，言上弦下弦之缺月，启示人们需懂得谦虚。朏，月初复明之月，又专指初三之月。《汉书·律历志》引《月采篇》："三日曰朏。"《说文》："朏，月未盛之明，从月出。"魄，月轮廓间无光之处。《逸周书·世俘解》："惟一月丙午，旁生魄。""二月，既死魄。"冲，谦虚。

⑨ 顺辰通烛，言月亮顺十二辰普照大地。辰，指子、丑、寅、卯、辰、巳、午、未、申、酉、戌、亥十二辰。古代以十二辰与十二月相配，夏历正月建寅，二月建卯，余可类推。通烛，犹言普照。从星泽风，古星象家谓月亮运行经某一星座则给世间润以风雨。泽，润泽。风，也连及雨。《书·洪范》："月之从星，则以风以雨。"孔传："月经于毕，则多风；离于毕，则多雨。"

⑩ "增华台室"二句，谓月亮经过，使台室、轩宫增辉。又谓月入台室、轩宫，使地下三公昌盛，后妃和洽。义实双关。台室，即三台。轩宫，

即轩辕。以上二者皆星座名。古人以三公与三台星座相应，后妃与轩辕星座相应。

⑪"委照"二句，孙坚夫人梦月入怀而生孙策，后建立吴国，又梦日入其怀而生孙权，后为吴主，故云"吴业昌"；李亲梦月入怀而生王政君，后为汉元帝后，成帝母，故云"汉道融"。《三国志·吴志·妃嫔传》之《孙破虏吴夫人传》注引《搜神记》："初，夫人孕而梦月入其怀，既而生策。其权在孕，又梦日入其怀。"委，投。照，月光，代指月。吴业，指三国时吴国的业绩。昌，兴盛。沦，降。精，指太阴之精。汉道，汉朝的事业。《汉书·元后传》："初，李亲任政君在身，梦月入其怀。"（任，同"妊"。政君，汉元帝王皇后。）扬雄《元后诔》："太阴之精，沙麓之灵，作合于汉，配元生成。"（配元帝，生成帝。）融，和洽。

第二段，用古代有关月相含义与月亮传说，说明"月以阴灵"。其中颇多迷信附会之说。

"若夫气霁地表，云敛天末。洞庭始波，木叶微脱。①菊散芳于山椒，雁流哀于江濑。②升清质之悠悠，降澄辉之蔼蔼。③列宿掩缛，长河韬映。④柔祇雪凝，圆灵水镜。⑤连观霜缟，周除冰净。⑥君王乃厌晨欢，乐宵宴，收妙舞，弛清县，⑦去烛房，即月殿，芳酒登，鸣琴荐。⑧

【注释】

①"若夫气霁"二句，言大地清澈，天空爽朗。气霁，谓雾气消散。霁，雨后天晴。敛，收。"洞庭始波"二句，本《楚辞·九歌·湘夫人》"洞庭波兮木叶下"。

②山椒，山顶。哀，哀切之声。濑（lài），沙石上浅水流过之地，此泛指水边。

③清质,指月亮。悠悠,迟缓之貌。降,指月光下照。澄辉,澄澈之光辉。蔼蔼,柔和之貌。

④列宿,群星。缛,繁密。长河,天河。韬映,藏其光亮。

⑤"柔祇雪凝"二句,言在月光的辉映下,大地像白雪凝聚,天宇如明镜倒悬。祇,地神,代指大地。圆灵,天宇。

⑥连,接续不断。观,宫观。缟,白绢。周,犹言满。除,阶除。

⑦厌,通"餍",足。晨,代指白天。弛,解下。县,通"悬",指悬挂之钟磬之类的乐器。

⑧登,陈列。荐,进献。

第三段,写月光之柔和明净。

"若乃凉夜自凄,风篁成韵,亲懿莫从,羁孤递进。①聆皋禽之夕闻,听朔管之秋引。②于是弦桐练响,音容选和,③徘徊《房露》,惆怅《阳阿》。④声林虚籁,沦池灭波。⑤情纡轸其何托,诉皓月而长歌。⑥"

歌曰:"美人迈兮音尘阙⑦,隔千里兮共明月。临风叹兮将焉歇,川路长兮不可越。"歌响未终,余景就毕,满堂变容,回遑如失。⑧

又称歌曰:"月既没兮露欲晞,岁方晏兮无与归。佳期可以还,微霜沾人衣。⑨"

【注释】

①自凄,本自凄清。风篁,风吹竹林。亲懿,至亲。羁孤,羁旅孤独之人。递进,接连而至。

②聆,听。皋禽,鹤。《诗·小雅·鹤鸣》有"鹤鸣于九皋"之句,故称。

夕闻，夜间鸣声。朔管，羌笛。羌在北方，故称朔管。秋引，秋之曲调。

③弦桐，琴。练响，调好音响。音容，指琴曲格调。选和，选用与情景谐调者。

④《房露》《阳阿》，均曲名。陆机《文赋》"悟防露与桑间"，"防露"即"房露"。《楚辞·招魂》"涉江采菱，发扬荷些"，"扬荷"即"阳阿"。《文选·对楚王问》："其为《阳阿》《薤露》，国中属而和者数百人。"

⑤声林，风吹响树林。籁，从孔穴里发出的声音，亦泛指一般的声响。虚籁，空寂无声。沦，微波。沦池，水池。灭波，波纹消失。以上几句言音乐优美哀切，林木为之绝响，水池为之灭波。

⑥纤轸，郁结隐痛。诉，向之倾诉。

⑦迈，远。音尘，音讯。

⑧余景就毕，谓月落。景，指月光。回湟（huáng）：犹彷徨、徘徊。

⑨露欲晞（xī），指天将明。晞，干。岁方晏，岁将暮。无与归，无人可与同归。

第四段，写凄清月夜，听哀切之琴声，感情怀之无托。后两歌写对月怀人之情思与月落以后的惆怅。

陈王曰："善！"乃命执事，献寿羞璧。①"敬佩玉音，复之无斁。"②

【注释】

①执事，办事人员。献寿，奉觞、进酒。《汉书·高帝纪》："庄入为寿。"颜师古注："凡言为寿，谓进爵于尊者。"羞，与"献"互文，均进献之意。《说文·丑部》："羞，进献也。"璧，玉器。

②玉音，珍贵文辞。复之无斁（yì），反复吟诵不倦。活用《诗·周南·葛

罩》"服之无斁"句。斁,厌倦。"乃命执事"二句插入叙事,"敬佩玉音"二句为陈王续完前语。

第五段,以陈王称善作结。

【评析】

谢庄《月赋》是模仿谢惠连《雪赋》的,但后来居上。《月赋》文辞清丽,有些段落写得相当精彩。《雪赋》基本上采取正面描写,用了许多比喻;《月赋》则较多从侧面烘托,描写较为生动。"若夫气霁地表,云敛天末。洞庭始波,木叶微脱。菊散芳于山椒,雁流哀于江濑",没有一字写到月光,却形象地写出了清空的月夜景色。下文接着写"升清质之悠悠,降澄辉之蔼蔼",就显得特别优美,成为咏月的名句。"列宿掩缛,长河韬映。柔祇雪凝,圆灵水镜。连观霜缟,周除冰净",柔和澄澈的月光,洒满长空,普照大地,这是一个多么静谧神奇的童话般的世界!在文学史上,这段描写月光的段落颇为有名。

《六朝文絜笺注》谓《雪赋》"描写著迹",《月赋》则"意趣洒然"。谢惠连写雪,过于泥着对象,较为呆板。谢庄写月,较多地使景物和人的感受联系起来,富有抒情意味。所谓前者"著迹",后者较有"意趣",原因就在此。

《月赋》虚构的情节,也较《雪赋》有较多的内容,但全篇仍有不甚协调之处。开篇写"陈王初丧应刘","悄焉疚怀",读者很可能估计全赋是写对月怀人的。其实它主要是状月景,并非写怀人。结尾有一首对月怀人的歌,但怀的是远隔千里的"美人",并非逝去的故友。因此全文也没有明确统一的主题。

虚构人物故事,是古代赋家常用的方式,但本篇虚构陈王与应、刘的关系却甚为荒诞。"陈王初丧应刘,端忧多暇",命仲宣作赋。按,王粲于建安二十一年（216）从大军南征，明年（217）病卒于道。是年京师疾疫，应玚、刘桢同时去世。王粲去世在应玚之前。又，王粲较曹植年长十五岁，曹植于魏太和六年（232）封陈王，时王粲已过世十五年，陈王安能命仲宣作赋？虽系虚构，却完全不顾客观事实，未免"虚"得离谱！

江 淹

江淹（444—505），字文通，济阳考城（今河南民权东北）人。通常把他算作南朝梁代诗人，其实他比南朝齐代诗人谢朓年长二十岁，早在南朝宋时就已经几任官职。南朝统治者此起彼落，江淹因善于趋奉，所以他总是只起不落。南朝宋末年他为萧道成出谋划策，"齐受禅"，拜中书侍郎，累迁秘书监侍中卫尉卿。萧衍起兵，他又"微服来奔"。南朝梁武帝即位，为散骑常侍、左卫将军，迁金紫光禄大夫，封醴陵侯。天监四年卒，入梁仅四年。江淹诗爱模拟，钟嵘称他"诗体总杂"，但他《恨》《别》两赋确是六朝佳作。有《江文通集》。

恨 赋[①]

试望平原，蔓草萦骨，拱木敛魂。[②]人生到此，天道宁论？于是仆本恨人，心惊不已，直念古者，伏恨而死[③]。

【注释】

①本篇与下篇《别赋》均选自《文选》。恨，各种人生的恨。李善注："意谓古人不称其情，皆饮恨而死也。"

②蔓草，蔓生之草。萦，缠绕。骨，死人白骨。拱木，大小为两手掌合围之木，围周约一尺左右。《左传·僖公三十三年》："中寿，尔墓之木拱矣！"后因以指墓木。敛魂，人死后魂魄相聚。古乐府《蒿里》："蒿里谁家地，聚敛魂魄无贤愚。"

③伏恨,犹言含恨。

第一段,描写平原悲凉景象,感叹古者伏恨而死,领起下文各种人生之恨。

至于秦帝按剑,诸侯西驰;削平天下,同文共规。①华山为城,紫渊为池。②雄图既溢③,武力未毕;方架鼋鼍以为梁,巡海右以送日。④一旦魂断,宫车晚出。⑤

若乃赵王既虏,迁于房陵;⑥薄暮心动,昧旦神兴⑦。别艳姬与美女,丧金舆及玉乘。置酒欲饮,悲来填膺⑧。千秋万岁,为怨难胜!

至于李君降北,名辱身冤;⑨拔剑击柱,吊影惭魂;情往上郡,心留雁门;⑩裂帛系书,誓还汉恩。⑪朝露溘至,握手何言!⑫

若夫明妃去时⑬,仰天太息,紫台稍远⑭,关山无极。摇风四起⑮,白日西匿,陇雁少飞,代云寡色。望君王兮何期,终芜绝兮异域⑯!

至于敬通见抵,罢归田里,闭关却扫,塞门不仕;⑰左对孺人,顾弄稚子,脱略公卿,跌宕文史。⑱赍志没地,长怀无已!⑲

及夫中散下狱⑳,神气激扬,浊醪夕引,素琴晨张。㉑秋日萧索,浮云无光。郁青霞之奇意,入修夜之不旸!㉒

或有孤臣危涕,孽子坠心,迁客海上,流戍陇阴。㉓此人但闻悲风汩起,血下沾衿;亦复含酸茹叹,销落湮沉!㉔

若乃骑叠迹,车屯轨㉕,黄尘匝地㉖,歌吹四起;无不烟断火绝㉗,闭骨泉里!

【注释】

①秦帝,指秦始皇嬴政。同文共规,指统一文字和制度。始皇统一天

下后,"一法度衡石丈尺,车同轨,书同文字"。见《史记·秦始皇本纪》。规,法度。

②华山,山名,在今陕西。贾谊《过秦论》:"践华为城,因河为池。"紫渊,水名。司马相如《上林赋》:"丹水在其南,紫渊在其北。"

③溢,满也,犹言膨胀。

④"方驾鼋鼍"二句,言始皇雄图未尽,想向海外扩展。"方驾鼋鼍以为梁"写东行,"巡海右以送日"写西向。方,将。鼋(yuán)、鼍(tuó),大鳖和扬子鳄。梁,桥。李善注引《纪年》:"周穆王三十七年,伐纣,大起九师,东至于九江,叱鼋鼍以为梁。"巡,巡行。海右,古人设想有西海,中国在海右。《列子·周穆王》记周穆王驾八骏,"西观海日所入"。

⑤魂断,指死亡。宫车晚出,古代臣下不便直言皇帝死亡,因讳言宫车晚出。《史记·范雎蔡泽列传》"宫车一日晏驾",《集解》引韦昭曰:"凡初崩为晏驾者,臣子之心犹谓宫车当驾而晚出。"

"至于秦帝"以下十二句写雄图未尽的帝王之恨。

⑥赵王,指战国赵王迁,前235—前228在位。秦兵攻赵,赵降,赵国灭亡。事在秦王政二十四年(前223)。见《史记·赵世家》。《淮南子·泰族训》:"赵王迁流于房陵,思故乡,作为山木之呕,闻之者莫不陨涕。"(呕,通"讴",歌也。)

⑦昧旦,黎明。神兴,犹心动。

⑧膺,胸。

"若乃赵王"以下十句写亡国迁流的诸侯之恨。

⑨李君,指汉武帝时将军李陵,李广之孙,天汉二年(前99)将步卒五千出击匈奴,战败投降,武帝因杀其全家。见《史记·李将军列传》。

⑩上郡、雁门,均汉北方郡名。李广曾为上郡、雁门太守。

⑪裂帛系书,本苏武故事,作者移用于李陵。苏武,字子卿。汉武帝天汉元年(前100),奉命出使匈奴,被扣留迫降,坚贞不屈,匈奴徙武北海边牧羊,凡十九年。昭帝即位,匈奴与汉和亲,汉使到匈奴,求苏武回汉,匈奴诡言苏武已死。原苏武属吏常惠夜见汉使,"教使者谓单于,言:'天子射上林中,得雁,足有系帛书,言武等在某泽中。'"使者据以责单于,匈奴才承认苏武实在,苏武因得以回国。按,裂帛系书,并无其事,是常惠编造的故事,迫使匈奴承认苏武还在。见《汉书·李广苏建传》。还,报。

⑫朝露溘至,喻死亡。朝露,喻生命短促。《汉书》中李陵谓苏武曰:"人生如朝露,何久自苦如此!"溘,忽然。至,落下。握手,指临终握手,潘岳《邢夫人诔》:"临命相决,交腕握手。"

"至于李君"十句写名辱身冤的将军之恨。

⑬明妃,即王昭君,名嫱,南郡秭归(今属湖北)人。去时,指竟宁元年(前33),汉元帝以王昭君赐匈奴呼韩邪单于,昭君离别汉庭,远嫁匈奴。见《汉书·元帝纪》。

⑭紫台,汉代称帝王所居为紫宫,紫台犹紫宫。稍,渐。

⑮摇风,扶摇风,暴风。

⑯芜绝,指死亡。异域,异国,明妃死在匈奴。

"若夫明妃"以下十句写远投异国的美人之恨。

⑰敬通,即冯衍,字敬通,京兆杜陵人。从刘玄起兵,玄死,从光武帝,为曲阳令,迁司隶从事,衍颇有谋略,且善辞赋,常遭权臣谗毁。后以交通外戚免官,"西归故里,闭门自保,不敢复与亲故通",终潦倒以死,见《后汉书》本传。见抵,被罪。不仕,不预人事。仕,通"事"。

⑱脱略,不以为意、轻慢。跌宕,放纵。

⑲赍(jī)志没地,怀抱大志未酬而逝。赍,带。长怀,长恨。

历代抒情小赋选 | 153

"至于敬通"以下十句写罢官失意的才人之恨。

⑳中散,即嵇康。康曾为中散大夫,后为司马昭所害。

㉑浊醪,浊酒。嵇康《与山巨源绝交书》:"浊酒一杯,弹琴一曲,志愿毕矣。"素琴,不施彩绘的琴。

㉒郁,郁积。青霞之奇意,言其志高。修夜,长夜。不旸(yáng),不明,喻死亡。

"及夫中散"以下八句写含冤被害的高士之恨。以上所举六类均取古代典型,大体按时间顺序排列。

㉓孤臣,疏斥放逐之臣。孽子,贱妾所生之庶子。《孟子·尽心上》:"独孤臣孽子,其操心也危,其虑患也深。"李善注:"心当云危,涕当云坠,江氏爱奇,故互文以见义。"迁客,贬谪迁徙者。流戍,流放戍边者。海上、陇阴,均极言其远。

㉔此人,犹言这些人,指孤臣孽子等。汩(gǔ),急。含酸茹叹,犹言尝尽辛酸,饮恨吞声。茹,吃。销落湮沉,消散湮灭。

"或有孤臣"以下八句写孤臣孽子迁客流戍之恨。

㉕"若乃"二句,言车马之迹交错叠聚,言车骑之盛。骑、车,"骑"与"车"互文,并指车骑。叠,重。屯,聚。

㉖黄尘匝(zā)地,言车骑繁多,所以黄尘遍地。匝地,遍地。匝,遍及。

㉗烟断火绝,指生活结束,也喻生命之火熄灭。

最后六句泛写人生欢腾歌吹之后终归死灭之恨。

第二段,写各类人生之恨。

已矣哉!春草暮兮秋风惊,秋风罢兮春草生。绮罗毕兮池馆尽,琴瑟灭兮丘垄平。①自古皆有死,莫不饮恨而吞声!

【注释】

① "春草"四句,谓春去秋来,光阴倏忽,时序无穷,而人事都归泯灭。池馆尽,生活之所不复存在。丘垄平,坟墓也终归夷灭。李善注引《琴道》:"雍门周曰:'高台既已倾,曲池又已平。坟墓生荆棘,狐兔穴其中!'"

第三段,以自古皆有死,人皆有恨作结,感慨不尽。

【评析】

佛祖释迦牟尼感到人生无常,谁也脱不了老病死丧的痛苦,因而,他追求一种能解脱人生苦难的哲学,终于在菩提树下"大彻大悟",于是创造了佛教。诗人江淹也有着同样的感受,但他没有办法大彻大悟,却只有不尽的人生之"恨",如此作了《恨赋》。当然,江淹所赋不全是死之恨,而是"不称其情"而死之恨,是人生得不到满足之恨。这种恨和死本身一样,在那个时代差不多是每个人都有的。

烜赫的帝王将相,凄惨的孤臣孽子,都有各不相同的人生遗憾,都免不了"伏恨而死"。这种人生之恨确实很普遍。然而积极向上的人想到的是怎样把握现实,为自己的理想而斗争,用不着哀伤哭泣。读一读曹孟德"老骥伏枥,志在千里;烈士暮年,壮心不已"的诗句,与这里的"绮罗毕兮池馆尽,琴瑟灭兮丘垄平",两者的价值不可同日而语。文学作品应该鼓舞人们乐观向上,从而认识到生命的价值。人生确实是短促的,但不应该由此得出消极的结论,而应尽最大的努力使生命放出光辉。像《恨赋》这样的哀叹,反映的其实是一种消极没落的情绪。

南朝统治者们偷安江左而并不安宁,各种野心家争夺不息,倾轧不已。人们处在兵戈扰攘之中,随时可能遭受杀身之祸,因此容易产生人生倏忽的慨叹，伏恨而死的悲哀。《恨赋》传达出来的正是这样哀伤的声音。"乱世之音怨，以怒其政乖"，齐梁之政"乖"遂使《恨赋》之音"怨"。南朝佛教暴兴，正是这种社会背景下的产物，《恨赋》也是在这种社会背景中唱出的哀歌。

　　谢惠连、谢庄创造了描摹某一种自然景物的赋，江淹却用赋来抒写某种人的情感。开辟这一领域，列举典型来表现主题，这都是江淹的创造。这篇赋主题明确，条理分明，文辞清丽，富有音乐美，又不用生僻的词语和典故，对各种人物典型都写得具体而生动，具有感人的艺术力量。赋家江淹文辞之美，鲍照以后的南朝作家很少有人可与之相比。

别　赋

　　黯然销魂者①，唯别而已矣。况秦吴兮绝国，复燕宋兮千里。②或春苔兮始生，乍秋风兮暂起。③是以行子肠断④，百感凄恻。风萧萧而异响，云漫漫而奇色。⑤舟凝滞于水滨，车逶迟于山侧；棹容与而讵前，马寒鸣而不息。⑥掩金觞而谁御，横玉柱而沾轼。⑦居人愁卧，恍若有亡。⑧日下壁而沉彩，月上轩而飞光。⑨见红兰之受露，望青楸之离霜。⑩巡层楹而空掩，抚锦幕而虚凉。⑪知离梦之踯躅，意别魂之飞扬。⑫

【注释】

①黯然，心神沮丧之貌。销魂，神思恍惚，丧魂落魄。

②"况秦吴"二句，言相距空间之远。秦，在今陕西。吴，在今江浙。

绝国，隔绝之国，言极遥远。燕，在今河北。宋，在今河南。秦、吴谓东西远隔，燕、宋谓南北暌离。

③"或春苔"二句，言离别时间之长。春苔始生、秋风乍起，谓时序变换迅速。乍，忽然。

④行子，旅人。肠断，形容极度悲伤。鲍照《代东门行》："野风吹秋木，行子心肠断。"

⑤萧萧，风声。漫漫，无边际之貌。

⑥凝滞，停留。逶（wēi）迟，行进迟缓。棹（zhào），桨。容与，荡漾不进貌。屈原《涉江》："船容与而不进兮，淹回水而凝滞。"诇，犹不也。《文选·谢朓〈同谢谘议铜雀台诗〉》"诇闻歌吹声"吕向注："诇，犹不也。""舟""车"两句，隔句相承："棹容与而诇前"承"舟凝滞于水滨"，"马寒鸣而不息"承"车逶迟于山侧"。

⑦掩，覆。觞，酒杯。御，进，指喝酒。玉柱，琴瑟等乐器上的支弦小柱，即弦码，此代指琴瑟。轼，车前供人凭靠之横木。

"是以行子"以下十句，从行子一方落笔。

⑧居人，留居者，指送别之人。恍（huǎng），失神貌。若有亡，如有所失。

⑨沉，隐没。轩，李善注："槛板也。"此代指楼阁。

⑩红兰、青楸，泛指草木。离，遭受。

⑪巡，巡行。层楹，高楼。层，高。楹，房柱，也用作房屋计量单位，因亦代指房屋。掩，掩门。幕，帷帐。因行人已去，故层楹空掩，锦幕无温。

⑫"知离梦"二句，言由于自己怀思，想到行人也必定离梦淹留，别魂飘荡。踯躅（zhí zhú），徘徊不进貌。

"居人愁卧"以下十句从居人一方着墨。

第一段，总写离别伤情。

故别虽一绪，事乃万族：①

至若龙马银鞍，朱轩绣轴。②帐饮东都，送客金谷。③琴羽张兮箫鼓陈，燕赵歌兮伤美人。④珠与玉兮艳暮秋，罗与绮兮娇上春。⑤惊驷马之仰秣，耸渊鱼之赤鳞。⑥造分手而衔涕⑦，感寂寞而伤神。

乃有剑客惭恩⑧，少年报士，韩国赵厕，吴宫燕市，⑨割慈忍爱，离邦去里。沥泣共诀，抆血相视。⑩驱征马而不顾⑪，见行尘之时起。方衔感于一剑，非买价于泉里。⑫金石震而色变，骨肉悲而心死⑬。

或乃边郡未和，负羽从军⑭。辽水无极，雁山参云。⑮闺中风暖，陌上草薰。日出天而耀景，露下地而腾文。⑯镜朱尘之照烂，袭青气之烟煴。⑰攀桃李兮不忍别，送爱子兮沾罗裙⑱。

至于一赴绝国，讵相见期？⑲视乔木兮故里，决北梁兮永辞。⑳左右兮魂动，亲宾兮泪滋。可班荆兮赠恨㉑，唯尊酒兮叙悲。值秋雁兮飞日，当白露兮下时。怨复怨兮远山曲，去复去兮长河湄。㉒又若君居淄右，妾家河阳。㉓同琼珮之晨照，共金炉之夕香。㉔君结绶兮千里，惜瑶草之徒芳。㉕惭幽闺之琴瑟，晦高台之流黄。㉖春宫閟此青苔色，秋帐含兹明月光。夏簟清兮昼不暮，冬釭凝兮夜何长。㉗织锦曲兮泣已尽，回文诗兮影独伤。㉘

傥有华阴上士，服食还山。㉙术既妙而犹学，道已寂而未传。㉚守丹灶而不顾，炼金鼎而方坚。驾鹤上汉，骖鸾腾天；暂游万里，少别千年。惟世间兮重别，谢主人兮依然。㉛

下有芍药之诗，佳人之歌，㉜桑中卫女，上宫陈娥。㉝春草碧色，春水绿波，送君南浦㉞，伤如之何！至乃秋露如珠，秋月如珪；明月白露，光阴往来；与子之别，思心徘徊。

【注释】

①绪,端。族,类别。

②龙马,骏马。《周礼·夏官》:"马八尺以上为龙。"轩,有帷幕之车。绣轴,有彩饰之车。"朱轩""绣轴"同义。轴,车轴,代指车。

③帐饮,设帐饯别。东都,城门名,汉长安东都门。汉疏广、疏受叔侄,年老乞归,汉宣帝重加赏赐,"公卿大夫,故人邑子,为设祖道供帐东都门外,送者车数百辆"。见《汉书·疏广传》。金谷,地名,在今洛阳市东北,晋石崇筑园于此,号金谷园。晋惠帝元康六年(296),石崇与诸友于此送别征西大将军祭酒王诩。见石崇《金谷诗序》。

④羽,指舞用鸟羽。张,指张开、弹奏。燕、赵,代指美人。古诗:"燕赵多佳人,美者颜如玉。"

⑤珠、玉、罗、绮,均指歌女服饰。上春,初春。

⑥"惊驷马"二句,言送别音乐优美哀切,使驷马仰秣,潜鱼惊动。《荀子·劝学》:"昔者瓠巴鼓瑟而流鱼出听,伯牙鼓琴而六马仰秣。"《韩诗外传》作:"昔伯牙鼓琴而渊鱼出听,瓠巴鼓瑟而六马仰秣。"秣,马用饲料。耸,惊动。

⑦造,到。衔,含。

"至若龙马"以下十二句写显宦豪贵之生离。赋中故实,均用作典型环境之代替词,如"东都"代指城郊,"金谷"代指名园,都非指实地,亦非赋其事,全赋皆此,与《恨赋》直咏典型史例者不同。

⑧惭恩,犹"感恩",惭受其恩。

⑨韩国,指聂政事。聂政,战国时韩国人,为报濮阳严仲子知遇之恩,刺杀仲子仇人韩相侠累,自身亦破腹出肠而死。事在韩烈侯三年(前

397），《史记·刺客列传》作韩哀侯，此从《韩世家》。国，城。赵厕，指豫让事。豫让，战国初晋人，事晋智伯，为智伯所尊崇。赵、韩、魏共灭智伯，豫让欲为智伯报仇，乃变姓名为刑徒，潜入赵宫涂厕，欲刺赵襄子未遂；继而用漆涂身，吞炭使哑，暗伏桥下谋刺，又不成。被捕后，求得赵襄子衣服，拔剑击衣后自杀。事在晋出公二十二年（前453）。吴宫，指专诸事。专诸，春秋时吴人，为吴公子光刺杀吴王僚，事败被杀。事在吴王僚十二年（前515）。燕市，指荆轲事。荆轲，战国末卫人，为燕太子丹入秦，行刺秦王，不中，被秦所击杀。事在秦王政二十年（前227）。并见《史记·刺客列传》。

⑩沥泣，洒泪。诀，别。抆（wěn），拭。血，血泪。

⑪驱征马而不顾，言荆轲入秦，燕太子丹于易水送别，荆轲慷慨悲歌，于是"就车而去，终已不顾"。

⑫衔感，衔恩感遇。泉里，指地下。

⑬骨肉，指刺客的亲人。心死，形容哀伤至极。《庄子·田子方》："哀莫大于心死。"

"乃有剑客"以下十四句写报恩刺客之死别。

⑭羽，箭，代指武器装备。

⑮辽水、雁山，代指边地。辽水，辽河，中国东北地区南部大河。无极，无尽。雁山，雁门山，在今山西。参云，直入云天。参，直也、高也。

⑯陌，郊外路。薰，香。耀景，放出光辉。腾文，指露珠在日光下腾起五色的光彩。

⑰镜，照。朱尘，红尘。照烂，明亮灿烂。袭，扑，"花气袭人"之"袭"。青气，春天草木上的游气。烟煴（yīn yūn），同"氤氲"，气浓郁之貌。

⑱爱子，犹爱人，指征夫。详见后附（二）"释'爱子'"。

"或乃边郡"以下十二句写征人征妇之离情。

⑲绝国,此指外国。讵,何。李善注引《琴道》:"雍门周以琴见孟尝君。孟尝君曰:'先生鼓琴,亦能令悲乎?'对曰:'臣之所能令悲者,无故生离,远赴绝国,无相见期,臣为一挥琴而叹息,未有不凄怆而流涕者。'"

⑳乔木,高树。王充《论衡·佚文》:"睹乔木知旧都。"决,告别。梁,桥。《楚辞·九怀》:"济江海兮蝉蜕,决北梁兮永辞。"

㉑班,铺。荆,柴草。《左传·襄公二十六年》载,楚伍举与声子相善,伍举奔晋,声子遇之于郑郊,"班荆相与食,而言复故"。赠恨,相互倾诉离情别意。

㉒尊,通"樽",酒器。湄,水边。

"至于一赴"以下十二句写远赴绝国者之别恨。

㉓淄右,淄水西边。淄水在今山东境。河阳,黄河之北,古以今河南孟州一带为河阳。

㉔"同琼珮"二句,叙往日生活,晨起共同照镜,晚坐炉香共话。琼珮,玉制佩戴饰物。

㉕结绶,以绶系印,代指出仕。颜延年《秋胡诗》:"脱巾千里外,结绶登王畿。"瑶草徒芳,喻年华虚度。瑶草,香草。

㉖"惭幽闺"二句,写别后生活慵懒,琴瑟不弹,故对之有愧。流黄弗拭,故色彩昏暗。幽闺,深闺。晦,昏暗。流黄,黄色丝绢,指高台上流黄帷幕。

㉗阒,关闭。簟(diàn),竹席。缸(gāng),灯。凝,指灯光凝聚,无人活动,所以灯光寂寞。

㉘织锦曲、回文诗,《晋书·列女传》:"窦滔妻苏氏,始平人也,名蕙,字若兰。善属文。滔,苻坚时为秦州刺史,被徙流沙,苏氏思之,织锦为

回文旋图诗以赠滔,宛转循环以读之,词甚凄惋,凡八百四十字。"

"又若君居"以下十四句写游宦离别之愁,闺中相思之苦。

㉙"傥有"二句,《列仙传》:"修芊者,魏人也。华阴山下石室中有龙石,段(锻)其上,取黄精食之,后去,不知所之。"傥有,犹"或有"。华阴,华山之北。上士,道家高士。服食,指服用药物或仙丹。还山,前往深山。一作"还仙",前去成仙。还,前往。

㉚道已寂而未传,言道行虽深,然犹未达至高境界;与"术既妙而犹学"相应。寂,进入微妙之境。传,读如《吕氏春秋·顺民》"人事之传也"之"传",至也,谓最高之境。

㉛驾鹤、骖鸾,均传说中道士升天之法。汉,天河。惟,念。谢,辞别。依然,依恋之意。

"倘有华阴"以下十二句写学道成仙者之离情。

㉜芍药之诗,《诗·郑风·溱洧》:"维士与女,伊其相谑,赠之以芍药。"佳人之歌,《汉书·外戚传》有李延年歌:"北方有佳人,绝世而独立。"

㉝桑中、上宫,均地名。《诗·鄘风·桑中》:"爰采唐矣?沬之乡矣。云谁之思?美孟姜矣。期我乎桑中,要我乎上宫,送我乎淇之上矣!"《诗·邶风·燕燕》诗序谓为卫庄姜送陈女戴妫大归之诗。鄘、邶并卫地,故称"桑中卫女";戴妫陈女,陈与卫地近,故曰"上宫陈娥"。(原《桑中》诗中"上宫"与"陈娥"无涉。)娥,美女。

㉞南浦,泛指送别之地。《楚辞·九歌·河伯》:"子交手兮东行,送美人兮南浦。"浦,水边。

"下有芍药"以下十四句特别突出写多情女子离别相思之苦。"春草碧色"四句写送别之时,"秋露如珠"六句写思念之日。

第二段,写各种离情别恨。

是以别方不定,别理千名。①有别必怨,有怨必盈;使人意夺神骇,心折骨惊。②虽渊云之墨妙,严乐之笔精,金闺之诸彦,兰台之群英③,赋有凌云之称,辩有雕龙之声④,谁能摹暂离之状,写永诀之情者乎!⑤

【注释】

①"是以别方"二句,言离别之因不一,离别之情各异。方,类别。理,情。

②意夺,犹言魂销。骇,惊。折,碎裂。惊,悸动。

③渊,王褒,字子渊。云,扬雄,字子云。以上二人均为西汉著名赋家。严,严安。乐,徐乐。以上二人均为汉武帝时文士。墨妙、笔精,言文笔精妙。金闺,西汉长安金马门,是宫门名,公孙弘等曾待诏金马门。闺,城门。《墨子·备城门》:"大城丈五为闺门,广四尺。"彦,俊才。兰台,东汉宫中藏书之所,傅毅、班固都曾为兰台令史。英,英才。

④凌云,形容文章意境高妙。司马相如作《大人赋》,汉武帝读之,"飘飘有凌云之气"。见《史记·司马相如列传》。雕龙,形容口辩高超。战国时齐邹衍、邹奭并善辩,齐人称之为"谈天衍,雕龙奭"。见《史记·孟荀列传》。

⑤摹,摹写。诀,别。

第三段,写离别之情,难以叙述,收结全文。

【评析】

《别赋》是《恨赋》的姊妹篇,结构也基本相同:开篇即点明题旨,然后分类描述,写出各式各样的离情别恨,在这方面江文通可能有着更多的感受。作品描摹别情，刻画细腻，注入了作者的感情；加以江淹善于捕捉优美的自然景色，并染上凄怆的感情色彩，故文辞尤为哀婉凄丽，读来特别感人。"春草碧色，春水绿波，送君南浦，伤如之何！"这是脍炙人口的千秋名句，《别赋》也同样是千古名篇。

《别赋》确实写得很美，语句自然流畅，韵律婉转悠扬，就像一支无限哀婉的乐曲。但是，应该看到，全赋沉浸在一片使人黯然神伤的离愁别恨中，传达出那个乱离时代失掉了锐气的文人的颓伤情调。离别是生活中的常事，由离别而生的依恋也是人之常情，但并不都是可悲的。我们固然不必排斥哀婉的丽曲，它可以使人领略到人的感情的细致方面。但我们更需要充满豪情的壮歌。像"丈夫誓许国""身死为国殇"这样的诗句，毕竟具有使人"意夺神骇、心折骨惊"的哀歌所不可比拟的力量。文学作品应该鼓舞人们追求理想的境界，奔赴真理的战场，而不应老是让人在旎旖的春花秋月中低首哀吟。

【附记】

（一）释"琴羽"

"琴羽张兮箫鼓陈"，李善注："琴羽，琴之羽声。"并引张晏《甘泉赋》注曰"声细不过羽"，以证明"羽"指羽声。

按，李善注误。此句"琴羽"与"箫鼓"相对，"琴羽"当为二物，非指一声。"张"与"陈"对举，张亦陈也，羽声不能陈。

羽，当指舞用鸟羽。《书·大禹谟》："舞干羽于西阶。"传："羽，翳也，舞者所执。"《周礼·地官》有"教羽舞"。《诗·陈风·宛丘》："无冬无夏，值其鹭羽。"毛传："鹭鸟之羽，可以为翳。"可证"羽"为鸟羽，舞具。"琴"为乐器，"羽"为舞具，与"箫鼓"相对极工。

（二）释"爱子"

赋中如下一段："或乃边郡未和，负羽从军。辽水无极，雁山参云。闺中风暖，陌上草薰。日出天而耀景，露下地而腾文。镜朱尘之照烂，袭青气之烟熅。攀桃李兮不忍别，送爱子兮沾罗裙。"此写征人征妇之别。其中"爱子"一词，李善注引《左氏传》赵盾曰："括，君姬氏之爱子。"以"爱子"为亲爱之儿子。

按，现代注家沿袭李善注都解释为"妇人送亲爱的儿子出发"。如此注解皆属错误。此为夫妻送别，不是母子相离。"闺中风暖，陌上草薰""镜朱尘之照烂，袭青气之烟熅"，这种春光景物触发的情思，只适于男女之爱，不用于母子之情。"闺中"固是妇女所居，但诗文中常用于妻妾之室，不用于慈母之居。"桃李"也只用作男女爱情的象征，不用作母子亲情的背景。《诗经》中"花如桃李""报桃投李"都是表现男女情爱。"泪湿罗裙"的妇女形象也只宜于写情人妻子，不适于状老母慈亲。故所写应是征人夫妻离别。

问题在"爱子"一词。"爱子"指儿子，古籍多有，然在《别赋》应指丈夫，犹今言"爱人"，非指儿子。南朝民歌中常称情人或丈夫为"欢子"，"欢"亦"爱"也，"爱子"犹言"欢子"。王金珠《丁督护歌》："黄河流无极，洛阳数千里。坎轲戎旅间，何由见欢子！"此欢子亦征夫，与《别赋》所送爱子正同。《清商曲辞二·吴声歌曲》有《阿子歌》："阿子复阿子，念汝好颜容。风流世希有，窈窕世无双。""阿"与"爱"音义均相近，"爱子"亦犹"阿子"。《清商曲辞三·吴声歌曲·懊侬歌》"爱子好情怀，倾家料理乱"，此"爱子"正指爱人。诚然，这里"爱子"可以理解为动宾结构，但"欢子"亦由动宾结构转化而来，情况正复相同。

萧 绎

萧绎（508—555），字世诚，小字七符，南朝梁武帝第七子。初封湘东王，后出镇江陵。时侯景作乱，梁大宝二年（551）八月，废梁简文帝为晋安王，逾月杀之，次年绎即位于江陵，是为梁元帝。在位仅三年，西魏伐梁，江陵陷落，元帝被掳，旋被杀害。年四十八。《梁书》《南史》并有纪。

荡妇秋思赋

荡子之别十年，倡妇之居自怜。①登楼一望，惟见远树含烟②，平原如此，不知道路几千？天与水兮相逼，山与云兮共色。③山则苍苍入汉，水则涓涓不测。④谁复堪见鸟飞？悲鸣只翼！⑤秋何月而不清？月何秋而不明？况乃倡楼荡妇，对此伤情。于时露萎庭蕙，霜封阶砌。⑥坐视带长，转看腰细。⑦重以秋水文波，秋云似罗。⑧日黯黯而将暮，风骚骚而渡河。⑨妾怨回文之锦，君思出塞之歌。⑩相思相望，路远如何！鬓飘蓬而渐乱⑪，心怀愁而转叹。愁紫翠眉敛，啼多红粉漫。⑫已矣哉！秋风起兮秋叶飞，春花落兮春日晖。春日迟迟犹可至，客子行行终不归。

【注释】

①本篇选自《艺文类聚》卷三二。荡子，流荡在外的男人，与末句"客子"并指丈夫。倡妇，乐人，即歌舞女伎，赋中实指思妇，亦即所谓荡妇。
②烟，烟雾。

③相逼,相连。共色,远望迷茫一色。

④苍苍,深青色。入汉,形容山高入银汉。涓涓,水流貌。(与通常形容小水流者不同。)不测,无边无际之意。

⑤堪见,何堪见、何忍看。鸟飞,指群鸟飞。只翼,指独鸟。

⑥萎,枯萎。封,封住、铺满。

⑦"坐视"二句,说明因相思消瘦而腰细,腰细便显得衣带长。带,衣带。

⑧重以,再加以。文波,画出波纹,实即显现波纹。文,《说文系传·文部》:"文,画也。"罗,丝绢。

⑨黯黯,昏黑。骚骚,风声。

⑩回文之锦,《晋书·列女传》:"窦滔妻苏氏,始平人也,名蕙,字若兰。善属文。滔,苻坚时为秦州刺史,被徙流沙,苏氏思之,织锦为回文旋图诗以赠滔,宛转循环以读之,词甚凄惋,凡八百四十字。"出塞,《晋书·乐志》:"《出塞》《入塞》曲,李延年造。"

⑪鬓,靠近耳边的头发,此泛指头发。蓬,草本植物,叶颇似柳叶,秋后常被风连根拔起,随风飘转。《诗·卫风·伯兮》:"自伯之东,首如飞蓬。"丈夫不在,无心容饰,故发如飘蓬。

⑫"愁萦"二句,谓愁思萦绕而翠眉紧皱,啼泣泪流使红粉污面。萦,绕也。敛,皱眉。漫,污。

【评析】

庾信集中有《荡子赋》,该赋除开头"荡子辛苦逐征行,直守长城千里城。陇水恒冰合,关山唯月明"四句写荡子外,全篇主要写的都是倡妇相思,若题作"荡妇相思赋",更贴合赋作内容。古诗云,"昔日倡家女,今为荡子妇。荡子行不归,空床难独守",四句诗概括了庾信《荡子赋》

和萧绎《荡妇秋思赋》的基本内容。由此可以推想，两赋是庾信早年在梁时同萧绎以古诗云云为题相互唱和之作。

庾信诗赋的成就远高于萧绎等人，但就这两篇小赋而论，却庾赋逊于萧作。庾信喜欢用典，《荡子赋》寥寥一百四十六个字，其中"陇水""关山"，"桂苑""兰闺"，"罗敷""弄玉"，"子夜""前溪"，"合欢""回文"，"汉使""章台"等都有来源。用的固也巧妙，但如此堆砌，文章反而是一般化。而萧绎《荡妇秋思赋》写景抒情，自然朴素，更加生动。"登楼一望，惟见远树含烟，平原如此，不知道路几千？天与水兮相逼，山与云兮共色。山则苍苍入汉，水则涓涓不测。谁复堪见鸟飞？悲鸣只翼！"远望风光如在目前，而荡妇相思之情也跃然纸上。

所谓"荡子""倡妇"，我们现在读来不是滋味。庾信赋中明说荡子是长城守卒，称为"行人"；萧绎赋中称荡子为"客子"。如果用唐人诗中常见的"征人""征妇"，题作"征妇秋思赋"，我们读来就会惬意得多。但作者当时用"荡子""倡妇"是一般词语。如前所说,两赋内容都由"倡家女""荡子妇"而来，他们就题作赋，并不具有贬义。这是读者必须理解的。

为便于比较，兹将庾信《荡子赋》附录如下：

荡子辛苦逐征行，直守长城千里城。陇水恒冰合，关山唯月明。况复空床起怨，倡妇生离。纱窗独掩，罗帐长垂。新筝不弄，长笛羞吹。常年桂苑，昔日兰闺。罗敷总发，弄玉初笄。新歌《子夜》，旧舞《前溪》。别后闺情无复情，奁前明镜不须明。合欢无信寄，回文织未成。游尘满床不用拂，细草横阶随意生。前日汉使著章台，闻道夫婿定应回。手巾还欲燥，愁眉即剩开。逆想行人至，迎前含笑来。（剩，因也，便也。）

庾 信

庾信（513—581），字子山，南阳新野（今属河南）人。庾肩吾之子，与徐陵并为南朝梁抄撰学士，所作宫体诗淫靡绮丽，世号"徐庾体"。侯景叛乱，梁都建康失守，庾信奔江陵，投奔梁元帝。奉命聘于西魏，梁王朝旋即灭亡，信被羁留长安。西魏、北周对他都很尊重，周孝闵帝封之为临清县子，官至骠骑大将军，开府仪同三司，晋爵义城县侯。但信思怀故国，内心忧闷，晚年写有大量深挚沉郁之作，成为南北朝后期的杰出诗人。所作《哀江南赋》成为南北朝赋殿后的名作。后人辑有《庾子山集》。

小园赋

若夫一枝之上，巢父得安巢之所①；一壶之中，壶公有容身之地②。况乎管宁藜床，虽穿而可坐；③嵇康锻灶④，既暖而堪眠。岂必连闼洞房，南阳樊重之第；⑤绿墀青琐，西汉王根之宅。⑥余有数亩敝庐，寂寞人外，聊以拟伏腊⑦，聊以避风霜。虽复晏婴近市，不求朝夕之利；⑧潘岳面城，且适闲居之乐。⑨况乃黄鹤戒露，非有意于轮轩；⑩爰居避风，本无情于钟鼓。⑪陆机则兄弟同居⑫，韩康则舅甥不别；⑬蜗角蚊睫⑭，又足相容者也。

【注释】

①本篇选自《庾子山集》。巢父，皇甫谧《高士传》："巢父者，尧时隐人也。山居不荣世利，年老以树为巢而寝其上。"

②壶公,《后汉书·方术传下》:"费长房者,汝南人也,曾为市掾。市中有老翁卖药,悬一壶于肆头,及市罢,辄跳入壶中。"

③管宁藜床,《高士传》:"管宁,字幼安,北海朱虚人也……常坐一木榻,积五十五年未尝箕踞,榻上当膝皆穿。"藜床,坐具,即指木榻。穿,古人坐时两膝着地,年月过久,故当膝处磨穿。

④嵇康锻灶,嵇康"性绝巧而好锻。宅中有一柳树甚茂,乃激水圜之,每夏月,居其下以锻"。见《晋书》本传。锻,打铁。灶,炉灶。

⑤连闼,门户相连。闼,门。樊重,字君云,东汉时南阳湖阳人。好货殖,"其所起庐舍,皆有重堂高阁,陂渠灌注"。见《后汉书·樊宏传》。

⑥绿墀(chí),一作"赤墀"。墀,台阶。琐,门窗上刻绘之环形花纹,也代指门。王根,字稚卿,汉元帝后王政君异母兄弟,河平二年兄弟五人同日封侯,大治第室,起土山渐台,洞门高廊阁道,连属弥望。王根行贪鄙,臧累巨万,纵横恣意,大治宅第,第中治土山,立两市,殿上赤墀,户青琐。"若夫一枝之上"以下十二句写自己只求容身之地,不求高堂大厦。

⑦敝庐,破屋。人外,人境之外。拟伏腊,犹言度寒暑。拟,度。伏,伏日,夏至后第三个庚日开始为初伏,第四个庚日为中伏,立秋后第一个庚日为末伏。腊,腊月,夏历十二月。伏腊又是夏冬两季祭祀节名。

⑧晏婴,字平仲,春秋时齐国大夫,以节俭著称。《左传·昭公三年》:"景公欲更晏子之宅,曰:'子之宅近市,湫溢嚣尘,不可以居,请更诸爽垲者。'辞曰:'君之先臣容焉,臣不足以嗣之?于臣侈矣!且小人近市,朝夕得所求,小人之利也,敢烦里旅!'"

⑨"潘岳面域"二句,潘岳《闲居赋》:"闲居于洛之涘","陪京溯伊,面郊后市"。面,面向。

⑩黄鹤戒露,据传鹤当霜露降时,即长鸣互相警戒,移居安全之地。

周处《风土记》:"鸣鹤戒露。"轮轩,车乘。《左传·闵公二年》:"卫懿公好鹤,鹤有乘轩者。"

⑪爱居,海鸟名。《庄子·至乐》:"昔者海鸟止于鲁郊,鲁侯御而觞之于庙,奏九韶以为乐,具太牢以为膳。鸟乃眩视忧悲,不敢食一脔,不敢饮一杯,三日而死。"

"况乃黄鹤戒露"四句,喻自己栖迟异国,无心于富贵荣华。

⑫陆机,字士衡。弟陆云,字士龙。吴大司马陆抗之子,吴亡入洛。《世说新语·赏誉》:"蔡司徒在洛,见陆机兄弟住参佐廨中,三间瓦屋,士龙住东头,士衡住西头。"

⑬韩康,《后汉书·逸民传》有韩康,字伯休,京兆霸陵人,桓帝时隐士,无"舅甥不别"事。此"韩康"当为晋人韩伯,字康伯,当系与上文"陆机"对偶,故作"韩康"。韩康伯为殷浩之甥,甚为浩所爱重,尝随之徙所,见《晋书·殷浩传》。但北周宇文逌《庾信集序》有"似陆机之爱弟,若韩康之养甥"之语。《世说新语·贤媛》:"韩康伯母隐古几毁坏,卞鞠见几恶,欲易之。答曰:'我若不隐此,汝何以得见古物?'"卞鞠,字范之,康伯之甥。则"韩康舅甥",指康伯与其甥卞鞠,非指与其舅殷浩。

⑭蜗角,《庄子·则阳》:"有国于蜗之左角者曰触氏,有国于蜗之右角者曰蛮氏,时相与争地而战,伏尸数万。"蚊睫,蚊子眼睫毛。

第一段,写自己只求容身之地,无意于异邦荣宠。隐含流寓之情。

尔乃窟室徘徊,聊同凿坯。①桐间露落,柳下风来。琴号珠柱,书名《玉杯》。②有棠梨而无馆,足酸枣而非台。③犹得欹侧八九丈④,纵横数十步,榆柳两三行,梨桃百余树。拨蒙密兮见窗,行欹斜兮得路。⑤蝉有翳兮不惊⑥,雉无罗兮何惧⑦。草树混淆,枝格相交。⑧

山为篑覆，水有堂坳。⑨藏狸并窟，乳鹊重巢；⑩连珠细菌，长柄寒匏：⑪可以疗饥，可以栖迟。⑫崎岖兮狭室，穿漏兮茅茨。⑬檐直倚而妨帽，户平行而碍眉。坐帐无鹤⑭，支床有龟⑮。鸟多闲暇，花随四时。心则历陵枯木⑯，发则睢阳乱丝⑰。非夏日而可畏，异秋天而堪悲。⑱

【注释】

①窟室，窑洞或地窖。《左传·襄公六年》："郑伯有嗜酒，为窟室而夜饮酒。"杜预注："窟室，地室。"坯（pī），土墙。《淮南子·齐俗训》："颜阖，鲁君欲相之而不肯，使人以币先焉，凿培而遁之。"（培，同"坯"。）此以"凿坯"代指隐遁之所。

②珠柱，琴名，以珠为支弦琴柱。《玉杯》，书名，董仲舒所著，见《汉书》本传。

③"有棠梨"二句，谓虽有棠梨酸枣，但无台馆。棠梨，果木名；又汉甘泉宫中馆名，见《三辅黄图》。酸枣，果木名；又旧县名，在今河南延津北，旧有韩王望气台。见《水经注·济水》。

④欹侧，倾斜之地。

⑤蒙密，指树木枝叶茂密。欹斜，迂回不直，因树林茂密，故道路迂回。

⑥瞖（yì），荫蔽。《庄子·山木》："蝉方得美荫而忘其身。"此反其意，谓蝉得荫蔽，所以不惊。

⑦罗，网。《诗·王风·兔爰》："雉离于罗。"此反其意，言雉无罗网，所以无惧。

⑧枝格，枝条。格，长枝曰格。

⑨"山为篑（kuì）覆"二句，极言园之狭小。篑，盛土的竹筐。覆，

倒盖。《论语·子罕》:"子曰:'譬如为山,未成一篑,止,吾止也。譬如平地,虽覆一篑,进,吾往也。'"水,集作"地",非,从《艺文类聚》改。堂坳(ào),小水洼。《庄子·逍遥游》:"覆杯水于坳堂之上,则芥为之舟。"

⑩狸,野猫。乳鹊,孵雏之鹊。因园狭小,故狸相连做窟,鹊重叠做巢。

⑪连珠细菌,菌细繁密如连珠。菌,一作"茵"。匏,葫芦。《世说新语·简傲》:"陆士衡初入洛,诣刘道真。刘无他言,唯问:'东吴有长柄壶卢,卿得种来不?'"园小,菌无处可生,故增加密度;葫芦无地可容,故伸出长柄。

⑫疗饥,解饿。栖迟,游息。《诗·陈风·衡门》:"衡门之下,可以栖迟;泌之洋洋,可以乐饥。""乐饥"韩诗作"疗饥"。狸猫乳鹊,可与栖迟;寒匏细菌,可以疗饥。

⑬崎岖,高低不平。茅茨(cí),茅屋。

⑭坐帐无鹤,化用介象故事,言虽有坐帐,然无鹤来。《神仙传》:"介象,字元则,会稽人也。吴王征至武昌,甚尊敬之,称为介君。诏令立宅,供帐皆是绮绣,遗黄金千镒,从象学隐形之术。后告言病,帝以美梨一奁赐象。象食之,须臾便死。帝埋葬之。以日中死,晡时已至建邺,所赐梨付苑吏种之。吏后以表闻,先主即发棺视之,惟一符耳。帝思之,与立庙,时时躬往祭之。常有白鹤来集座上,迟回复去。"坐帐无鹤,暗示不能如介象自由南返。

⑮支床有龟,《史记·龟策列传》:"南方老人用坐帐无鹤,暗示不能如介象自由南返。龟支床足,行二十余岁,老人死。移床,龟尚生不死。"支床有龟,言只能久滞长安。

⑯历陵,地名,汉属豫章郡,在今江西九江东。倪璠注引应劭《汉官仪》:"豫章郡树生庭中,故以名郡矣。此树尝中枯,逮晋永嘉中,一旦更

历代抒情小赋选 | 173

茂,丰蔚如初。"此言自己心如枯木。

⑰睢阳,县名,春秋时宋故地,在今河南商丘南。乱丝,《墨子·所染》:墨子见染丝而叹曰:"染于苍则苍,染于黄则黄,所入者变,其色亦变。"由染丝而联想发丝,因语出《墨子》,墨子为宋人,战国时宋都即汉以后的睢阳,故称乱发为"睢阳乱丝"。

⑱夏日而可畏:《左传》文公七年:"酆舒问于贾季曰:'赵衰、赵盾孰贤?'对曰:'赵衰冬日之日,赵盾夏日之日也。'"杜预注:"冬日可爱,夏日可畏。"秋天而堪悲,出宋玉《九辩》。此二典亦活用,言处境艰难,虽非夏日,亦有可畏,不是秋天,亦甚可悲。

第二段,写小园狭窄简陋,自己寂寞忧伤。

一寸二寸之鱼,三竿两竿之竹。离披落格之藤,烂熳无丛之菊。①枣酸梨酢,桃橇李欲。②落叶半床,狂花满屋。名为野人之家③,是谓愚公之谷④。试偃息于茂林,乃久羡于抽簪。⑤虽有门而长闭,实无水而恒沉。⑥三春负锄相识,五月披裘见寻。⑦问葛洪之药性,访京房之卜林⑧。草无忘忧之意,花无长乐之心。⑨鸟何事而逐酒,鱼何情而听琴?⑩

【注释】

① "离披落格"二句,《庾子山集》作"云气荫于丛著,金精养于秋菊",此从《艺文类聚》。离披,分散貌。落格,言分散盘绕。落,散。格,《方言》:"络谓之格。"绕也。烂熳,明艳而盛多之貌。

② "枣酸梨酢"二句,应为"酸枣酢梨,橇桃欲李",作者故意倒置。酢,"醋"本字。桃橇(sī),山桃。欲(yù),酸李。

③野人之家,《高士传》:"桓帝延熹中幸竟陵,过云梦,临沔水,百姓莫不观者。有老父独耕不辍。尚书郎南阳张温异之。使问曰:'人皆来观,老父独不辍,何也?'老父笑而不答。温下道百步,自与言。老父曰:'我野人也,不达斯语。'"

④愚公之谷,《说苑·政理》:"齐桓公出猎,逐鹿而走入山谷之中,见一老公而问之曰:'是为何谷?'对曰:'为愚公之谷。'桓公曰:'何故?'对曰:'以臣名之。'"

⑤偃息,闲居休息。抽簪,古人绾发用簪固定,抽簪即散发,不修仪表。

⑥有门而长闭,谓不与人通。陶渊明《归去来兮辞》:"门虽设而常关。"无水而恒沉,《庄子·则阳》:"方且与世违而心不屑与之居,是陆沉者也。"郭象注:"人中隐者,譬无水而沉,曰陆沉。"

⑦负锄,代指农夫。五月披裘,《高士传》:"披裘公者,吴人也。延陵季子出游,见道中有遗金,顾披裘公曰:'取彼金!'公投镰瞋目拂手而言曰:'何子处之高而视人之卑,五月披裘而负薪,岂取金者哉!'"此以"披裘"代指隐士。

⑧葛洪,字稚川,晋丹阳句容人,道教理论家、医学家,著有《抱朴子》,医学著作有《金匮药方》一百卷。见《晋书》本传。京房,字君明,汉东郡顿丘人,治《易》,以善卜著称。见《汉书》本传。《隋书·经籍志》录有京房《周易集林》。

⑨"草无忘忧"二句,言园中花草不能令人忘忧长乐。忘忧,草名《诗·卫风·伯兮》:"焉得谖草,言树之背?"毛传:"谖草令人忘忧。"嵇康《养生论》:"萱草忘忧。"(萱,通"谖"。)长乐,花名。傅华《紫华赋序》:"紫华一名长乐花。"

⑩鸟何事而逐酒,用海鸟爰居事,见前注。鱼何情而听琴,活用伯牙

鼓琴渊鱼出听事。《韩诗外传》:"昔伯牙鼓琴而渊鱼出听。"鱼鸟无心于欢乐,反衬出人心之冷漠。

第三段,进一步写小园寂寞,心情愁闷,表明自己只图偃息于园林,无意跻身于官府。

加以寒暑异令,乖违德性。①崔骃以不乐损年②,吴质以长愁养病③。镇宅神以埋石,厌山精而照镜。④屡动庄舄之吟⑤,几行魏颗之命⑥。薄晚闲闺,老幼相携,⑦蓬头王霸之子⑧,椎髻梁鸿之妻⑨。爇麦两瓮⑩,寒菜一畦。风骚骚而树急,天惨惨而云低。聚空仓而雀噪⑪,惊懒妇而蝉嘶⑫。

【注释】

①"加以寒暑"二句,言不适应北方气候,暗含流寓北方,有违本意。令,时令。乖违,违背。德性,犹本性。

②崔骃,字亭伯,东汉涿郡安平(今属河北)人。窦宪为车骑将军,辟崔骃为掾。宪擅权骄恣,骃数谏之,宪不能容,出为长岑长。骃不愿远行,遂不赴任,郁郁不乐以死。见《后汉书》本传。

③吴质,字季重,与魏太子曹丕为友。建安二十二年(217),京师大疫,曹丕友朋多病逝,作书与质。质报书云:"质年已四十二矣,白发生鬓,所虑日深,实不复若平日之时也。"养病,养成病。

④镇,镇压。宅神,住宅里的鬼怪。古人迷信,埋石于住宅四周以镇鬼。《淮南万毕术》:"埋石四隅家无鬼。"南朝梁宗懔《荆楚岁时记》:"十二月暮日,掘宅四角,各埋一大石以镇宅。"厌,同"魇",镇。山精,山林鬼魅。《抱朴子·登涉》:"万物之老者,其精悉能假托人形,以眩惑人目而常试人,

唯不能于镜中易其真形耳。是以古之入山道士，皆以明镜九寸以上悬于背后，则老魅不敢近人。"

⑤庄舄之吟，越人庄舄仕于楚，病中怀思故国，犹作越声。

⑥"几行"句，此句意谓几至昏乱欲死。魏颗之命，《左传·宣公十五年》："魏武子有嬖妾，无子。武子疾，命颗曰：'必嫁是！'疾病，则曰：'必以为殉！'及卒，颗嫁之。曰：'疾病则乱，吾从其治也。'"魏武子，晋大夫，名犨。

⑦闲闺，犹空闺，指居室。老幼相携，子山老幼并在长安。《哀江南赋》："提挈老幼，关河累年。"

⑧蓬头王霸之子，王霸，东汉太原（今属山西）人，光武时屡征不仕。霸与同郡令狐子伯为友，后子伯为楚相，其子为郡功曹。子伯令子奉书于霸，车马雍容。王霸见令狐子容服甚美，举措有适，而己子蓬发历齿，未知礼则，不觉自失。见《后汉书·列女传》。

⑨椎髻，简易像椎形之发髻。梁鸿，字伯鸾，东汉扶风平陵（今陕西咸阳西北）人。同县孟氏有女，择对不嫁，父母问其故，女曰："欲得贤如梁伯鸾者。"鸿闻而娉之。及嫁，始以装饰入门，七日而鸿不答。妻乃更为椎髻，著布衣，操作而前。鸿喜曰："此真梁鸿妻也！"见《后汉书·逸民传》。

⑩燋，同"焦"。焦麦，陈麦。

⑪空仓而雀噪，《盘中诗》："空仓雀，常苦饥。"

⑫惊懒妇，《诗·唐风·蟋蟀》"蟋蟀在堂"，陆玑《毛诗草木鸟兽虫鱼疏》引汉代民谚："趋织鸣，懒妇惊。"《古今注·鱼虫》："蟋蟀，济南呼为懒妇。"蝉嘶，蝉鸣。

第四段，写自己心情愁苦，家人生活艰难。

昔草滥于吹嘘①，藉文言之庆余②。门有通德③，家承赐书④。或陪玄武之观，时参凤凰之墟⑤。观受釐于宣室⑥，赋长杨于直庐⑦。遂乃山崩川竭，冰碎瓦裂，⑧大盗潜移，长离永灭。⑨摧直辔于三危，碎平途于九折。⑩荆轲有寒水之悲⑪，苏武有秋风之别⑫。关山则风月凄怆，陇水则肝肠断绝。⑬龟言此地之寒⑭，鹤讶今年之雪⑮。百龄兮倏忽，光华兮已晚。⑯不雪雁门之踦⑰，先念鸿陆之远⑱。非淮海兮可变，非金丹兮能转。⑲不暴骨于龙门，终低头于马坂。⑳谅天造兮昧昧，嗟生民兮浑浑！㉑

【注释】

①草滥，草莽粗疏。草滥于吹嘘，用南郭处士滥竽充数故事，指年轻时仕于梁朝。《韩非子·内储说上》："齐宣王使人吹竽，必三百人。南郭处士请为王吹竽，宣王说之。宣王死，湣王立，好一一听之，处士逃。"

②文言之庆余，《易·乾卦·文言》："积善之家，必有余庆。"此谓自己仕梁系赖先人之德。

③门有通德，东汉郑玄，字康成，北海高密（今属山东）人。《后汉书·郑玄传》："国相孔融深敬于玄，屣履造门，告高密县为玄特立一乡。曰：'郑君乡宜曰郑公乡。昔东海于公仅有一节，犹或戒乡人侈其门闾，矧乃郑公之德，而无驷牡之路！可广开门衢，令容高车，号为通德门。'"信祖庾易在齐屡征不就，故比之郑玄。

④家承赐书，汉班游博学有俊材，"与刘向校秘书。每奏事，游以选受诏进读群书。上器其能，赐以秘书之副"。班游子班嗣、侄班彪"共游学，家有赐书"。见《汉书·叙传》。信伯父庾于陵、父庾肩吾均有文名，故以班嗣、班彪兄弟相比。

⑤或，有时。玄武，汉宫阙名。《三辅旧事》："未央宫北有玄武阙。"时，时常。凤凰，汉宫殿名。《三辅黄图》："汉宫殿有凤凰殿。"此用以代指南朝宫阙。墟，处所。

⑥釐（xī），胙肉，祭鬼神后的福食。汉制祭天地五畤，皇帝派人祭祀或郡国祭祀后，皆以祭余之肉归致皇帝，以示受福，称为受釐。宣室，汉未央宫之宣室殿。《史记·贾生列传》：贾谊出为长沙王太傅。"后岁余，贾生征见。孝文帝方受釐，坐宣室。上因感鬼神事，而问鬼神之本。贾生因具道所以然之状。"

⑦长杨，汉宫名。扬雄曾作《长杨赋》。直庐，侍臣值宿所居房屋。"或陪玄武"四句，写作者在梁曾陪皇帝游宴，应皇帝问对作赋，有知遇之恩。

⑧山崩川竭，喻国家倾覆。周幽王二年（前780），西周三川地震。伯阳父曰："夫国必依山川，山崩川竭，亡之征也。川竭，山必崩。若国亡不过十年，数之纪也。"是岁，三川竭，岐山崩。十一年幽王乃灭，周室东迁。见《国语·周语上》。冰碎瓦裂，喻国家破碎。

⑨大盗潜移，指侯景之乱。梁武帝太清二年（548）八月侯景叛乱，十月攻陷建康。太清三年，武帝饿死台城。梁简文帝即位。大宝二年（551），侯景又杀简文帝，自称皇帝。见《南史》。《后汉书·光武帝纪》赞："炎正中微，大盗移国。"（此大盗指王莽，作者用以指侯景。）长离，又称长丽，星宿名，由南方七宿（井、鬼、柳、星、张、翼、轸）组成鸟状星象，故又称朱鸟或朱雀。长离位于南方，故以代指梁朝。

⑩摧，毁。直辔，指车直行。三危，山名。《书·尧典》："窜三苗于三危。"九折，坂名，在今四川邛崃山脉；九折状其险峻。"直辔""平途"喻平顺，"三危""九折"喻艰险。"摧直辔"二句，言侯景之乱，摧毁往日坦途，举国艰险。

⑪"荆轲"句:荆轲入秦刺秦王,燕太子丹饯于易水之上,荆轲歌曰:"风萧萧兮易水寒,壮士一去兮不复还!"

⑫"苏武"句:苏武使匈奴,被留十九年不还。据传李陵有送苏武诗云:"欲因晨风发,送子以贱躯。"以上二句言作者出使西魏。

⑬"关山"二句,写北行路上凄怆。关山,古乐府有《关山月》。《乐府解题》:"关山月,伤离别也。"陇水,古乐府有《陇头歌辞》:"陇头流水,鸣声呜咽。遥望秦川,肝肠断绝。"

⑭"龟言"句:《水经注》引车频《秦书》:前秦苻坚建元十二年(376),高陆县民穿井得龟,大二尺六寸,背文负八卦古字,坚以石为池养之。十六年死,取其骨以问吉凶,名为客龟。太卜佐高梦龟言:"我将归江南,不遇,死于秦。"作者引此以寄不得归江南之憾。

⑮"鹤讶"句:《异苑》载,晋太康二年(281)冬大寒,南州人见二鹤语于桥下,曰:"今兹寒不减尧崩年也。"倪璠谓此伤梁元帝之死。元帝被杀在承圣四年(555)。

⑯百龄,泛言一生。倏忽,迅速。光华,年华。已晚,已入暮年。

⑰雪,洗刷。雁门之踦(jī),即段会宗,字子松,天水上邽人。为雁门太守,坐法免。后复为西域都护,友人谷永予书戒曰:"方今汉德隆盛,远人宾服,傅郑甘陈之功没齿不可复见。愿吾子因循旧贯,毋求奇功,亦足以复雁门之踦。"见《汉书》本传。踦,通"奇",不利。段会宗为雁门太守被免职,故被称为雁门之踦。

⑱鸿陆之远,《易·渐卦》:"鸿渐于陆,夫征不复。"侯景作乱,梁简文帝命庾信率宫中文武千余人,营于朱雀航。及景至,信以众先退。台城陷后,信奔江陵。梁元帝承制,信奉命聘于西魏,遂留长安。以上二句言未能洗雪失败之耻,却远使北国,不得南归。

⑲ "非淮海"二句，慨叹不能如鸟雀金丹之能变。非淮海兮可变，《国语·晋语九》赵简子叹曰："雀入于海为蛤，雉入于淮为蜃。鼋鼍鱼鳖，莫不能化。唯人不能，哀夫！"非金丹兮能转，《抱朴子·金丹》："九转之丹者，封涂于土釜中，糠火先文后武，其一转至九转，迟速各有日数。"

⑳ "不暴骨"二句，喻不能摆脱异国的羁绊。暴骨于龙门，《三秦记》："龙门山在河东界，禹凿山断门一里余，黄河自中流下，两岸不通车马。鱼登者化为龙，不登者点额暴腮而返。"低头于马坂，《战国策·楚策》："夫骥之齿至矣，服盐车而上太行，蹄申膝折，毛湛附溃，漉汁洒地，白汗交流，中阪迁延，负辕不能上。伯乐遭之，下车攀而哭之。"

㉑ "谅天造"二句，言天道幽昧，人生可悲。天造，犹天道。昧昧，昏暗不明。《易·屯卦》："天造草昧。"浑浑，无知之貌。

第五段，追思梁朝恩宠，悲叹故国倾覆，而己羁留北方，深为哀痛。

【评析】

"庾信生平最萧瑟，暮年诗赋动江关。"这篇《小园赋》就是他暮年萧瑟的名作之一。子山在北朝，颇受西魏、北周统治者的优遇，过的并不是"寂寞人外"的小园生活。他流寓外邦，自悲身世，心情凄苦，本赋写的是他甘处小园的愿望，以寄其追怀故国的哀思。赋前四段极力铺写小园的逼仄，心情的郁闷，生活的艰难；表明自己"非有意于轮轩""本无情于钟鼓"，只求容身之地，无意仕途荣耀。末段回顾梁朝的遭遇，累世恩荣，家有余庆，不幸大盗移国，金陵瓦解，致使自己远涉关山，羁縻异国：写得无限凄怆伤感，是整篇赋的意义所在。作者在赋的开头貌似平静，数亩敝庐，聊可栖迟，于人间无复他求。随后逐步写来，时露忧伤，心如枯木，发若乱丝，"非夏日而可畏，异秋天而堪悲""风骚骚而树急，天惨惨而云低"；笔下低回反复，渲染出一片忧愁抑郁的气氛。最后回首平生，追思往昔，才彻底披露出内心的痛苦。仿佛渔舟入浦，开头只见一片静水平波，从流飘荡，风光变幻，最后却走进无限幽深的境界，其艺术匠心确有独到的过人之处。

汉代赋家在大赋之外，创作了一些内容充实、感情真挚，并具有高超艺术的小赋。到了南北朝，俳赋发展起来，固然也出现了一些明丽清新的作品，但又逐步堕入了摘陈辞藻、填塞典故的魔道。庾信赋即是这样的典型，《小园赋》也蒙着同样的魔障。这篇赋有相当充实的内容，有较为真挚的情感。以庾信的才华，如果用清新朴素的语言来抒情状景，本来可以写成极其优秀的作品。但他偏要大掉书袋，篇中"桐间露落，柳下风来""落叶半床，狂花满屋"这样白描的句子极少，通篇充斥着各种典故。有不少典故仅仅为了从中摄取某个词语，典故本身与所表述的内容毫不相干，有些甚至弄得艰涩难通。一切事物都通过典故隐晦地表述出来，读者看不到真实的景物，看不到清楚的过程，看不到现实生活清晰的再现，人物的感情也要反复捉摸才能体会得到。陶渊明赋中那种朴实的语言，清晰的条理，在庾信赋中很难找到。要读懂他的作品，读者必须翻遍堆积如山的陈篇古籍，了解许多枯燥无味、了不相涉的历史故实。这实在是艺术上的作恶，修辞学上的歧途。大量地堆砌典故，也严重地损害了赋的艺术光辉。

卢照邻

卢照邻（约637—约686），字昇之，幽州范阳（今河北涿州）人，初唐诗人，与王勃、杨炯、骆宾王并称"初唐四杰"。一生甚不得意，曾为新都尉，因风疾辞官，服丹中毒，手足残废。后居具茨山（今河南禹州北），心情忧郁，因自号幽忧子。终因不堪病苦，自投颍水而死。有《幽忧子集》。

秋霖赋①

览万物兮窃独悲此秋霖②。风横天而瑟瑟，云覆海而沉沉。③居人对之忧不解，行客见之思已深。若乃千井埋烟，百廛涵潦，④青苔被壁，绿萍生道。于时巷无马迹，林无鸟声。野阴霾而自晦，山幽暧而不明。⑤长途未半，茫茫漫漫⑥。莫不埋轮据鞍，衔凄茹叹⑦！

【注释】

①选自光绪五年定州王氏谦德堂刊本王灏辑畿辅丛书之《卢昇之集》卷一。又见《文苑英华》卷一三，四部丛刊《幽忧子集》卷一。

②秋霖，连绵秋雨。宋玉《九辩》："皇天平分四时兮，窃独悲此凛秋。"又，"皇天淫溢而秋霖兮，后土何时而得干？块独守此无泽兮，仰浮云而永叹。"霖，久雨。《左传·隐公九年》："凡雨，自三日以往为霖。"

③瑟瑟，风声。沉沉，深貌。

④井，相传古制八家为井。埋，隐没。烟，指水雾。廛，古代居民区之称，

一夫所居之地亦曰廛。"千井""百廛"互文。涵，沉浸。潦，雨后积水。

⑤阴霾，雨雾弥漫之貌。幽暧，昏暗。

⑥茫茫漫漫，无边无际之貌。此言空中水雾迷蒙，地表潦水无边。

⑦茹，吃。此句仿江淹《恨赋》"亦复含酸茹叹，销落湮沉"。

第一段，概写秋霖为患之凄凉景象。

借如尼父去鲁，围陈畏匡，将饥不爨，欲济无梁。①问长沮与桀溺②，逢汉阴与楚狂③。长栉风而沐雨，永栖栖以遑遑！④

及夫屈平既放，登高一望，湛湛江水，悠悠千里；⑤泣故国之长楸，见玄云之四起！⑥

嗟乎子卿北海，伏波南川；⑦金河别雁，铜柱辞鸢；⑧关山夭骨，霜木凋年。⑨眺穷阴兮断地，看积水兮连天！

别有东国儒生，西都才客，屋满铅椠，家虚儋石。⑩茅栋淋淋，蓬门寂寂。芜碧草于园径，聚绿尘于庖甓⑪。玉为粒兮桂为薪⑫，堂有琴兮室无人。抗高情以出俗，驰精义以入神；论甚能鸣之雁⑬，书成已泣之麟⑭；睹皇天之淫溢，孰不隅坐而含颦！⑮

【注释】

①借如，设辞，与"至若、若夫"之类同。尼父，即孔子。去，离开。鲁，鲁国。陈，周代国名，在今河南东部，都宛丘（今河南周口市淮阳区）。畏，受惊、蒙难。匡，春秋时卫国地名。《论语·子罕》："子畏于匡。"《史记·孔子世家》：鲁定公十五年，孔子自卫适陈，过匡。"匡人闻之，以为鲁之阳虎。阳虎尝暴匡人。匡人如是遂止孔子。孔子状类阳虎，拘焉五日。""将饥不爨（cuàn），欲济无梁"二句，鲁哀公四年，孔子在陈蔡之间，陈蔡大夫"发

徒役围孔子于野,不得行,绝粮"。爨,生火煮饭。济,渡。梁,桥。

②长沮、桀溺,春秋时隐者。《论语·微子》:"长沮、桀溺耦而耕。孔子过之,使子路问津焉。长沮曰:'夫执舆者为谁?'子路曰:'为孔丘。'曰:'是鲁孔丘与?'曰:'是也。'曰:'是知津矣!'问于桀溺。桀溺曰:'子为谁?'曰:'为仲由。'曰:'是鲁孔丘之徒与?'对曰:'然。'曰:'滔滔者天下皆是也,而谁以易之!且而与其从辟人之士也,岂若从辟世之士哉?'耰而不辍。"

③汉阴,指汉阴丈人。《庄子·天地》记子贡南游于楚,过汉阴,见一丈人方将为圃,抱瓮出灌,子贡问其何以不用提水机械,丈人云:"有机械者必有机事,有机事者必有机心。机心存于胸中,则纯白不备;纯白不备,则神生不定;神生不定者,道之所不载也。"是以不用。丈人问子贡奚为者,子贡曰:"孔丘之徒也。"为圃者曰:"子非夫博学以拟圣,於于以盖众,独弦哀歌以卖名声于天下者乎!……而身之不能治,而何暇治天下乎!"楚狂,春秋时楚国隐者接舆,曾以歌讽孔子。

④栉(zhì),梳。《庄子·天下》:"沐甚雨,栉疾风。"谢灵运《山居赋》:"栉风沐雨,犯露乘星。"栖栖以遑遑,忙碌不安定之貌。《论语·宪问》:"微生亩谓孔子曰:'丘何为是栖栖者与?'"班固《答宾戏》:"是以圣哲之治,栖栖遑遑,孔席不暖,墨突不黔。"

⑤屈平,屈原。放,放逐。湛湛,深貌。悠悠,远貌。《楚辞·招魂》:"湛湛江水兮上有枫,目极千里兮伤春心。"

⑥楸,落叶乔木名。屈原《九章·哀郢》:"望长楸而叹息兮,涕淫淫其若霰。"(楸,原作"秋",此从《历代赋汇》。)玄云,黑云。

⑦子卿,即苏武。匈奴曾徙苏武北海边牧羊。伏波,即马援。援,字文渊,东汉初扶风茂陵人。马援从弟少游,曾劝援为郡掾吏,守坟墓,

无须多求。光武帝建武十七年（41），拜马援伏波将军讨交趾。十八年春，军至浪泊上。马援尝谓属下曰："当吾在浪泊、西里间，虏未灭之时，下潦上雾，毒气重蒸，仰视飞鸢跕跕堕水中，卧念少游平生时语，何可得也！"见《后汉书·马援传》。

⑧金河，唐单于大都护府有金河县，此用以代指朔方。别雁，指苏武雁足系书事。原是汉使诳单于语，此用作实事。铜柱，《马援传》注引《广州记》："援到交趾，立铜柱为汉之极界。"

⑨夭，损折。凋，伤。

⑩铅，铅粉笔。椠，木板。二者均为古代文具。《西京杂记》："（扬雄）好事，常怀铅提椠，从诸计吏，访殊方绝域四方之语。"家虚儋石，即家储粮食极少。虚，空也、无也。儋石，计量米粟等粮食的容量单位。儋，通"甔"，量米粟的瓦器，量一甔即为一儋，一儋合两石。《汉书·扬雄传》："家产不过十金，乏无儋石之储。"

⑪庖，厨房。甓（pì），砖。

⑫"玉为粒"句，言物价昂贵，生活艰难。《战国策·楚策》："楚国之食贵如玉，薪贵于桂。"张协《杂诗》："尺烬重寻桂，红粒贵琼瑶。"

⑬甚，过。《幽忧子集》作"有"。能鸣之雁，《庄子·山木》：庄子"舍于故人之家，故人喜，命竖子杀雁而烹之。竖子请曰：'其一能鸣，其一不能鸣，请奚杀？'主人曰：'杀不能鸣者。'"

⑭已泣之麟，《春秋·哀公十四年》："春，西狩获麟。"杜预注谓孔子作《春秋》，绝笔于获麟。

⑮淫溢，雨多潦满之貌，代指秋霖。颦（pín），愁眉不展。

第二段，写古代圣哲、贤臣、儒生、才客困于秋霖之苦况。

已焉哉！若夫绣毂银鞍①，金杯玉盘，坐卧珠璧，左右罗纨，流酒为海，积肉为峦；②视襄陵而昏垫，曾不辍乎此欢；③岂知乎尧舜之臞瘠而孔墨之艰难④！

【注释】

①毂（gǔ），车轮中心承轴者，此代指车。

②"流酒"二句，极言其生活之奢侈。峦（luán），山。

③襄陵，谓大水漫上丘陵。襄，上。昏垫，迷惘沉溺，指人民困于水灾。《书·益稷》："洪水滔天，浩浩怀山襄陵，下民昏垫。"曾，犹"乃"。辍，停止。

④臞（qú）瘠，瘦弱。此言圣哲之辛苦。《淮南子·修务训》："神农憔悴，尧瘦臞，舜徽黑，禹胼胝。"又，"孔子无黔突，墨子无暖席"。

第三段，写富贵者穷奢极侈，无视人民忧患，也不关心圣哲艰难。

【评析】

卢照邻《秋霖赋》艺术上模仿江淹《恨》《别》二赋，其精神实质却源于宋玉《九辩》。赋中喷发出满腔的幽愤，对困厄的圣哲、放逐的贤臣、坚贞不屈的使节、辛劳卓绝的将军，以及穷苦的儒生才客，寄予深切的同情。当然，这些咏叹无疑是写他人的坷坎，吐自己的悲辛，寄寓其怀才不遇的感慨。题曰"秋霖"，行文将人们的遭遇与秋霖的淫溢紧密结合在一起，两者相互映衬，融合无间。末段写统治阶级的奢侈淫佚、麻木不仁，与前面形成强烈的对比，愤慨之情，溢于言表。作品结构也甚为完整。

卢照邻有他自己的不平，贯注在作品中的感情也很真挚，赋中对封建时代的社会不平的揭露具有普遍意义。这些不仅是齐梁宫体作品所无法比拟的，即与唐代那些平稳妥帖、雕词琢句、纯粹用来应付考试的律赋相比，也迥然不同。但其目光也只限于困难的贤哲。其实，在迷蒙无际的阴霾下面，那些苦于泥泞的征人走卒，困于秋雨的农夫田妇，他们有着更多的痛苦与辛酸，而诗人却似乎没有看到。

骆宾王

骆宾王（约638—684），与王勃、杨炯、卢照邻合称"初唐四杰"。唐代婺州义乌（今属浙江）人，以所作《帝京篇》闻名于时。初为道王李元庆府属，历武功、长安主簿，入朝为侍御史；因事被诬入狱，贬临海丞。后徐敬业起兵讨武后，为作《讨武曌檄》，武则天为之惊讶。敬业败，宾王不知所终。

荡子从军赋①

胡兵十万起妖氛，汉骑三千扫阵云。隐隐地中鸣战鼓，迢迢天上出将军。②边沙远杂风尘气，塞草长垂霜露文。荡子辛苦十年行，回首关山万里情。远天横剑气，边地聚笳声③。铁骑朝常警，铜焦夜不鸣④。抗左贤而列阵，比右校以疏营。⑤沧波积冻连蒲海，白雪凝寒遍柳城。⑥若乃地分玄徼，路指青波；⑦边城暖气从来少，关塞寒云本自多。严风凛凛将军树，苦雾苍苍太史河。⑧既拔距而从军，亦扬麾而挑战。⑨征旆凌沙漠，戎衣犯霜霰。⑩楼船一举争沸腾，烽火四连相隐见。⑪戈文耿耿悬落星，马足骎骎拥飞电。⑫终取俊而先鸣，岂论功而后殿。⑬

征夫行乐践榆溪，倡妇衔怨守空闺。⑭蘼芜旧曲终难赠，芍药新诗岂易题⑮。池前怯对鸳鸯伴，庭际羞看桃李蹊。花有情而独笑，鸟无事而恒啼。见空陌之草积，知暗牖之尘栖。⑯荡子别来年月久，贱妾空房更难守。凤凰楼上罢吹箫，鹦鹉杯中休劝酒。⑰闻道书来一雁飞，此时缄怨下鸣机。⑱裁鸳贴夜被，薰麝染春衣。⑲屏风宛转莲花帐，窗月玲珑翡翠帏。⑳个日新妆始复罢㉑，只应含笑待君归。

【注释】

①本篇选自《全唐文》卷一九七，又见《文苑英华》卷六六。

②隐隐，象声词。《文选·司马相如〈长门赋〉》："雷隐隐而响起兮。"刘良注："隐隐，声也。"一般用于声从远处响起。迢迢，高貌。天上，喻朝廷。

③笳，一种管乐器。出于西北少数民族，故称胡笳。

④警，警戒、警报。铜焦夜不鸣，因已靠近敌方，不让刁斗声透漏我方讯息，故"不鸣"。焦，通"镬"，镬斗，即刁斗，军行用具。白天用以作炊，夜晚用来打更。

⑤抗，对抗。左贤，即左贤王，汉代匈奴贵族封号，此代指敌方将帅。比，近也、并也。右校，军官名，也当指敌方将领。疏营，分建军营，与"疏队"含义相类似。疏，《淮南子·道应训》"知伯围襄子于晋阳，襄子疏队而击之"高诱注："疏，分也。"营，军营、营垒。"抗左贤而列阵"与"比右校以疏营"，结构、内涵都相同。

⑥蒲海，即蒲昌海，今新疆罗布泊。柳城，古地名，一作柳陈，在今新疆鄯善西南。以上皆代指西北边境。

⑦玄徼（jiào），北方边塞。青波，地名。

⑧将军树，东汉冯异，光武帝时名将。"异为人谦退不伐"，"每所止舍，诸将并坐论功，异常独屏树下，军中号曰大树将军"，见《后汉书》本传。伐，夸耀。太史河，《书·禹贡》"九河既道"，太史河为九河之一，此系泛指。

⑨拔距而从军，是通过拔距这种方式选拔战士。拔距，古代练习武功

的一种活动。《汉书·甘延寿传》："少以良家子善骑射为羽林，投石拔距，绝于等伦。"颜师古注："拔距者，有人连坐相把据地，距以为坚而能拔取之，皆言其有手掔之力也。"麾，指挥作战的令旗。

⑩征旆，征旗。戎衣，军装、甲胄之类。

⑪楼船，高大的战船。四连，四方连接。

⑫戈文，兵戈上闪耀的寒光。駸駸（qīn），马行疾速貌。

⑬"终取俊"二句，谓勇敢的将军总是杀敌取胜，而还不表现自己。取俊，获取敌军中最杰出者。先鸣，《左传·襄公十九年》："齐庄公朝，指殖绰郭最曰：'是寡人之雄也。'州绰曰：'君以为雄，谁敢不雄！然臣不敏，平阴之役，先二子鸣。'"杜预注："十八年晋伐齐，及平阴，州绰获殖绰郭最，故自比于鸡，斗胜而先鸣。"故以"先鸣"表示获胜。后殿，即断后，军队后撤时在最后面进行掩护，一般由能干的将领担任。《左传·哀公十一年》记齐师伐鲁，战于郊（《孔子世家》作"战于郎"），孟孺子帅右师，战败奔逃，"孟之侧后入，以为殿，抽矢策其马曰：'马不进也。'"《论语·雍也》，子曰："孟之侧不伐，奔而殿，将入门，策其马，曰：'非敢后也，马不进也。'"孟之侧不愿表现自己，不说自己殿后，而说是"马不进也"，故落在后面。这种品格得到孔子的赞扬。

⑭榆溪，即榆溪塞，一名榆林塞，秦置。衔怨，心怀怨恨，实系相思而生的怨情。

⑮蘼芜，香草名。《古诗十九首·上山采蘼芜》："上山采蘼芜，下山逢故夫。长跪问故夫：'新人复何如？''新人虽言好，未若故人姝。颜色类相似，手爪不相如。'"终难赠、岂易题，都表示相逢不易之意。芍药，《诗·郑风·溱洧》："洧之外，洵訏且乐。维士与女，伊其相谑，赠之以芍药。"

⑯空陌，空阔的道路。草积，野草茂密。知，亦见也。《吕氏春秋·自知》：

"知于颜色。"高诱注:"知,犹见也。"暗牖,昏暗的窗户。尘栖,灰尘落满。

⑰"凤凰楼上"句,刘向《列女传》:"萧史者,秦缪公时人,善吹箫。缪公有女号弄玉,好之,公遂以女妻之,遂教弄玉作凤鸣。居数十年,吹似凤声,凤凰来止其屋,为作凤台,夫妇止其上,不下数年,一旦皆随凤凰飞去。"(秦缪公,即秦穆公。)鹦鹉杯,即海螺杯。

⑱书来一雁飞,用鸿雁传书意,谓收到征夫归来的信。缄怨,与前文"衔怨"相反,得到夫婿归来信息,即结束相思情怨,转悲为喜。缄,结束之意。鸣机,织布机。

⑲"裁鸳"二句:剪裁鸳鸯花样贴夜被,燃起麝香薰春衣。

⑳宛转,曲折转动。玲珑,空明貌。李白《玉阶怨》:"却下水精帘,玲珑望秋月。"翡翠帏,绣有翡翠的窗帏。翡翠,鸟名,羽毛美丽。

㉑"个日"句,谓此日新妆又重新穿上。个日,此日。罢,朱骏声《说文通训定声》:"罢,假借又作披。"服也、被也。

【评析】

骆宾王《荡子从军赋》,与萧绎《荡妇秋思赋》、庾信《荡子赋》一脉相承。"昔为倡家女,今为荡子妇。荡子行不归,空床难独守"(《古诗十九首·青青河畔草》),是三赋基本相同的内容,又自有差别。萧赋涉及荡子,仅有开头"荡子之别十年"一句,之后全写"荡妇秋思"。荡子何以一别十年,赋中并未交代,所谓"君思出塞之歌",也是倡妇设想之辞,后称荡子为"客子",就并非出塞征人。庾赋谓"荡子辛苦逐征行,直守长城千里城",也只是两句。在萧庾赋韵之时,长城远在北朝统治之下,萧梁时代不存在"直守长城"的事实,庾子山无非是因文用事而已。骆宾王生活在大唐盛世,天下一统,才真正能远征边塞。赋中用大段文字来写荡子从军与战场光景,大大丰富了作品的思想内容，不只是一般的离别相思。

"胡兵十万起妖氛，汉骑三千扫阵云。隐隐地中鸣战鼓，迢迢天上出将军"，赋一开篇就展现出宏伟的气势。"荡子辛苦十年行，回首关山万里情"，后面叙述的便是荡子"回首"十年征战的经历和感受。"远天横剑气，边地聚笳声。铁骑朝常警，铜焦夜不鸣"写的无不真实而生动。骆宾王早年曾从军西域，久戍不归，有亲身的体验。战场生活虽然艰苦，"边城暖气从来少，关塞寒云本自多""征旆凌沙漠，戎衣犯霜霰"，但整个叙述却充满了战斗的豪情，"戈文耿耿悬落星，马足骎骎拥飞电。终取俊而先鸣，岂论功而后殿"。骆宾王也写了不少从军边塞的诗作。其《从军行》云："平生一顾重，意气溢三军。野日分戈影，天星合剑文。弓弦抱汉月，马足践胡尘。不求生入塞，唯当死报君。"其《从军中行路难》诗也说："绛节朱旗分白羽，丹心白刃酬明主。但令一被君王知，谁惮三边征战苦。"诗与赋正可合读。

后段"征夫行乐践榆溪，倡妇衔怨守空闺"，两句过渡到倡妇归闺中的相思。"池前怯对鸳鸯伴，庭院羞看桃李蹊。花有情而独笑，鸟无事而恒啼。见空陌之草积，知暗牖之尘栖。"

这段倡妇相思的描绘，与上段荡子边塞征行的光景，形成鲜明的对比，也是下文倡妇听到荡子书来的喜悦最好的陪衬。"闻道书来一雁飞，此时缄怨下鸣机"，一闻归讯喜不自胜。"裁鸳贴夜被，薰麝染春衣"，简直忙乱不迭，压抑不住心头兴奋之情。"个日新妆始复罢，只应含笑待君归"，重着新妆，等待着郎君归来。文章到此戛然而止，他们见面之时的欢欣，给读者留下了无尽的想象。充溢在萧庚赋中的是倡妇的相思凄怨，骆宾王表现的是征人思妇胜利的欢情。内容的不同当然是作者的安排，但其实还是体现了作者的时代精神：前者反映南朝的风韵，后者乃显现出大唐的气象。

李 白

李白（701—762），字太白，唐代伟大诗人，与杜甫并称"李杜"。自称祖籍陇西成纪（今甘肃静宁西南），隋末其先人流寓碎叶（唐时属安西都护府，在今吉尔吉斯斯坦北部托克马克附近）。幼年随父迁居绵州昌隆（今四川江油）青莲乡。后出蜀漫游。天宝初年应玄宗召进入长安，供奉翰林。为权贵所排陷，未几即离开长安，东游梁、宋、齐、鲁等地，足迹几遍中原大地、江河南北。安禄山乱起，李白避地庐山，永王李璘率水师东下，征李白入幕府。永王失败，李白因此获罪，被长流夜郎。后遇赦东还。宝应元年冬病逝于当涂，年六十二。有《李太白集》。

剑阁赋①

咸阳之南直望五千里，见云峰之崔嵬。②前有剑阁横断，倚青天而中开③。上则松风萧飒瑟飔，有巴猿兮相哀。④旁则飞湍走壑⑤，洒石喷阁，汹涌而惊雷。送佳人兮此去，复何时兮归来？望夫君兮安极，我沉吟兮叹息。⑥视沧波之东注，悲白日之西匿。鸿别燕兮秋声，云愁秦而暝色。⑦若明月出于剑阁兮，与君两乡对酒而相忆！⑧

【注释】

①本文选自王琦注《李太白全集》。剑阁，即剑门关，在今四川剑阁，峭壁中断，极为险峻，是由秦入蜀必经之道。阁，架设。剑门关崖壁陡峭，凿石取路，架为栈道，故称剑阁。本篇题下原注："送友人王炎入蜀。"

②咸阳,在今陕西咸阳东北,此概指秦地。崔嵬,高峻貌。

③倚青天,即《蜀道难》中"连峰去天不盈尺"之意。倚,靠。

④萧飒瑟飓(yù),风声。相哀,彼此呼应哀鸣。

⑤飞湍,即瀑布。湍,急流。

⑥佳人、夫君,都指友人。《楚辞·九歌·云中君》:"思夫君兮太息,极劳心兮忡忡!"《湘君》:"望夫君兮未来,吹参差兮谁思?"安极,哪有尽头。叹息,又《湘君》:"扬灵兮未极,女婵媛兮为余叹息。"

⑦燕:河北北部,此泛指北方。秦,关中地区。

⑧"若明月"二句,谓我在咸阳君在西蜀,当明月出于剑阁时,我与君两地相向对酒而相忆。若,犹当也。乡,通"向"。

【评析】

大诗人李白对赋也下过很深的功夫。《酉阳杂俎》记他"前后三拟《文选》,不如意,悉焚之,惟留《恨》《别》赋"。今集中尚余《别赋》,确是亦步亦趋地模拟江淹的作品。他的《明堂赋》《大猎赋》等作都写得雄奇挺拔,但这种大赋至唐代毕竟已不能复振。集中几篇抒情小赋,写得较有特色。

《剑阁赋》是作者送友人入蜀之作。全赋一气呵成,面对岧峣的蜀国雄山,驰骋丰富的想象,仅用一百二十一字,刻画了壮丽的山河。连峰际天,万瀑惊雷,一齐揽入笔端,有尺幅千里之势。赋前段写剑阁,后段写送友,结尾用具有浪漫色彩的长句"若明月出于剑阁兮,与君两乡对酒而相忆",把剑阁、送友,秦、蜀两方全都关合起来,诚不愧为大家手笔。

李白乐府《蜀道难》是写蜀国山河的名作,所写的景物和《剑阁赋》是相同的。《蜀道难》着重于表现蜀道的险峻,读来令人惊心动魄;《剑阁赋》在于抒发友情，给远行友人以鼓励，洋溢着豪放的情感。文学艺术中抒情、写景如何结合，很可以从中得到启发。

李 华

李华(715—766),字遐叔,赵郡赞皇(今属河北)人,唐散文家。开元二十三年(735)进士,除监察御史,徙右补阙。安禄山陷长安,曾受职,乱平后贬杭州司户参军,遂屏居江南。上元中召为左补阙司封员外郎,苦病不赴。有辑本《李遐叔文集》。

吊古战场文

浩浩乎平沙无垠,敻不见人。①河水萦带,群山纠纷。②黯兮惨悴,风悲日曛。③蓬断草枯,凛若霜晨。④鸟飞不下,兽铤亡群⑤。亭长告余曰:"此古战场也,常覆三军⑥。往往鬼哭,天阴则闻。"

【注释】

①本篇选自《全唐文》。浩浩,辽阔之貌。垠,边际。敻,同"迥",远。

②萦带,萦回围绕。纠纷,杂乱交错。

③黯,阴暗貌。惨悴,凄惨。曛,昏暗。

④蓬,草名,深秋根断,常随风飘转。凛,寒貌。

⑤铤,疾走。《左传·文公十七年》:"铤而走险。"杜预注:"铤,疾走貌。"

⑥覆,倾覆败亡。三军,古代诸侯大国三军,此泛指大军。

第一段,写古战场的凄凉景象。

伤心哉!秦欤?汉欤?将近代欤①?吾闻夫齐魏徭戍,荆韩召募②,万里奔走,连年暴露。沙草晨牧,河冰夜渡;地阔天长,不知归路。寄身锋刃,腷臆谁诉③?秦汉而还,多事四夷④。中州耗斁⑤,无世无之! 古称夷夏,不抗王师。文教失宣⑥,武臣用奇;奇兵有异于仁义,王道迂阔而莫为⑦!

【注释】

①将,抑。

②徭戍,徭役征戍。荆,楚国。

③腷臆（bì yì）,犹肺腑、肝胆,比喻内心。此处作幽忧郁结。《广韵·职韵》:"腷臆,意不泄也。"

④四夷,古代对中原以外四方少数民族的蔑称。

⑤中州,中土、中原。耗斁,耗损毁坏。《诗·大雅·云汉》:"耗斁下土。"

⑥文教,指礼乐教化。宣,施行。《国语·周语中》:"宣,所以教施也。"《后汉书·荀悦传》:"宣文教以章其化。"

⑦王道,仁义之道,亦即仁。

⑧迂阔,不切实际,此用作以为不切实际之意。《汉书·王吉传》:"上以其言迂阔,不甚宠异也。"

第二段,回顾先秦以来战争不息,究其原因,实由文教失宣、王道不行所致。

呜呼噫嘻! 吾想夫北风振漠,胡兵伺便,主将骄敌,期门受战。①野竖旄旗,川回组练②。法重心骇,威尊命贱。利镞穿骨③,惊沙入面。主客相搏,山川震眩。声析江河④,势崩雷电。至若穷阴凝闭,凛冽海隅。⑤积雪没胫,坚冰在须。鸷鸟休巢,征马踟蹰。缯纩无温⑥,

堕指裂肤。当此苦寒，天假强胡。凭陵杀气⑦，以相剪屠。径截辎重⑧，横攻士卒。都尉新降，将军覆没。尸填巨港之岸，血满长城之窟。无贵无贱，同为枯骨。可胜言哉！鼓衰兮力尽，矢竭兮弦绝。白刃交兮宝刀折，两军蹙兮生死决⑨。降矣哉？终身夷狄！战矣哉？骨暴沙砾！鸟无声兮山寂寂，夜正长兮风淅淅⑩。魂魄结兮天沉沉，鬼神聚兮云幂幂。⑪日光寒兮草短，月色苦兮霜白。伤心骇目，有如此耶！

【注释】

①骄敌，轻敌。期门，待敌于军门。

②组练，组甲、被练，为两种衣甲，此代指军队。《左传·襄公三年》："（楚）使邓廖帅组甲三百、被练三千以侵吴。"杜预注："组甲、被练，皆战备也。组甲，漆甲成组文。被练，练袍。"孔颖达疏引贾逵曰："组甲，以组缀甲，车士服之；被练，以帛缀甲，步卒服之。"

③镞，箭头。

④析，裂。

⑤穷阴，指天空昏暗。穷，极。凝闭，凝结闭塞。凛冽，寒气逼人貌。

⑥缯，帛。纩，绵。

⑦凭陵，侵逼。

⑧辎重，军需物资。辎，大车有帷盖者。

⑨蹙，迫近。

⑩淅淅，风声。

⑪结，聚。沉沉，昏暗貌。幂幂，阴沉笼罩之貌。

以上为第三段，设想当年疆场苦战，全军覆没之惨状。

吾闻之，牧用赵卒，大破林胡。①开地千里，遁逃匈奴。汉倾天下，财殚力痡②。任人而已，其在多乎？周逐猃狁③，北至太原。既城朔方，全师而还。饮至策勋，和乐且闲；④穆穆棣棣⑤，君臣之间。秦起长城，竟海为关。荼毒生灵，万里朱殷。⑥汉击匈奴，虽得阴山⑦。枕骸遍野，功不补患。

【注释】

①牧，李牧，战国赵名将，尝守边城，抗击匈奴。林胡，古族名，即儋林，为李牧所灭。见《史记·廉颇蔺相如列传》。

②殚，尽。力，人力。痡（pū），疲病。

③猃狁（xiǎn yǔn），古代北方民族名，是匈奴的祖先。周王朝长期与之作战，《诗经》中多有歌咏。《小雅·出车》："天子命我，城彼朔方。赫赫南仲，猃狁于襄。"（猃狁，即猃狁。）

④饮至策勋，古代典礼，凡诸侯朝、会、盟、伐毕，回宗庙饮宴庆贺，谓之"饮至"；书功勋于策，谓之"策勋"。《左传·桓公二年》："凡公行，告于宗庙。反行，饮至、舍爵、策勋焉，礼也。"闲，安。

⑤穆穆，端庄和敬之貌。棣棣，威仪娴雅之貌。

⑥竟海，谓至海方终。秦代所筑长城，西起甘肃临洮，东至辽东。竟，尽，终。荼，苦菜。毒，蛇蝎之类。并言荼毒，以喻残害。生灵，生命，指人民。朱殷，赤黑色。此代指流血，血色赤，久则殷红。

⑦阴山，山名，在今内蒙古境。

第四段，论赵能任人之得宜，汉倾天下之失策，周代全师而还之可取，秦汉荼毒生灵之失计。

苍苍蒸民①，谁无父母？提携捧负，畏其不寿。谁无兄弟？如足如手。谁无夫妇？如宾如友。生也何恩？杀之何咎？其存其殁，家莫闻知；人或有言，将信将疑。悁悁心目，寝寐见之。②布奠倾觞，哭望天涯。天地为愁，草木凄悲。吊祭不至，精魂何依？必有凶年③，人其流离。呜呼噫嘻！时耶命耶？从古如斯，为之奈何？守在四夷④！

【注释】

①苍苍，盛貌。蒸民，众民。

②咎，罪。殁，死。悁悁，忧闷貌。

③凶年，灾荒之年。《老子》第三十章："大军之后，必有凶年。"

④守在四夷，谓统治者宜宣文教，施仁义，行王道，夷夏为一，使四夷为天子守土，而不应以之为敌。守，守土。《书·舜典》："岁二月，东巡守。"孔传："诸侯为天子守土，故称守。"（旧读"狩"。）

第五段，写前方三军覆没给家人骨肉带来的痛苦悲哀，末二句"为之奈何？守在四夷"，点明全文主旨。

【评析】

（一）李华《吊古战场文》，是有唐一代好赋之一，这是一篇反战之作。但它并不是一味反战，而是体现了作者的政治主张。李华认为，战争是统治者措置失宜引起的。统治者应该宣文教，行仁义，使夷夏成为一体，消除战争的根源；万不得已进行战争，则宜任用良将，"全师而还"，而不应殚竭天下，荼毒生灵。诚然，李华对战争的认识过于简单，于消弭战争的见解也未免天真；但他反对杀戮、反对残害生灵，企望和平安宁的愿望毕竟是善良而美好的。

值得一提的是，李华在作品中关注的是那些被迫走向战场、手握锋锷的普通士兵的命运，他的同情之泪洒在那些无辜的白骨之上。这一主题常见于诗人的歌咏，在赋中却极为少见。

《吊古战场文》文辞清丽，音韵铿锵。全文叙述中夹有议论，全部叙述又都为议论服务。结尾点出全文主旨，提出自己的主张，一笔千钧。这些结构上的特点源于贾谊的《过秦论》，于后又启发了杜牧之。

（二）《吊古战场文》应该说思想内容与艺术结构都相当完整，遗憾的是中间却掺有四句很不得体的话："降矣哉？终身夷狄！战矣哉？骨暴沙砾！"设想战士们的精神状态甚为不当，似乎他们全都贪生怕死；与屈原的《国殇》既刻画了战士们暴骨沙场的惨象，又热烈地歌颂他们的英雄气概和爱国精神，是无法比拟的。删掉这四句，文章更为完美。

韩 愈

韩愈（768—824），字退之，河南南阳（今河南孟州南）人。唐德宗贞元八年（792）进士。先后任宣武、宁武节度使推官。十七年（801）调四门博士。贞元十九年（803）迁监察御史，时关中饥馑，上疏宽徭役，又极论宫市之弊，贬阳山令。二十一年移江陵法曹参军。宪宗元和元年（806）权知国子博士。四年改都官员外郎，拜河南令。六年迁尚书，职方员外郎。第二年即因事去职，复为国子博士。改比部郎中、史馆修撰，进中书舍人。元和十二年（817）请为行军司马，随裴度平定淮西藩镇吴元济之乱，以功迁刑部侍郎。十四年（819）因谏迎佛骨，贬潮州刺史，改移袁州。穆宗长庆元年（821），召拜国子祭酒、兵部侍郎。镇州兵变，奉命前往宣抚，升吏部侍郎，故世称韩吏部。长庆四年卒，年五十七。

韩愈是伟大的散文家，倡导古文运动，改变一代文风，其创作成就居"唐宋八大家"之首。韩愈也是杰出诗人，以宏伟雄奇的风格，在中唐独树一帜。诗文对宋代都有很大影响。有《昌黎先生集》。

祭田横墓文[①]

贞元十一年九月，愈如东京，道出田横墓下，感横义高能得士[②]，因取酒以祭，为文而吊之。其辞曰：

事有旷百世而相感者[③]，余不自知其何心。非今世之所稀，孰为使余歔欷而不可禁！[④]余即博观乎天下，曷有庶几乎夫子之所为？[⑤]死者不复生，嗟余此生其从谁！当秦氏之败乱，得一士而可王，何五百人之扰扰，而不能脱夫子于剑铓；⑥抑所宝之非贤，亦天命之有常？⑦昔阙里之多士，孔圣亦云其遑遑。⑧苟余行之不迷，虽颠沛其何伤！⑨自古死者非一，夫子至今有耿光⑩。跪陈辞而荐酒，魂仿佛而来享！⑪

【注释】

①本篇与下篇《进学解》选自《全唐文》。秦二世元年（前209）七月陈胜吴广起义，天下反秦，东方六国残余势力乘机起事，田齐族人田儋自立为齐王。田儋败亡以后，从弟田荣、田横收集余兵，立田儋子田市（fú）为齐王，田荣为相，田横为将，平定齐地。楚项羽灭秦以后，齐内部几经纠结，田荣杀田市，自立为齐王，尽并三齐之地。田荣失败被杀，田横立田荣之子田广为齐王，自为相。田广被汉将韩信俘虏死后，田横自立为齐王。韩信平齐，汉王刘邦为皇帝，田横与其徒属五百余人逃居海岛。刘邦以田横兄弟定齐，齐人多附从，恐为后患，使使赦田横罪而召之。田横与其客二人乘传赴洛阳，未至三十里田横自杀。刘邦闻而为之流涕，以王者礼葬田横。田横二客亦从而自杀。海岛五百人闻田横死，亦全部自杀。太史公曰："田横之高节，宾客慕义而从横死，岂非至贤！余因而列焉。"见《史记·田儋列传》。田横墓，据传在河南偃师境内。

②贞元，唐德宗年号。贞元十一年（795），时韩愈二十八岁。东京，唐东都洛阳。义，正当合理的品格行为。《礼记·中庸》："义者，宜也。"《左传·隐公三年》："命以义乎。"孔颖达疏："错心方直，动合事宜，乃谓之为义。"

③旷，远隔。百世，百代。自田横死至韩愈吊祭之时近千年。相感，使人感动。

④孰为，犹何以。与下句"曷有"义同。《助字辨略》："何，曷也，安也，孰也，谁也。"（谓诸字义并通。）按，"非今世之所稀"为假定句，谓如果不是田横那样高义为今世所稀有，怎么可能使我如此歔欷感叹？歔欷（xū xī），哽咽、抽泣。

⑤即，犹今也。博观，遍观。曷有，何有、安有。庶几，相近。

⑥得一士而可王，得一贤能之士即可以成王。扰扰，众多貌。脱，摆脱。剑铓，剑锋。

⑦抑，或许是。所宝，所重视信任的人。亦，犹言"还是"。常，必然。

⑧阙里，孔子故里，此代指孔子门下。遑遑，不安定之貌。

⑨苟，诚也。行，德行。不迷，不惑乱。颠沛，艰难困顿。

⑩耿光，光辉。

⑪陈，陈述。荐，进献。魂，神。享，受也，谓受其祭献。

【评析】

秦末山东豪杰并起，原六国残余以为秦亡之后，会重新回到战国时代群雄割据的局面。他们的思维和行动都违背历史发展的潮流，失败的命运也就势所必然，田横也不过是其中一员而已。历史上，一般当头领败亡之后，他们的徒属便树倒猢狲散，而田横死后，海岛五百人竟全部殉难，确实极为独特，古今无两，举世无双，所以司马迁也叹赏曰："于此乃知田横兄弟能得士也。"韩愈在祭文序中也说"感横义高能得士"，一句话点明了全文的主题。

祭文一开头便提出，事情已远隔千年而使人如此感动，他"不自知其何心"。他想到要不是今世少有，哪会使他"歔欷而不可禁"。他遍观天下，哪儿能看到近似田横那样的行为。两个反问句，即解答了前文所谓"余不自知其何心"。如此，他深深地叹息，"死者不复生，嗟余此生其从谁"。田横能得士，作者便思考所谓"士"的作用。当暴秦败乱之时，照理说得一贤能之士，即可以成就大业，何以田横五百士而不免于失败自杀？是那些士都非贤能，还是天命有其必然？然后又自己解答，孔夫子有那么多高足，仍不免一生奔走遑遑。他得到了自我安慰的结论："苟余行之不迷，虽颠沛其何伤！"这哪里是凭吊田横，完全是韩退之借这个题目自抒心曲。

韩愈贞元八年中进士，而后试博学鸿词"不售"。贞元十一年三上宰相书"不报"，使他非常扫兴，失望之极。是年九月，如东京过田横墓下，"感横义高能得士"，取酒以祭，为文而吊，甚至喊出了"死者不复生，嗟余此生其从谁！"韩退之真的愿意成为田横式人物的宾客或僚属吗？决非如此，他三个月间，三次上书宰相，要求宰相像周公举贤那样举用自己，然而"待命四十余日"，而"志不得通"，门不得进，他如此赞赏田横，无非是发泄心头的郁闷。人世间真正青云直上一步登天的人是没有的，韩愈实在是求之过急。经过反复的思考，不管是真也好假也好，他终于领悟到了"苟余行之不迷，虽颠沛其何伤"。一篇不过一百五十余字的祭文，舒徐宛转，自问自答，一种郁郁不平之气，充溢于字里行间，其表现手段，确实是相当高明的。末了以"自古死者非一，夫子至今有耿光"，归结到对田横的祭享，结构亦颇为完美。

"苟余行之不迷，虽颠沛其何伤！"句仿《离骚》"苟余情其信姱以练要兮，虽颠颔亦何伤！"后先媲美，对后人都有深刻的教育意义。

进学解①

国子先生晨入太学②,招诸生立馆下,诲之曰:"业精于勤,荒于嬉;行成于思,毁于随。③方今圣贤相逢,治具毕张④,拔去凶邪,登崇俊良。⑤占小善者率以录,名一艺者无不庸。⑥爬罗剔抉,刮垢磨光。⑦盖有幸而获选,孰云多而不扬⑧?诸生业患不能精,无患有司之不明;⑨行患不能成,无患有司之不公。"

【注释】

①解,解说、解答。《博物志》:"贤者著述,曰传,曰记,曰章句,曰解,曰论,曰读。"

②国子先生,《新唐书》本传谓:"宪宗初,权知国子博士,分司东都,三岁为真。"三岁为真,则在元和三年(808)。元和八年(813)再为国子博士,时年四十六岁。太学,即国子监。

③业,学业。行,德行。

④圣贤,圣君贤臣。治具,政治措施。毕张,全都得到实现。

⑤拔去,除掉。登崇,举用尊重。

⑥占,具有。善,就德行言;艺,就技艺言。率以录,全都得到录用。名一艺者,精通一艺之人。名,明也,精通。无不庸,没有不被任用。庸,用也。

⑦爬罗,梳理搜罗。剔抉,区别选择。刮垢磨光,除去污垢、磨砺光泽,比喻除掉奸邪,培育良善。

⑧孰云,谁说。多而不扬,才行多而得不到发扬。

⑨患，忧虑、担心。有司，主管官员。《说文》"司"字，段玉裁注："凡司其事者，皆得曰有司。"

言未既①，有笑于列者曰："先生欺余哉！弟子事先生于兹有年矣。先生口不绝吟于六艺之文，手不停披于百家之编；②记事者必提其要，纂言者必钩其玄；③贪多务得，细大不捐④；焚膏油以继晷，恒兀兀以穷年：⑤先生之业，可谓勤矣！⑥抵排异端，攘斥佛老；⑦补苴罅漏，张皇幽眇；⑧寻坠绪之茫茫，独旁搜而远绍；⑨障百川而东之，回狂澜于既倒。⑩先生之于儒，可谓有劳矣⑪！沉浸醲郁，含英咀华⑫，作为文章，其书满家。上规姚姒，浑浑无涯，⑬周诰殷盘，佶屈聱牙；⑭《春秋》谨严，左氏浮夸；⑮《易》奇而法，《诗》正而葩；⑯下逮《庄》《骚》，太史所录，⑰子云相如，同工异曲：⑱先生之文，可谓闳其中而肆于外矣⑲！少始知学，勇于敢为；长通于方，左右具宜。⑳先生之于为人，可谓成矣㉑！然而公不见信于人，私不见助于友；跋前踬后，动辄得咎！㉒暂为御史，遂窜南夷㉓；三年博士，冗不见治；㉔命与仇谋，取败几时，㉕冬暖而儿号寒，年丰而妻啼饥！头童齿豁，竟死何裨？㉖不知虑此，而反教人为㉗！"

【注释】

①言未既，话还没有说完。既，尽也。

②六艺，六部儒家经典：《诗经》《尚书》《易经》《礼记》《乐经》与《春秋》。（其中《乐经》不存在。汉代今文经学家认为乐本无经，附于《诗经》中，古文经学家认为有《乐经》，秦焚书后亡佚。）披，翻阅。百家，泛指先秦汉诸子百家。

③记事者,记事的著作。提其要,提举其纲要。纂言者,立论的著作。钩其玄,挥取其精微。"提其要""钩其玄"互文见义。

④务得,定要得到。不捐,不放弃。

⑤焚,燃起。膏油,灯油,泛指灯烛。晷(guǐ),日影,实指白日。恒,常、总是。兀兀,勤奋不止之貌。穷年,终年、一年到头。

⑥业,学业、学问。勤,深厚。《战国策·燕策二》:"深结赵以勤之。"鲍彪注:"勤,犹厚。"扬雄《剧秦美新》:"格来甚勤。"李周翰注:"勤,多也。"

⑦抵排,抵制排斥。异端,不合正道的思想主张。《论语·为政》:"攻乎异端。"朱熹集注:"非圣人之道而别为一端。"攘斥,排斥。佛老,佛教、道教。

⑧补苴(jū),补缀。罅(xià),裂缝。张皇,扩展。幽眇,幽深微妙。

⑨坠绪,行将灭绝的学说。旁搜,从各方面搜索。绍,继承。

⑩"障百川"二句,批判各种异端邪说,从而使学术归于正道。与"罢黜百家,独尊儒术"之意相近。障百川而东之,谓堵塞混乱奔腾的河川使之汇向东方流去。障,堵塞。回,挽回。狂澜,来势凶猛的波涛。

⑪儒,儒家学说。劳,功也。

⑫"沉浸"二句,比喻对古代典籍的欣赏体味。醲郁,醇厚芳香。含、咀,含在口里咀嚼品味。英、华,精华。

⑬规,遵循。姚姒,虞舜姓姚,夏禹姓姒,此用以代指《书》中《虞书》与《夏书》。浑浑,博大精深之貌。

⑭周诰,《书·周书》中有《大诰》《康诰》《酒诰》《召诰》《洛诰》,此即代指《周书》。殷盘,《书·商书》中有《盘庚》上中下三篇,此即代指《商书》。《周诰》《殷盘》,前后颠倒言之。佶屈聱牙,言其文辞艰涩拗口。

⑮《春秋》,传为孔子所作《春秋》。谨严,文辞简约严密。左氏,指

《左传》。浮夸，谓其记事铺张。

⑯《易》，《易经》。奇而法，奇妙而有法则。《诗》，《诗经》。正而葩，义理正大而辞藻华美。

⑰逮，到。《庄》，《庄子》。《骚》，《离骚》，概指楚辞。太史所录，即《史记》。太史，司马迁。

⑱子云，扬雄，字子云。相如，司马相如。两人为汉代大赋家。同工异曲，同样精工而曲调不同。

⑲闳，深宏、博大。肆，发扬、奔放。语本《庄子·天下》："弘大而辟，深闳而肆。"

⑳少始知学，年少时、一开始时即认真学习。长通于方，年长便通达道义。《论语·雍也》："可谓仁之方也。"邢昺疏："方，犹道也。"又，《先进》："且知方也。"何晏集解："方，义方。"

㉑成，完善、完备。

㉒跋前踬后，进退两难之意。《诗·豳风·狼跋》："狼跋其胡，载踬其尾。"意谓狼前进便踩着脖子下的垂肉，后退又被尾巴绊倒，故进退两难。（胡，野兽领下垂肉。）动辄得咎，一动即得罪。咎，罪过。

㉓暂为御史，洪兴祖所撰年谱："（唐德宗十九年癸未）公年三十六，自博士拜监察御史。"暂，短时间。遂窜南夷，洪谱又云："是时有诏，以旱饥益蜀租之半，有司征愈急。公与张署李方叔上疏，言关中天下根本，民急如是，请宽民徭而免田租，天子恻然，卒为幸臣所谗，贬连州阳山令。"窜，窜逐、贬谪。南夷，南方蛮夷之地，即指连州阳山（今属广东）。

㉔三年博士，指元和八年（813）再为国子博士。冗不见治，谓置于闲散而不被任用。冗，闲散。治，治任之意，犹言任用。

㉕命与仇谋，命运总与仇怨谋合。取，获致。

㉖头童,头顶光秃。齿豁,牙齿缺豁。竟死何裨,到死有何裨益。

㉗为,反问语气词。

先生曰:"吁!子来前!夫大木为杗,细木为桷,①欂栌侏儒,椳闑扂楔②,各得其宜,施以成室者,匠氏之功也③。玉札丹砂,赤箭青芝,牛溲马勃,败鼓之皮,④俱收并蓄,待用无遗者,医师之良也。登明选公,杂进巧拙,⑤纡余为妍,卓荦为杰,⑥校短量长,惟器是适者,宰相之方也。⑦昔者孟轲好辩,孔道以明,辙环天下,卒老于行;⑧荀卿守正,大论是弘,逃谗于楚,废死兰陵。⑨是二儒者,吐辞为经,举足为法,绝类离伦,优入圣域,其遇于世何如也?⑩今先生学虽勤而不繇其统,言虽多而不要其中,⑪文虽奇而不济于用,行虽修而不显于众,犹且月费俸钱,岁靡廪粟⑫,子不知耕,妇不知织,乘马从徒⑬,安坐而食,踵常途之役役,窥陈编以盗窃!⑭然而圣主不加诛,宰臣不见斥,兹非其幸欤?动而得谤,名亦随之;⑮投闲置散,乃分之宜。⑯若夫商财贿之有无,计班资之崇庳,⑰忘己量之所称,指前人之瑕疵⑱,是所谓诘匠氏之不以杙为楹,而訾医师以昌阳引年,欲进其豨苓也。⑲"

【注释】

①杗(máng),栋梁。桷(jué),屋椽。

②欂栌(bó lú),柱上短木,即斗拱。侏儒,指梁上短柱。椳(wēi),门枢。闑(niè),门中间的短柱。扂(diàn),门闩。楔(xiē),门框两侧固定门框的短木。

③匠,工匠,此专指木工。功,功用、作用。

④玉札、丹砂、赤箭、青芝，皆贵重中药。牛溲、马勃、败鼓之皮，均普通药材。

⑤登明选公，选拔人才明白公正。杂进巧拙，即或巧或拙一并进用，亦即"登明选公"之意。杂进，一并进用。

⑥纡（yū）余，此形容人情性的平和委婉，与下句"卓荦"相对。妍，美好。卓荦（luò），高超出众之貌。杰，杰出。

⑦惟器是适，根据人才器量恰当任用。方，原则。

⑧孟轲，孟子。孔道，孔子之道。辙环天下，指孟子周游列国。辙，车辙，代指车。卒老于行，终老死于行道之中。

⑨荀卿，荀子。守正，坚持正道。弘，宏大。废死兰陵，荀卿受谗于齐，适楚，楚春申君以为兰陵令。春申君死而荀卿废，死于兰陵。

⑩吐辞，指其论著。经，正道。法，法则。圣域，圣人的境界。遇，遭遇。

⑪先生，此韩公自指。繇，通"由"。统，系统、道统。要，得也。中，正也。

⑫糜，靡费、耗费。廪粟，国家仓库的粮食。

⑬从（zòng）徒，率领仆役徒众。

⑭踵，跟道。役役，疲乏貌。一作"促促"，仓促、急迫。窥，窥伺。陈编，陈旧古籍。

⑮"动而得谤"二句，谓经常受到毁谤，声名亦随之而来，亦即虽受到毁谤，却同时得到声名。谤，谗毁、毁谤。

⑯投闲置散，投置闲散之所，即不被重用。分，本分。宜，合适。

⑰若夫，犹言如果，二字贯串以下四句。商，商度、计较。财贿（huì），财货，指俸禄。计，计较。班资，班级资格，指官阶地位。崇庳（bì），犹高低。

⑱"忘己量"二句，谓忘记自身的分量，而指责前人的错误。"前人"

实指当时的统治者。己量,自身的分量。称(chèn),相称、适合。瑕疵,缺点、错误。

⑲诘,质问。匠氏,工匠。杙(yì),一头尖的短木。楹,大木柱。訾(zǐ),诋毁。昌阳,即菖蒲。引年,延年。豨苓(xī líng),一种草药,据说服用可以利尿。以上五句句意,谓忘记自身的分量而指责前人的错误,就像是质问工匠不用小短木代替大木柱,诋毁医师用菖蒲延年益寿而推荐无用的豨苓也。

【评析】

韩愈是唐德宗贞元八年(792)进士,时年二十五岁。愈从小学习勤奋,学问渊博,特别是文字通达,极富有创造性,改变自六朝以来的一代文风;自亦颇为自负,以继承孔孟儒家道统自居。但中进士以后的二十年间,他一直在推官、参军一类的职位上颠簸,中间还连遭贬谪。宪宗元和初担任过国子博士,中间经历过不少纠葛,到元和八年(813)再为国子博士,重又回到这个职位上,内心之抑郁可想而知,《进学解》便是发泄这种愤懑心情的产物。

文章分为三段,内容界划分明。

第一段先生训诲弟子,所谓"方今圣贤相逢,治具毕张",仿佛其时社会极其清明,统治者无比公正,人才都得到任用;要弟子们"业患不能精,无患有司之不明;行患不能成,无患有司之不公"。其实全是故作颂扬,无非是引发下文弟子表面上似对其训诲的反驳,而实际全是为其抱不平的控诉。

第二段是文章最主要的一段。一句"先生欺余哉",反对其实是为了赞扬。接着便是对先生辉煌的成就进行热烈的歌颂。一曰"先生之业,可谓勤矣";二曰"先生之于儒,可谓有劳矣";三曰"先生之于文,可谓闳其中而肆于外矣";四曰"先生之于为人,可谓成矣"。文章内容丰富,感情充沛,对仗工整,声韵铿锵,文气如波涛澎湃,气势纵横。接着便为先生抱不平。如此光辉的业绩,"然而公不见信于人,私不见助于友;跋前踬后,动辄得咎"。为官而往往获罪,生活亦极其艰难。"冬暖而儿号寒,年丰而妻啼饥"。先生不考虑自己的困境,反而教训别人! 整段文字无非是借弟子之口,吐自己胸中的抑郁与愤懑。名曰"进学解",实为不平鸣。

第三段是对弟子为其抱不平的解答,与开头一段相呼应。分三层意思。先以匠氏用材"各得其宜,施以成室"与医师用药"俱收并蓄,待用无遗",比喻宰相用人"校短量长,惟器是适",都是合理的,不能说不公平。然后又以孟轲、荀卿为例,说明圣人之徒,也未必那么顺利。韩愈在《读荀》一文中,给予孟、荀以很高的评价,特别是孟子,谓"孟氏醇乎醇者也,荀与扬大醇而小疵"。(中间掺入一个扬雄)以孟、荀为例,实亦隐然自喻。最后以谦虚的口气,解释自己的处境。自言"今先生学虽勤而不繇其统,言虽多而不要其中,文虽奇而不济于用,行虽修而不显于众",四句与弟子说的四个方面相应,口气似乎不同而实质完全一致。至于自己的境况,"月费俸钱,岁靡廪粟";"乘马从徒,安坐而食",够不错的,而且"动而得谤,名亦随之;投闲置散,乃分之宜"。此故作高姿态,骨子里实极为自负,反证内心的愤懑不平,前面借弟子之口已充分发挥,真实的心情已表达无余。

韩愈《进学解》实远祧东方朔《答客难》与扬雄《解嘲》而后来居上。东方朔与扬雄皆假设客人对自己责难嘲讽,然后进行解答,放肆吹嘘自己的智能德行,并指斥责难者是"以下愚而非处士"(东方朔语),"以鸱枭而笑凤皇"(扬雄语)。韩愈则始终以庄重谦和的姿态出现,而由弟子来为之抱不平。尽管实际上都是自解自答,而格调悬殊。

柳宗元

柳宗元(773—819),字子厚,河东解县(今山西运城西南)人。唐代杰出散文家,与韩愈并称"韩柳";也是独具一格的诗人和卓越的思想家。唐德宗贞元九年(793)进士,授校书郎,调蓝田尉,升监察御史里行。顺宗永贞元年(805)王叔文执政,锐意改革,史称"永贞革新",宗元积极参与改革。革新仅进行一百余日,即告失败,王叔文遭贬,旋被杀害。宗元贬永州司马,在永州十年。元和十年(815),改任柳州刺史,四年后即死于柳州,年仅四十七岁。有《河东先生集》。

梦归赋①

罹摈斥以窘束兮②,余惟梦之为归!精气注以凝迥兮,循旧乡而顾怀。③夕余寐于荒陬兮,心慊慊而莫违。④质舒解以自恣兮,息憍嚣而愈微。⑤歘腾踊而上浮兮,俄滉瀁之无依。⑥圆方混而不形兮,颢醇白之霏霏。⑦上茫茫而无星辰兮,下不见夫水陆。若有钛余以往路兮,驭拟拟以回复。⑧浮云纵以直度兮,云济余乎西北。⑨风纚纚以经耳兮,类行舟迅而不息。⑩洞然于以弥漫兮,虹霓罗列而倾侧。⑪横冲飙以荡击兮,忽中断而迷惑。⑫灵幽漠以潚汩兮,进怊怅而不得。⑬白日邈其中出兮,阴霾披离以泮释。⑭施岳渎以定位兮,互参差之白黑。⑮崩腾上下以徊徨兮,聊按行而自抑。⑯指故都以委坠兮,瞰乡闾之修直。⑰原田荒秽兮,峥嵘榛棘。乔木摧解兮,垣庐不饰。⑱山嵬嵬以岩立兮,水汨汨以漂激。⑲魂恍惚若有亡兮,涕汪浪以陨轼。㉑类曛黄之黔漠兮，欲周流而无所极。㉑纷若喜而佁拟兮，心回互以壅塞。㉒钟鼓喤以戒旦兮，陶去幽而开寤。㉓曾蔚蒙其复体兮，孰云桎梏之不固！精诚之不可再兮，余无蹈夫归路！㉔

【注释】

①本篇选自《柳河东集》，个别字从《楚辞后语》订正。

②罹，遭。"罹"字贯领全句。摈斥，排挤斥逐。窘束，困迫拘束。

③精气，精神。注，贯注。凝沍（hù），凝结之貌。循，沿着。

④荒陬（zōu），荒凉僻远之地。此指永州，今湖南永州市零陵区。慊慊（qiǎn），恨貌、心不满足之貌，曹丕《燕歌行》："慊慊思归恋故乡。"莫违，不能放弃思乡之念。

⑤"质舒解"二句，写入睡之状。质，身。舒解，舒展放松。恣，放任。息，气息。愔嘿，安静和舒之貌。

⑥"歘（xū）腾踊"二句，开始进入梦境。歘，忽。腾踊，跃起、飞腾而上。俄，旋即。滉瀁（huàng yǎng），阔大无际之貌。之，犹"而"。

⑦圆方，天地。古人以为天圆地方，故以圆方代指天地。颢（hào），白貌。《楚辞·大招》："天白颢颢。"醇白，白雾茫茫之貌。醇，通"纯"。霏霏，云气弥漫之貌。

⑧鉥（shù），长针。针能引线，故引申为引导。驭（yù），驾，此代指车。拟拟，迟疑之貌。前文并未写车，此处忽有车驭，因系梦境，无妨稍作迷离。

⑨纵，放任。直度，径直度越。云，说。济，渡。西北，首都长安与作者家乡的方位。

⑩纚纚（sǎ，又 xǐ），风声。经耳，《楚辞后语》作"惊耳"。类，像。

⑪"洞然"二句，写空中云气弥漫，彩虹围拱。洞然，空貌。于，犹"于

于",云气卷舒之貌。弥漫,充溢之貌。虹霓,彩虹,深者曰虹,淡者曰霓。

⑫ "横冲飙"二句,写突遭暴风击荡,迷失方向。冲飙,犹冲风,冲天而起之暴风。飙,疾风。荡击,震荡冲击。

⑬ "灵幽漠"二句,写暴雨急下,四周昏暗,使人怊怅难进。灵,古字作"霝",雨。一本作"零雨"二字。幽漠,昏暗貌。滞汩（zhì gǔ）,水流激荡貌,此雨急下之貌。怊怅（chāo chàng）,彷徨之貌。

⑭ "白日邈"二句,写忽然白日中出,阴霾消失。邈,远。阴霾,阴沉的云雾。披离,分散貌。泮释,消失。

⑮ "施岳渎（dú）"二句,写地面山川黑白参差,可据以确定方位。施,陈布。岳渎,高山大川。互,交互。白黑,自上俯瞰,水白山黑。

⑯ "崩腾"句,此句原作"忽崩骞上下兮",一作"崩骞翔上下以徊徨兮",此从《楚辞后语》。崩,自上坠下。腾,自下跃起。徊徨,盘旋不定之貌。按行,按抑行动。原作"按衍",此从《楚辞后语》。

⑰ 委坠,前人解作曲折,疑为衰败荒废之意。瞰,俯瞰。乡间,乡里间舍。修直,其义不详。

⑱ 原田,原野田畴。峥嵘（zhēng róng）,高貌,此用以形容榛棘暴长。榛棘,乱树荆棘。摧解,摧毁断裂。垣庐,墙垣庐舍。不饰,未曾修葺。

"指故都"以下六句,写俯瞰家乡荒凉景象。

⑲ 嵎嵎（yú）,山高貌。岩立,犹耸立。汩汩（gǔ）,水急流貌。漂激,水腾涌流急之貌。

⑳ 恍惘,犹"恍惚",失意貌,神思不定之貌。一作"恍恍"。涕,泪。汪浪,流貌。一作"浪浪"。陨,落。轼,车前横木。

㉑ "类曛黄"二句,写天忽昏黑,欲周游亦不知去向。曛黄,犹昏黄,亦即黄昏。黭（yǎn）漠,昏暗貌。周流,周游。极,犹目标。

㉒"纷若喜"二句,写惊痴堵塞之状。纷若,纷乱,此指内心烦乱。若喜而佁儗,犹所谓"似喜似悲",正痴呆之状。佁儗(chì yì),停滞不前,痴呆貌。回互,回环转动。壅塞,堵塞。

㉓"钟鼓喤(huáng)"二句,写天明为钟鼓所惊醒,梦境至此结束。喤,象声词,此言钟鼓声。《诗·周颂·执竞》:"钟鼓喤喤。"戒旦,告人已天亮。陶,"谣"借字,惊疑。去幽,脱出梦境。开窹,醒觉。

㉔"罾罻(zēng wèi)蒙"四句,写醒后慨叹。罾罻蒙,犹《九章·惜诵》"罻罗张"。罾罻,罗网。蒙,罩。复,通"覆"。桎梏(zhì gù),镣铐,引申为束缚之意。固,牢。精诚,至诚,指思乡心切而成梦。蹈,踏上。

第一段,述梦归经历。

伟仲尼之圣德兮,谓九夷之可居。惟道大而无所入兮,犹流游乎旷野。①老聃遁而适戎兮,指淳茫以纵步。②蒙庄之恢怪兮,寓大鹏而远去。③苟远适之若兹兮,胡为故国之为慕④?首丘之仁类兮,斯君子之所誉。⑤鸟兽之鸣号兮,有动心而曲顾。⑥胶余衷之莫能舍兮,虽判析而不悟。⑦列兹梦以三复兮,极明昏而告诉。⑧

【注释】

①伟,赞美。《后汉书·张衡传》:"伟关雎之戒女。"李贤注:"伟,美也。"仲尼,孔子名丘,字仲尼。谓九夷之可居,《论语·子罕》:"子欲居九夷。或曰:'陋,如之何?'子曰:'君子居之,何陋之有!'"九夷,周代东方民族总称。"惟道大"二句,言道大不被所容。《史记·孔子世家》:鲁哀公四年,孔子被围于陈蔡之间。孔子曰:"《诗》云:'匪兕匪虎,率彼旷野。'吾道非耶?吾何为于此?"颜回曰:"夫子之道至大,故天下莫能容。虽然,

夫子推而行之，不容何病，不容然后见君子。"

②老聃，即老子。老子事见《史记·老子列传》："老子修道德，其学以自隐无名为务。居周久之，见周之衰，乃遂去。"遁，隐遁远去。适戎，前往西戎。淳茫，浩渺无边之境，其义双关，既指西戎荒远之地，又指道行高超之境。

③蒙庄，庄子，名周，宋国蒙人，故称蒙庄。恢怪，恢宏奇特。寓大鹏而远去，庄子《逍遥游》："北冥有鱼，其名曰鲲；鲲之大不知其几千里也。化而为鸟，其名曰鹏；鹏之背，不知其几千里也。是鸟也，海运将徙于南冥，南冥者，天池也。""鹏之徙于南冥也，水击三千里，抟扶摇而上者九万里，去以六月息者也。"作者将大鹏高举理解为庄子寄寓其远离人世之意。

④苟，如果。远适，远去。若兹，像这样，指孔子居九夷、老聃适西戎、蒙庄寓大鹏之类。胡，何。慕，怀念。

⑤首丘，首向故丘。《礼记·檀弓上》："礼，不忘其本。古人有言曰：'狐死正首丘，仁也。'"屈原《九章·哀郢》："鸟飞反故乡兮，狐死必首丘。"誉，赞许。

⑥鸟兽之鸣号，《礼记·三年问》："凡生天地之间者，有血气之属，必有知。有知之属，莫不知爱其类。今是大鸟兽，则失丧其群匹，越月逾时焉，则必反巡，过其故乡，翔回焉，鸣号焉，蹢躅焉，踟蹰焉，然后乃能去之。"曲顾，回环反顾。

⑦胶，粘，犹言执着。虽判析而不悟，犹《离骚》"虽体解吾犹未变"。判析，分裂。

⑧"列兹梦"二句，言要将此梦反复向人诉说。三复，《楚辞后语》作"往复"。极，尽。明昏，犹日夜。告诉，诉说。上句"三复"与下句"告诉"结合备义。

第二段,表明不能忘却故国旧乡之心情。

【评析】

柳宗元因参与永贞革新,被贬为永州司马,宗元《寄许京兆孟容书》云:"先墓在城南,无异子弟为主,独托村邻。自谴逐来,消息存亡不一至乡闾,主守者固以益怠。昼夜哀愤,惧便毁伤松柏,刍牧不禁,以成大戾。"又云:"城西有数顷田,树果数百株,多先人手自封植,今已荒秽,恐便斩伐,无复爱惜。"与赋所写内容正同。寄许书作于贬永州后五年即宪宗元和五年(810),此赋当亦作于此年前后。宗元被贬后,再也未能再返京师,断绝了他实现政治理想的希望;甚至连回返乡里上父母之丘垅亦不可得。这是他一生在政治上遭受的严重打击,却在文学上取得了极大的成功。他的最有价值的作品,差不多全是贬谪以后写的。赋虽然不是柳宗元文学创作的主要方面,但数量也不少,成就也很可观,《梦归赋》是其中具有代表性的一篇。

柳宗元的遭遇和屈原很相类似,这篇赋的思想精神也和《离骚》一脉相通,其升天远行的构思也仿自《离骚》。赋中写梦境,迷离恍惚,变幻莫测,极为逼真。而他写梦中看到的家乡光景,原田荒芜,庐舍丘墟,尽管同样出于想象,却不失为中唐社会残破的如实写照。"山嵬嵬以岩立兮,水汩汩以漂激",面对这样的现实,山河也表现出一种严肃的神情,一种沉思的状态。这篇短赋所具有的丰富的想象,弘奇的境界,在唐代作品中只有李白的《梦游天姥吟留别》、李贺的《梦天》可与之相比。李白诗表现出开元盛世繁华的幻灭和他藐视权贵的傲岸,李贺诗写出了他特有的追求奇异境界的情趣;而蕴含深沉的幽愤,则是柳宗元这篇赋所独具的特色。它表现了作者对理想的执着,对故国的怀思和对自己横遭迫害的愤懑。在艺术上各有千秋。二李的浪漫色彩更为浓郁，特别是李白的作品，写得纵横恣肆。柳宗元的赋尽管想象丰富，变化不定，但仍然脉络清楚，结构严谨。

《梦归赋》的后半部分以议论抒情作结。他先退一步，用孔子老庄的故实，试图排解心头的抑郁与悲愤。但转念一想，又办不到，"胶余衷之莫能舍兮，虽判析而不悟"，他没有任何改变初衷的余地。这种写法并非剖析内心的矛盾，而是进一步表现了强烈的情感，更加深化了作品的旨意。赋的前半部分升天梦游仿自《离骚》，结尾则从《哀郢》中化出。柳赋是真正的楚辞余响，以后虽仍有骚体赋的写作，但很难听到这样的声音了。

杜 牧

杜牧（803—853），字牧之，京兆万年（今陕西西安）人，晚唐著名诗人。唐文宗大和三年（829）进士，授弘文馆校书郎。曾为江西观察使、宣歙观察使沈传师与淮南节度使牛僧孺幕僚，历任监察御史、黄州、池州、睦州刺史，转司勋员外郎，终中书舍人。有《樊川文集》。

阿房宫赋①

六王毕，四海一；②蜀山兀，阿房出③。覆压三百余里④，隔离天日。骊山北构而西折，直走咸阳。⑤二川溶溶⑥，流入宫墙。五步一楼，十步一阁；廊腰缦回，檐牙高啄；⑦各抱地势，钩心斗角。⑧盘盘焉，囷囷焉，蜂房水涡，矗不知乎几千万落。⑨长桥卧波，未云何龙？复道行空，不霁何虹？⑩高低冥迷，不知西东。歌台暖响，春光融融；舞殿冷袖，风雨凄凄。一日之内，一宫之间，而气候不齐。

【注释】

①本篇选自《樊川文集》。阿房（páng）宫，秦宫名，故址在今陕西西安阿房村。《史记·秦始皇本纪》：三十五年（前212），始皇以为咸阳人多，先王之宫廷小，"乃营作朝宫渭南上林苑中。先作前殿阿房，东西五百步，南北五十丈，上可以坐万人，下可以建五丈旗，周驰为阁道，自殿下直抵南山，表南山之颠以为阙。为复道，自阿房渡渭，属之咸阳，以象天极阁道绝汉抵营室也。阿房宫未成；成，欲更择令名名之。作宫阿房，故天下

谓之阿房宫。隐宫徒刑者七十余万人,乃分作阿房宫,或作骊山。发北山石椁,乃写蜀荆地材皆至。关中计宫三百,关外四百余"。

②六王:即齐、楚、燕、韩、赵、魏六国君主,秦王政十七年至二十六年(前230—前221)先后攻灭六国。一,统一。

③蜀,四川。兀,光秃。阿房用材,不止于蜀,举蜀以概各地。阿房出,阿房宫出现。按,阿房宫始建于始皇三十五年,两年后始皇死,再三年秦亡,宫并未落成,即为项羽楚毁。

④覆压,覆盖掩压。《三辅黄图》:阿房宫,"规恢三百余里""阁道通骊山八百余里"。

⑤骊山,山名,在今陕西西安市临潼区南。构,构筑。咸阳,秦都,在今陕西咸阳东北。

⑥二川,渭水与樊水。溶溶,水波动荡之貌。

⑦廊腰,走廊曲折处。缦回,宽缓回环。檐牙,檐角。高啄,指檐角翘起,如禽鸟仰首啄物。

⑧各抱地势,指宫殿依地形建造。抱,环绕。钩心,承"廊腰缦回"言,指各殿以回廊与中心勾连。斗角,承"檐牙高啄"言,指宫殿檐角相向。

⑨盘盘、囷囷,回旋盘曲之貌。焉,犹"然"。蜂房水涡,繁密似蜂房、盘回如水涡。矗,耸立。落,犹"坐"。

⑩长桥,自阿房横跨渭水与咸阳相接之桥。复道,楼阁之间架设之阁道。

第一段,写阿房宫出现及其建筑之宏伟壮丽。

妃嫔媵嫱,王子皇孙①,辞楼下殿,辇来于秦;②朝歌夜弦,为秦宫人。明星荧荧,开妆镜也。绿云扰扰,梳晓鬟也。③渭流涨腻,弃脂水也。烟斜雾横,焚椒兰也。雷霆乍惊,宫车过也;辘辘远听,杳不知其所之也。④一肌一容，尽态极妍，缦立远视，而望幸焉；⑤有不得见者，三十六年！⑥燕赵之收藏，韩魏之经营，齐楚之精英，几世几年，剽掠其人，倚叠如山⑦；一旦不能有，输来其间。鼎铛玉石，金块珠砾⑧，弃掷逦迤⑨，秦人视之，亦不甚惜。

【注释】

①妃嫔媵嫱，概指六国之后妃。《左传·哀公元年》："今闻夫差次有台榭陂池焉，宿有妃嫱嫔御焉。"杜预注："妃嫱，贵者；嫔御，贱者。皆内官。"媵（yìng），陪嫁女。王子皇孙，指六国王侯女性子孙。（秦统一前，六国无皇帝之称。自亦无"皇孙"，此用后世词语。）

②辞楼下殿，指离开各国楼台殿阁。辇，乘车。

③荧荧（yíng），光闪烁貌。扰扰，纷乱貌。

④辘辘（lù），车声。听，响。杳，远。所之，所往。（"过也"原作"回也"，此从《文苑英华》。）

⑤一肌一容，指妇女体态。缦立，久立。望幸，盼望皇帝临幸。

⑥三十六年，始皇在位三十七年，于第三十七年死去，故云三十六年。此言始皇嫔妃宫女极多，有的一生未能见到始皇一面。

⑦倚叠，堆积。

⑧有，保全。"鼎铛（chēng）玉石"二句：视鼎如铛，视玉如石，以黄金为土块，珠宝为沙砾。铛，平底锅。块，土块。

⑨逦迤（lǐ yǐ），连续不断。

第二段，铺叙秦宫之穷奢极侈。

嗟乎！一人之心，千万人之心也；①秦爱纷奢，人亦念其家。

奈何取之尽锱铢②,用之如泥沙!使负栋之柱,多于南亩之农夫;架梁之椽,多于机上之工女;钉头磷磷,多于在庾之粟粒;瓦缝参差,多于周身之帛缕;直栏横槛,多于九土之城郭;③管弦呕哑,多于市人之言语。使天下之人,不敢言而敢怒。独夫之心,日益骄固。④戍卒叫,函谷举,⑤楚人一炬,可怜焦土!⑥

【注释】

①一人、千万人,均泛指,言人之心同。

②取,夺取。尽,掠夺殆尽。锱铢,重量单位,二十四铢为一两,六铢曰锱(说法不一),锱铢言数量甚微。

③磷磷,原指岩石繁密之貌,此谓钉头密集。庾,仓。九土,九州大地。

④独夫,指残暴无道、众叛亲离的最高统治者秦始皇。《书·泰誓下》称商纣为独夫。骄固,骄横顽固。

⑤戍卒叫,指陈胜起义。二世元年,陈胜被征发戍守渔阳,至大泽乡,发动戍卒起而抗秦。函谷,关名,在河南灵宝东北,为秦东边关隘。举,攻下。汉元年,刘邦由武关入咸阳,未经函谷,后项羽入函谷,关中已非秦有。作者行文取势,解释不必拘泥。

⑥楚人一炬,指项羽楚毁阿房宫。《史记·项羽本纪》:汉元年十二月,"项羽引兵西屠咸阳,杀秦降王子婴,烧秦宫室,火三月不灭"。

第三段,述秦竭力压榨,致民怨沸腾,人民被迫起义,灭亡秦朝,阿房宫亦成焦土。

呜呼!灭六国者,六国也,非秦也;族秦者①,秦也,非天下也。嗟乎!使六国各爱其人,则足以并力而拒秦②;使秦复爱六国之人,则递三世可至万世而为君③,谁得而族灭也?秦人不暇自哀,而后人哀之;后人哀之而不鉴之,亦使后人而复哀后人也!

【注释】

①族,族灭。《书·泰誓上》:"罪人以族。"孔传:"一人有罪,刑及父母兄弟妻子。"

②"并力而"三字原本无,《文苑英华》注言或本有此三字。

③递,递传,依次相传。

第四段,慨叹六国与秦之灭亡,实祸由自取,望"后人"引为鉴戒,点明作意。

【评析】

《阿房宫赋》是一篇史论赋,是赋中的《过秦论》,事实上它的主题作意都受贾谊的影响。秦始皇统一天下,本来是顺应历史发展、符合人民愿望的。但统一以后,秦统治者以极端苛刻的法令,极其繁重的赋税和徭役,毫无节制地加重对人民的压榨,从而激化了阶级矛盾,结果导致了农民起义的爆发和自身的毁灭。阿房宫的修建是秦统治者穷奢极侈的典型事例,作者抓住这个题材,通过描述阿房宫的兴建和焚毁,揭示了秦灭亡的根本原因。——赋作于唐敬宗宝历年间。敬宗即位后,大兴土木,修建宫殿,追求声色享乐,加重对人民的剥削。杜牧有感于这种现实而作此赋。赋中明确点出:"秦人不暇自哀,而后人哀之;后人哀之而不鉴之,亦使后人而复哀后人也!"借古讽今,向唐统治者提出警告。

杜牧在赋中相当深刻地揭露了封建统治者穷奢极欲、残酷剥削人民的罪行,体现了要求减轻对人民的压榨,反对奢侈浪费的政治主张。"灭六国者，六国也，非秦也；族秦者，秦也，非天下也。"这种分析符合历史的辩证原则，情深意切，语重心长，具有极其普遍的意义，很能给人以启发。

赋的结构也很有特色。写阿房宫的出现，突兀而起："六王毕，四海一，蜀山兀，阿房出。"以四个短句，寥寥十二个字，包含着极其丰富的内容。接着用大段的夸张铺叙，描述阿房宫建筑的穷侈极丽，统治者生活的豪华糜烂，结果引起了农民起义。"戍卒叫，函谷举，楚人一炬，可怜焦土！"写阿房宫的毁灭同写它的出现一样突然。有了如此充分的铺垫，后文的议论和它得出的结论就水到渠成，十分自然。

全赋辞藻华丽，文笔流畅，对仗工整，比喻新颖，描写极为生动。全文仅五百余字，而内涵却极为丰富。虽然采用了铺张排比的传统手法，但富于变化，骈俪之中间以散句，使语言显得跌宕有致，错落和谐。它既有六朝赋的流丽，又有汉赋的坚实；既有抒情散文的情韵，又有史论的深邃，加之气魄宏大，立论高超，诚不愧为有唐一代赋作中的杰作。

黄 滔

黄滔,字文江,泉州莆田(今属福建)人,唐末、五代闽文学家,尤以赋作擅场。唐昭宗乾宁二年(895)进士,光化二年(899)除四门博士,迁监察御史里行,入闽充王审知判官。今传《莆阳黄御史集》。

馆娃宫赋①

吴王殁地兮吴国芜城,故宫莫问兮故事难名。②门外已飞其玉弩,座中才委其金觥。③舞榭歌台,朝为宫而暮为沼;④英风霸业,古人失而今人惊⑤。

【注释】

①本篇选自陈元龙《历代赋汇》。馆娃宫,传为吴王夫差为其嫔妃所筑之宫。《方言》:"吴有馆娃宫。""馆娃宫"之"娃"可以泛指吴王的嫔妃,但古人歌咏中往往专指西施。《吴郡图经续记》:"馆娃宫在灵岩山苏州城西二十里。"春秋吴国故城在今江苏苏州。

②吴王,指吴王夫差,春秋末年吴国君,吴王阖闾之子,前495年至前473年在位。名,说明。

③弩,利用机械力量射箭之大弓。委,弃也,放下。觥,酒器。

④沼,池,喻荒芜。《左传·哀公元年》,伍员谏阻许越行成,吴王不听,伍员退而告人曰:"越十年生聚,十年教训,二十年之外,吴其为沼乎!"

⑤霸业,《史记·吴太伯世家》:"吴王北会诸侯于黄池,欲霸中国以

全周室。"

第一段，概述吴宫变化，领起全文。

想夫桂殿中横，兰房内创。丹楹刻桷之殊制①，扣砌文轩之诡状。②如从渤澥，徙蓬阙于人间；③若自瑶池，落蕊宫于地上。④绣柱云楣，飞蛟伏螭。⑤基扃郁律，钩楯参差。⑥碧树之珍禽夏语，绿窗之瑞景冬曦⑦。吴王乃波伍相⑧，辇西施⑨。珠翠簇来，居玉堂而颒洞；笙簧拥出，登绮席以逶迤。⑩触物穷奢，含情愈惑。欲移楚峡于云际，拟凿殷池于槛侧。⑪花颜缥缈，欺树里之春光；银焰荧煌，却城头之曙色。⑫

【注释】

①丹楹，朱漆庭柱。刻桷，雕刻屋椽，《春秋·庄公二十三年》："秋，丹桓宫楹。"《庄公二十四年》："春，王三月，刻桓宫桷。"殊制，不合于礼制。（桓宫，鲁桓公庙。）

②扣砌，以金玉镶嵌台阶。班固《西都赋》："玄墀扣砌。"文轩，有彩画栏杆之走廊。王勃《九成宫颂》："阿房秦构，文轩五里。"诡，奇异。

③渤澥（xiè），渤海。蓬阙，蓬莱宫阙，传为神仙所居。《山海经·海内北经》："蓬莱山在海中。"郭璞注："上有仙人宫室，皆以金玉为之，鸟兽尽白，望之如云，在渤海中也。"

④瑶池、蕊宫，皆神话中神仙所居之地，《穆天子传》："乙丑天子觞西王母瑶池之上。"《黄庭内景经》："太上大道玉晨君，闲居蕊珠作七宫。"原注："蕊珠，上清宫阙名。"

⑤绣柱，谓柱上绘有五彩花纹。《南史·后妃传论》："香柏文柽，花

梁绣柱。"绣，绘画五彩皆备谓之绣。见《周礼·冬宫·画缋》。云楣，横梁上绘有五彩花纹。王褒《甘泉颂》："采云气以为楣。"楣，横梁。飞蛟伏螭（chī），此指柱、楣上绘有蛟螭图像。王延寿《鲁灵光殿赋》："蟠螭宛转以承楣。"蛟、螭，两种传说中的龙属动物。

⑥基扃，城关，此指宫门。郁律，深邃貌。司马相如《大人赋》："径入雷室之砰磷郁律兮。"钩楯，通"钩盾"。《汉书·昭帝纪》："上耕于钩盾弄田。"应劭注："钩盾，宦者近署。"此泛指周围官署。

⑦曦，日光。此作动词，照。

⑧波伍相，指漂流伍员尸体。伍相，即伍员，字子胥，吴谋臣。（史籍无相关吴事记载，文人用笔，不必拘泥。）子胥曾力谏吴王，拒绝越王求和，勿北伐齐国，不被采纳，后夫差赐剑逼其自杀，取其尸盛以鸱夷（皮袋）浮之江中。见《国语·吴语》《史记·伍子胥列传》。

⑨辇，乘坐。西施，越国苎萝（今浙江诸暨南）美人，越王勾践以之献吴王夫差，为夫差所宠幸。见《吴越春秋》《吴地记》等书。

⑩澒洞（hòng tóng），弥漫貌，此状玉堂之气象幽深。逶迤，绵延之貌。

⑪楚峡，用楚王梦神女故事。殷池，用商纣王酒池事。

⑫花颜，指美人。缥缈，杜甫《铁堂峡》："缥缈乘险绝。"仇兆鳌《杜诗详注》："缥缈，衣裳飞扬貌。"此为神采飞扬之貌。"银焰"二句，谓银烛光辉，曙色为之畏却。"却"字与上句"欺"字相应。银焰，指烛光。荧煌，烛光闪动之貌。却，畏却。

第二段，写馆娃宫之豪奢、吴王生活之淫泆。

殊不知敌国来攻，攒戈耀空。虎怒而拿平雉堞，雷訇而击碎帘栊。①甲马万蹄，卷飞尘而灭没②；琼楼百尺，爆红烬之冥蒙③。

悉由修袖舞殃，朱唇唱隙。④瑶阶而便作泉壤，玉础而旋成藓石。恨留山鸟，啼百卉之春红；愁寄陇云，锁四天之暮碧。悲夫往日层构，兹辰古壕。香径而同归寂寂，稽山而杳自高高。⑤遗堵尘空，几践群游之鹿；沧洲月在，宁销怒触之涛！⑥已而西日匆匆，东波浩浩。松楸而骈作荒隧，车马而辗通长道⑦。彼雕墙峻宇之君，宜鉴丘墟于茂草⑧。

【注释】

①敌国，指越国。拿，拔取。雉堞，城垛。雷訇（hōng），大声如雷。

②卷飞尘而灭没，谓马奔驰迅疾，在飞扬的尘土中时隐时现。《列子·说符》："天下之马者，若灭若没。"

③爆，燃起。《集韵》："爆，蒸也。"冥蒙，烟火迷蒙貌。此句谓吴宫被焚毁。《国语·吴语》：吴王夫差十四年（前482）与晋定公会于黄池。"越王勾践乃率中军溯江以袭吴，入其郛，焚其姑苏。"

④"悉由"二句，言吴宫之所以化为烟火，其因全在于夫差沉迷于歌舞声色，荒于国政。殃，灾殃。隙，仇怨。

⑤香径，采香径。《吴郡志》："香山在府西南胥口，相传吴王种香处，下有采香径。"稽山，即会稽，在越国境，夫差曾大败越王勾践于此。杳，空远。

⑥几践群游之鹿，《吴越春秋》中子胥曰："臣必见越之破吴，豸鹿游于姑胥之台，荆棘蔓于宫阙。"几，数也，犹言经常、总是。宁销怒触之涛，《录异记》："夫差杀子胥投于江，子胥恚恨，驱水为涛以溺杀人，时有见其乘素车白马在潮头中，因立庙以祠焉。"

⑦骈，《说文》："驾二马也。"此用为驾车践踏之意。隧，道路。辗，通"碾"。

⑧丘墟于茂草，极言荒芜之状。《吴越春秋》：夫差逼子胥自杀，子胥曰："吾今日死，吴宫为墟，庭生蔓草。"

第三段，写越国破吴，吴宫荒废，指出后世统治者应引为鉴戒。

【评析】

（一）春秋末季，吴王夫差痛乃父阖闾被越王勾践打败受伤致死，立志复仇，不到两年就打败了越国。胜利以后，夫差就忘乎所以，二十年之后竟为勾践所灭，身死姑苏，吴国成丘墟。这一历史事件引起后代无数诗人词客的感慨，写了不少文学作品来总结教训。黄滔《馆娃宫赋》即其中的一篇。

夫差的失败，关键在于战略上的错误。他在战胜越国以后，对真正的敌人丧失警惕，拒绝伍子胥的正确决策，一味向北方扩展，先后伐陈，伐鲁，伐齐，与晋国争霸中原，致使越人得以乘虚而入。同时，夫差生活骄奢，不恤民力，也是一个重要原因。《左传·哀公元年》，楚令尹子西曾说："今闻夫差次有台榭陂池焉，宿有妃嫱嫔御焉，一日之行，所欲必成，玩好必从。珍异是聚，观乐是务，视民如仇，而用之日新。夫先自败也已，安能败我！"诗人咏叹吴国故事，大多集中在后一方面，因为对于封建统治者来说，这方面的原因更具有普遍的意义。

黄滔这篇赋也由此立意。赋中对吴宫往日的繁华、吴王生活的奢靡，极力加以渲染，然后写吴国失败，吴宫荒废；前因后果，对比鲜明。结尾正面点明作意，要统治者引以为戒。在唐末军阀割据的局面中，王审知据有全闽，终其身为节将，闽中也较为平静，据说黄滔的规谏是起了作用的。

黄滔显然从鲍照《芜城赋》得到启发，两者精神实质亦有相通之处。这篇作品虽然缺乏《芜城赋》那种挺拔遒劲的力量，但文辞清丽可诵，描写也相当生动。赋的结构亦甚严谨。开头一小段即已概括全赋内容，末四句"舞榭歌台，朝为宫而暮为沼；英风霸业，古人失而今人惊"，恰好领起下面两段文字，"惊"字同末尾"彼雕墙峻宇之君，宜鉴丘墟于茂草"遥相呼应。两段文章以三韵写盛，三韵写衰，布置平稳妥帖。两段之间衔接紧凑。"花颜缥缈，欺树里之春光；银焰荧煌，却城头之曙色"，奢华享乐达到顶峰。接着笔锋突然一转，"殊不知敌国来攻，攒戈耀空。虎怒而拿平雉堞，雷訇而击碎帘栊。甲马万蹄，卷飞尘而灭没；琼楼百尺，爆红烬之冥蒙"，内容急转直下，词句也极有气势，读来令人惊心动魄。

（二）西施故事成为历代诗人词客歌咏的题材，然故事纯系传闻，并非实史。先秦史籍如《左传》《国语》和汉代司马迁《史记》吴越世家并无西施其人。在《孟子》《管子》《尸子》《庄子》《荀子》等书中乃有西施，传为美人典型，但与吴越斗争无涉。到东汉《吴越春秋》才有越国献西施于吴王故事。越王勾践欲报吴仇："谓大夫文种曰：'孤闻吴王淫而好色，惑乱沉湎，不领政事，因此而谋，可乎？'种曰：'可破。夫吴王淫而好色，宰嚭佞以曳心，往献美女，其必受之。惟王选择美女二人而进之。'越王曰：'善。'乃使相者国中，得苎萝山鬻薪之女，曰西施郑旦，饰以罗縠，教以容步，习于土城，临于都巷，三年学服而献于吴，吴王大悦。"《越绝书》（撰人不明）与唐《吴地记》等书里才有吴王夫差宠幸西施以至于亡国等许多内容。歌咏两施以王维李白为最早，明梁辰鱼更衍为传奇《浣纱记》，故事更为完整，西施乃定格成为古代无与伦比的绝代佳人。其实吴王夫差因战略上的失误而亡国，所谓宠幸西施并非历史事实。黄滔赋中只在"波伍相，莘西施"句提到西施，"馆娃"之"娃"泛指嫔妃，而非专咏西施。整篇作品都从"舞榭歌台，朝为宫而暮为沼；英风霸业，古人失而今人惊"立意，是其赋作高明之处。

欧阳修

欧阳修(1007—1072),字永叔,吉州吉水(今属江西)人,北宋杰出诗人、散文家与史学家。宋仁宗天圣八年(1030)进士。早年曾支持范仲淹的政治改革,因而屡遭贬斥。王安石推行新法时,曾上疏指陈青苗法之弊。累官至翰林学士、枢密副使、参知政事,卒谥文忠。欧阳修为北宋文坛领袖,所作散文说理畅达,抒情委婉,诗词亦自成一家。曾与宋祁合修《新唐书》,并独撰《新五代史》。有《欧阳文忠公文集》。

秋声赋①

欧阳子方夜读书,闻有声自西南来者,悚然而听之②,曰:"异哉!"初淅沥以萧飒,忽奔腾而砰湃③,如波涛夜惊,风雨骤至。其触于物也,鏦鏦铮铮,金铁皆鸣。又如赴敌之兵,衔枚疾走④,不闻号令,但闻人马之行声。余谓童子:"此何声也?汝出视之!"童子曰:"星月皎洁,明河在天,四无人声,声在树间。"

【注释】

①本篇选自《欧阳文忠公文集》。秋声,秋风吹过山间林木发出之声响以及秋虫候鸟之啼鸣,本文主要指前者。

②悚(sǒng)然,失惊貌。

③淅沥、萧飒、砰湃(pēng pài),并象声词,描写秋声的由小至大,自远而近。

④枚，一种筷子状小棒，两端有带，可以系在颈后。古代行军时，常令兵士横衔口中，以防止喧哗。

第一段，写夜间读书，听到外面秋声。

余曰："噫嘻！悲哉！此秋声也，胡为而来哉？盖夫秋之为状也①：其色惨淡，烟霏云敛；②其容清明，天高日晶③；其气栗冽，砭人肌骨；④其意萧条，山川寂寥。故其为声也，凄凄切切，呼号愤发。丰草绿缛而争茂，佳木葱茏而可悦；草拂之而色变，木遭之而叶脱；其所以摧败零落者，乃其一气之余烈⑤。夫秋，刑官也，于时为阴；又兵象也，于行用金；⑥是谓天地之义气⑦，常以肃杀而为心。天之于物，春生秋实⑧。故其在乐也，商声主西方之音，夷则为七月之律。⑨商，伤也，物既老而悲伤；夷，戮也，物过盛而当杀。⑩

【注释】

①状，情状，包括下文秋色、秋容、秋气、秋意诸方面。

②惨淡，阴暗貌。霏，迷蒙。敛，聚集。

③日晶，日光明朗。

④栗冽，寒冷。砭，刺。

⑤一气，指秋气。余烈，犹言隆威。余，饶也。

⑥"夫秋，刑官也"五句，古人将自然现象与社会现象相联系，秋天肃杀草木，象征刑法与征战，故云"秋，刑官也"，"又兵象也"。《周礼》六官，司寇为秋官。古人又以春夏为阳，秋冬为阴，故云"于时为阴"。又将五行中金木水火与四时相配，春属木，夏属火，秋属金，冬属水，故云"于行用金"。杀人之器金属所制，故"于行用金"实与"刑官""兵象"

历代抒情小赋选 | 235

关联。

⑦天地之义气，犹天地肃杀之气。《礼记·乡饮酒义》："天地严凝之气，始于西南而盛于西北，此天地之尊严气也，此天地之义气也。天地温厚之气，始于东北而盛于东南，此天地之盛德气也，此天地之仁气也。"此盖以四方配四时，东为春，南为夏，西为秋，北为冬。谓在大自然中春天使万物生长，示万物以厚爱，仁也，故东方之气即春天之气曰"仁气"；秋天使草木凋零，物盛必衰，亦其所宜，故西方之气即秋天之气曰"义气"。义，宜也。

⑧实，结果。

⑨乐，音乐。商，五音（宫、商、角、徵、羽）之一。五音中角、徵、商、羽与四时相配，角属春，徵属夏，商属秋，羽属冬，故云"商声主西方之音"。夷则，音律名，十二律（黄钟、大吕、太簇、夷钟、姑洗、中吕、蕤宾、林钟、夷则、南吕、无射、应钟）之一。十二律与十二月相配，七月为夷则，故云"夷则为七月之律"。参见《礼记·月令》。

⑩"商，伤也"六句，紧接"商声""夷则"之后，释"商、夷"二字并加以引申。"商，伤也"，同音相训，谓"商"有"伤"义，秋之所以主商声，是因物盛必衰，所以悲伤。"夷，戮也"，亦杀也。夷则所以为七月之律，是因物极必反，过盛当杀。（"过盛当杀"之"杀"，亡也、灭也，是自然现象。）

第二段，写秋天来到，万物萧条；并说明物盛当杀，为自然之性。

"嗟乎！草木无情，有时飘零，人为动物，惟物之灵①，百忧感其心，万事劳其形，有动于中，必摇其精；②而况思其力之所不及，忧其智之所不能，宜其渥然丹者为槁木，黟然黑者为星星；③奈何以非金石之质,欲与草木而争荣!念谁为之戕贼,亦何恨乎秋声!④"

童子莫对,垂头而睡。但闻四壁虫声唧唧⑤,如助余之叹息。

【注释】

①惟物之灵,《书·泰誓上》:"惟人万物之灵。"灵,智慧之最高者。

②动,触动。中,内心。精,精气。

③渥然,润泽貌。丹者,指红颜。为,如也。槁木,指枯槁之形体。黟(yī)然,黑貌。黟,一作"黝"。黑者,指黑发。星星,代指斑白的头发。

④戕贼,伤害。

⑤唧唧,虫鸣声。

第三段,由自然变化联想到人世忧劳,含警悟人生之意。最后以虫声唧唧结尾,与开头的秋声相呼应。

【评析】

《秋声赋》的开头,诗人用一连串生动的比喻,对无形的秋声做了极其形象的描绘。因欧阳修语言所特有的圆转浏亮,仿佛那淅沥萧瑟、奔腾澎湃的声音就在我们的耳际。这一段描写只是作者用以引出后文议论的铺垫,而九百年来的读者却似乎永远听得到那气势磅礴而又肃穆萧瑟的秋声。

宋人以议论入诗,欧阳修、苏轼也把议论带进赋里(议论入赋,其实古已有之,只是宋人议论更多)。《秋声赋》的主要段落,作者用"噫嘻悲哉"一声叹息开始,先解释秋天的自然现象,用古人关于时令与方位、五行、五音相配的说法,说明物盛必衰的规律(这些说法大多并不科学,作者亦只是袭用其意而已)。然后又以"嗟乎"一声叹息作为标志,由草木的盛衰联想到人生的遭际。无情的草木,发展到一定的时候尚且凋零摧败,何况人生在世,"百忧感其心,万事劳其形",其迅速衰老也就是必然的了。是谁在戕贼人生?这是诗人提出的发人深省的问题,也是赋的主题所在。"童子莫对",作者似乎没有正面回答。其实他已经回答了。人之所以往往过早地衰老,除了物盛必衰的自然规律以外,还在于自身过多忧劳所致。非有谁为之伤害,更与秋声无关。这个问题的提出,给人一种警策,一种启示:人生面对各种忧勤烦恼,应该如何对待?作者暗示人们,不要去"思其力之所不及,忧其智之所不能",要用一种宽宏旷远的胸怀来对待各种矛盾。"盈缩之期,不但在天;养怡之福,可得永年",这是曹孟德所采取的态度,也许可以作为欧阳修人生哲学的补充。不过欧阳修并没有说服他自己,所以他的赋里充溢着一种伤感的情调。《秋声赋》也是悲秋赋。宋玉悲秋,发泄的是"贫士失职"的不平;欧阳修悲秋,却具有更普遍的慨叹人生的内涵。

赋开头一段描写,同后文对人生的慨叹配合得非常和谐,由草木的零落联想到人生的衰老也极自然。最后四壁的虫声,不仅渲染了环境的凄清,很好地衬托了诗人的感叹;而且它也是一种秋声,与开头的描写遥相呼应。赋的语言具有欧文特有的迂回、委婉、含蓄的风格。议论开头的叹词与结尾的叹句,加强了抒情的气氛,给人以隽永的回味。

苏 轼

苏轼（1037—1101），字子瞻，号东坡居士，眉州眉山（今属四川）人。宋仁宗嘉祐二年丁酉（1057）进士，神宗时任祠部员外郎，出知密州、徐州、湖州。因反对王安石新法，以作诗"谤讪朝廷"贬黄州团练副使。哲宗元祐元年（1086），司马光执政，召回任中书舍人、翰林学士，出知杭州、颍州，官至礼部尚书。绍圣元年，新党再度执政，苏轼又因"为文讥刺先朝"，贬惠州、儋州。徽宗即位，赦还北归，第二年到达常州逝世。苏轼继欧阳修之后成为文坛领袖，是北宋最杰出的文学家。散文与韩愈、柳宗元、欧阳修合称"韩柳欧苏"；诗与北宋黄庭坚并称"苏黄"；词与南宋辛弃疾并称"苏辛"，是豪放派的代表人物。有《苏东坡集》。

赤壁赋①

壬戌之秋，七月既望，②苏子与客泛舟游于赤壁之下。清风徐来，水波不兴。举酒属客，诵明月之诗，歌窈窕之章。③少焉，月出于东山之上，徘徊于斗牛之间④。白露横江，水光接天。纵一苇之所如，凌万顷之茫然。⑤浩浩乎如冯虚御风而不知其所止，飘飘乎如遗世独立羽化而登仙。⑥

【注释】

①本篇与下篇《后赤壁赋》均选自《东坡文集》。三国赤壁之战，战场在今湖北赤壁西北，下距黄州五百余里。赋中赤壁，乃湖北黄州城外赤

鼻矶,后人误以为即三国战场,今称东坡赤壁。据前后两赋所写,当年壁下即是大江,今石壁因泥沙淤积成为田野,大江已距石壁两千多米,近几十年来城市扩展,赤壁已在城中。

②壬戌,宋神宗元丰五年(1082)。七月既望,夏历七月十六日。

③属,劝。明月之诗、窈窕之章,通常指《诗·陈风·月出》。诗中有"月出皎兮,佼人僚兮。舒窈纠兮,劳心悄兮"之句。"窈纠"即"窈窕"。或谓应指曹操《短歌行》。由赤壁而及曹诗,联想自然。后文客就"月明星稀,乌鹊南飞"兴叹,正由诵诗引发而来。窈窕,优美之谓。

④斗牛,两星座名,位于吴越分野。因月出之时,下有波涛荡漾,故觉月有徘徊之感。

⑤纵,放任。一苇,指小船。《诗·卫风·河广》:"谁谓河广,一苇杭之。"所如,所往。凌,漂过。茫然,广阔无知之貌。

⑥浩浩,水盛大貌。冯虚,凌空。冯,同"凭"。御,乘。飘飘,飞貌。羽化,道教徒谓成仙飞升为羽化。

第一段,写泛舟赤壁所见之月色水光。

于是饮酒乐甚,扣舷而歌之。歌曰:"桂棹兮兰桨,击空明兮溯流光。渺渺兮余怀①,望美人兮天一方!"客有吹洞箫者,倚歌而和之②。其声呜呜然,如怨如慕,如泣如诉;余音袅袅,不绝如缕③,舞幽壑之潜蛟,泣孤舟之嫠妇④。

【注释】

①棹(zhào),长桨。《楚辞·九歌·湘君》:"桂棹兮兰枻。"击,拍。空明,指月下江水。溯,迎击。渺渺,悠远貌。

②倚，依。和（hè），应和。

③袅袅，婉转悠扬之貌。缕，丝缕。

④嫠（lí）妇，寡妇。

第二段，写对月怀人，箫声哀怨。

苏子愀然①，正襟危坐，而问客曰："何为其然也？"客曰："'月明星稀，乌鹊南飞。'此非曹孟德之诗乎？②西望夏口，东望武昌，山川相缪，郁乎苍苍，此非曹孟德之困于周郎者乎？③方其破荆州，下江陵，顺流而东也，舳舻千里，旌旗蔽空，酾酒临江，横槊赋诗，固一世之雄也，而今安在哉！④况吾与子，渔樵于江渚之上，侣鱼虾而友麋鹿，驾一叶之扁舟，举匏尊以相属⑤。寄蜉蝣于天地⑥，渺沧海之一粟。哀吾生之须臾，羡长江之无穷。挟飞仙以遨游，抱明月而长终；知不可乎骤得，托遗响于悲风。⑦"

【注释】

①愀（qiǎo）然，忧愁貌，变色之貌。

②曹孟德，即曹操，字孟德。所引诗为其作《短歌行》。

③夏口，今武汉汉口。武昌，今湖北鄂州市鄂城区。缪（liáo），盘绕。郁，葱郁。苍苍，草木茂盛貌。周郎，即周瑜，字公瑾，三国时东吴名将，赤壁之战中东吴军主要指挥者。

④荆州，今湖北荆州，东汉末刘表割据之地。舳舻（zhú lú），首尾衔接的船只，此指曹军战舰。酾（shī 又 shāi）酒，斟酒。槊（shuò），兵器名，即长矛。汉献帝建安十三年（208）曹操率大军南征，刘备驻守樊城，时刘表已死，表子刘琮以荆州降，刘备听说后，刘备求救于东吴，与孙权结

盟。曹军沿大江东下,周瑜于赤壁率军大败之,史称"赤壁之战"。

⑤匏尊,用葫芦做成的酒器。

⑥蜉蝣,昆虫名,夏日黄昏后常大群飞舞,成虫寿命甚短,仅有数天,古人谓其朝生暮死。

⑦挟,挽。骤得,轻易得到。遗响,指箫声。

第三段,主客对话,客言天地无穷,慨叹人生如寄。

苏子曰:"客亦知夫水与月乎?逝者如斯,而未尝往也;盈虚者如彼,而卒莫消长也①。盖将自其变者而观之,则天地曾不能以一瞬;自其不变者而观之,则物与我皆无尽也②,而又何羡乎?且夫天地之间,物各有主,苟非吾之所有,虽一毫而莫取。唯江上之清风,与山间之明月,耳得之而为声,目遇之而成色;取之无禁,用之不竭;是造物者之无尽藏也,而吾与子之所共适。③"

客喜而笑,洗盏更酌④。肴核既尽,杯盘狼藉。⑤相与枕藉乎舟中⑥,不知东方之既白。

【注释】

①逝者,泛指世间一切逝去者。斯,代指东流之水。语本《论语·子罕》:"子在川上曰:'逝者如斯夫,不舍昼夜!'"盈虚者,泛指世间一切有盈有虚者。彼,代指时盈时亏之月。卒莫消长,言水之东流,月之圆缺,最终既未有消,亦未有长。

②盖,关联词,议论开始或承上推出结论时用之。将,助词。曾,犹"乃"。物,客观外物。

③造物者,大自然。共适,犹共同享有。

④洗盏更酌，谓饮尽杯内之酒而更酌之。洗，尽也。《易·系辞上》："圣人以此洗心。"《释文》引刘瓛云："洗，尽也。"盏，酒杯。

⑤肴核，肴馔果品。狼藉，零乱貌。

⑥枕藉，纵横相枕而卧。

第四、五段，以变与不变之理宽慰客愁，并邀客共赏清风明月，自得其乐。以洗盏更酌、枕藉舟中作结。

【评析】

东坡谪黄州之日，政治上自极失意，创作却极其丰硕，诗词都产生了许多名作，两篇《赤壁赋》也是这时的收获。

元丰五年七月十六日，苏轼泛舟游于黄州城外赤壁之下，写下了第一篇《赤壁赋》。赋中的主客问答，实际上是诗人的自我剖析：那个乐观旷达的苏东坡在帮助忧愁苦闷的苏东坡来解决人生的悲哀、现实的烦恼。困处黄州，想到古代不可一世的英雄，而今也只剩下历史的陈迹；而自己"渔樵于江渚之上，侣鱼虾而友麋鹿""寄蜉蝣于天地，渺沧海之一粟"，是何等的渺小！何况人生须臾，在世之日极为短暂。这种貌似普遍的人生之恨，实际上是他遭受贬谪时苦闷心情的反映。苏东坡在此用一种虚幻的人生哲学来自我排解。"逝者如斯，而未尝往也；盈虚者如彼，而卒莫消长也。"他用比喻来说明世界上的事物，都有它稍纵即逝的方面，也有它永存不灭的方面。即所谓"自其变者而观之，则天地曾不能以一瞬；自其不变者而观之，则物与我皆无尽也"。

苏轼这种哲学源于《庄子》。庄子认为世间一切事物都是短暂的，虚幻的，转瞬即逝的，只有"道"才是唯一的真实。所谓"道"，是一种先验的存在，世界万物的本体，它没有迹象，没有形体，无法感知，却无处不在、无时不在,"自本自根","生天生地",永远不灭。(参见《庄子·大宗师》)世界上一切都会变,只有"道"永恒不变。因此他认为一切均可等同,一生死,齐万物,"天地与我并生,而万物与我为一"。(参见《庄子·齐物论》)苏轼赋中表现的就是这种思想。所谓"变者",即"物与我",即一切事物、一切现象;所谓"不变者",就是"道"。"物与我"都是有尽的,"曾不能以一瞬";但体现在其中的"道"是永恒不变的,所以说"物与我皆无尽也"。苏轼在赋中没有使用"道"这个词,他仅含糊地称之为"不变者"。苏轼之所以抒发这番议论,无非是失意时自求旷达、自我宽慰之辞。"客喜而笑",实在是一种无可奈何的苦笑。

当然,我们也不能简单地否定苏轼所表现的这种人生哲学。他被赶出了朝廷,以近乎囚徒的身份来到黄州。但是,他没有消沉,没有悲伤流涕。他用旷达的胸怀来对待逆境,诗文中体现出一种不甘屈服的傲气和豪情。"竹杖芒鞋轻胜马,谁怕?一蓑烟雨任平生!""一点浩然气,千里快哉风。"诚然,在他的思想里有一些人生如寄的虚无主义情绪,但他用道家哲学来解脱心头的郁闷,对谗害他的敌人与颠连的命运表示抗拒和藐视。因此,消极的东西就被赋予了积极的意义。正是在这种精神鼓舞下,《赤壁赋》写得那样汪洋恣肆,洋溢着乐观的气氛;"客喜而笑",毕竟又是一种颇为自得的微笑。

后赤壁赋

是岁,十月之望,①步自雪堂,将归于临皋。二客从余,过黄泥之坂。②霜露既降,木叶尽脱,人影在地,仰见明月,顾而乐之,行歌相答。已而叹曰："有客无酒,有酒无肴,月白风清,如此良夜何?"客曰:"今者薄暮,举网得鱼,巨口细鳞,状如松江之鲈;③顾安所得酒乎!"归而谋诸妇。妇曰:"我有斗酒,藏之久矣,以待子不时之需。"于是携酒与鱼,复游于赤壁之下。

【注释】

①是岁,紧承上篇,指元丰五年。十月之望,十月十五日。距前游赤壁三个月。

②雪堂,苏轼在黄州所筑堂名。临皋,亭名,亦苏轼在黄寓居之地。黄泥之坂,位于雪堂至临皋亭之间。

③薄暮,黄昏。松江,吴淞江古名。鲈,鱼名,以产于松江者为佳品。

第一段,写是岁十月复游于赤壁之下。

江流有声,断岸千尺,山高月小,水落石出。曾日月之几何,而江山不复识矣!予乃摄衣而上,履巉岩,披蒙茸,踞虎豹,登虬龙;①攀栖鹘之危巢,俯冯夷之幽宫。②盖二客不能从焉,划然长啸,草木震动,山鸣谷应,风起水涌。予亦悄然而悲,肃然而恐,凛乎其不可留也。③反而登舟,放乎中流,听其所止而休焉。

【注释】

①摄衣,撩起衣襟。披,分开。蒙茸,丛生草木。虎豹,石之似虎豹者。虬(qiú)龙,木之似虬龙者。虬,龙属动物。有角曰龙,无角曰虬。

②鹘(hú),隼类猛禽。危,高。冯夷,水神。

③悄然,忧愁貌。肃然,敬畏貌。凛,惊恐之貌。

第二段，写江山景物的变化，并记舍舟登岸、离岸反舟之情景。

时夜将半，四顾寂寥。适有孤鹤，横江东来。翅如车轮，玄裳缟衣，戛然长鸣，掠余舟而西也。①须臾客去，予亦就睡。梦一道士，羽衣蹁跹，②过临皋之下，揖余而言曰："赤壁之游乐乎？"问其姓名，俯而不答。"呜呼噫嘻，我知之矣！畴昔之夜，飞鸣而过我者，非子也耶？"道士顾笑，予亦惊寤。开户视之，不见其处。

【注释】

①玄裳缟衣，指鹤白羽黑尾。玄，黑。缟，白。戛，鹤鸣声。

②羽衣，《汉书·郊祀志》："五利将军亦衣羽衣。"颜师古注："羽衣，以鸟羽为衣，取其神仙飞翔之意也。"后称道士服为羽衣，此处语义双关，可指梦中道士所服，亦指真为鸟羽之服，以与后文"飞鸣而过我者"相呼应。蹁跹，舞轻盈之貌。

第三段，以梦作结。

【评析】

这篇作品除结尾写了一个诙谐的梦以外，都是游赏纪实，与前赋以议论为主者不同。两赋在描写景物方面充分显示了诗人的艺术才能。同一地方不同时节的景物，写得各具特色。前赋中"清风徐来，水波不兴""白露横江，水光接天。纵一苇之所如，凌万顷之茫然。浩浩乎如冯虚御风而不知其所止，飘飘乎如遗世独立羽化而登仙"，皓月秋江的画图，扁舟万顷的快感，读来使人如身临其境。那种飘飘若仙的感觉，与后文超脱俗尘的思想是协调一致的。后赋写初冬月夜，"霜露既降，木叶尽脱，人影在地，仰见明月",别是一番景色。赤壁之下,"江流有声,断岸千尺,山高月小,水落石出",与三个月前迥然不同,而写得同样真切。

苏 过

苏过（1072—1123），字叔党，苏轼幼子。苏轼连年贬逐，谪惠州，迁儋州，过均随行。轼卒于常州，营葬于汝州郏城（今河南郏县）小峨嵋，遂家颍昌（今河南许昌）小斜川，自号斜川居士。宋徽宗政和二年（1112）监太原府税，次知郾城县，晚通判中山府。卒年五十二。今存辑本《斜川集》。

飓风赋①

仲秋之夕，客有叩门指云物而告予曰："海氛甚恶，非祲非祥。②断霓饮海而北指，赤云夹日而南翔，此飓之渐也。③子盍备之？"语未卒，庭户肃然，槁叶蔌蔌。惊鸟疾呼，怖兽辟易。忽野马之决骤④，矫退飞之六鹢⑤。袭土囊而暴怒，掠众窍之叱吸。⑥予乃入室而坐，敛衽变色。客曰："未也，此飓之先驱耳。"

【注释】

①本篇选自《斜川集》。飓风，暴风名，常发生于海洋上，风力达十级以上，同时有暴雨。娄元礼《田家五行·论风》："夏秋之交大风，及有海沙云起，俗呼谓之风潮，古人名之曰飓风。言其具四方之风，故名飓风。有此风必有霖淫大雨同作，甚则拔木偃禾，坏房屋，决堤堰。"绍圣二年（1095）八月，广惠飓风暴发。苏轼《与程正辅书》云："近日飓风异常，公私屋倒二千余间，大木尽拔，乾明诃子树已倒，此四百年物也。父老云，

生平未见此异。"时苏过随父在惠州,赋或作于其时。

②海氛,海气。祲(jìn),《左传·昭公十五年》:"吾见赤黑之祲。"杜预注:"祲,妖氛也。"祥,《左传·昭公十八年》:"将有大祥。"杜预注:"祥,变异之气。"

③断霓饮海、赤云夹日,是飓风欲起之先兆。赤云夹日,《左传·哀公六年》:"有云如众赤鸟,夹日以飞三日。"渐,端倪。

④忽,迅速。决骤,迅疾奔驰。《庄子·齐物论》:"麋鹿见之决骤。"崔撰注:"疾走不顾。"

⑤矫,高举。鹢,鸟名。《左传·僖公十六年》:"六鹢退飞过宋都,风也。"

⑥袭,入。土囊,山洞。参见《风赋》。而,原作"之",注:"一作而。"此从之。掠,拂过。原作"持",注:"一作掠。"此从之。窍,空洞。叱吸,指风出入。《庄子·齐物论》有"叱者吸者",宣颖注:"叱出而声粗,吸入而声细。"

第一段,写飓风初起。

少焉,排户破牖,陨瓦擗屋,礌击巨石,①揉拔乔木。势翻渤澥,响振坤轴。②疑屏翳之赫怒,执阳侯而将戮。③鼓千尺之涛澜,襄百仞之陵谷④。吞泥沙于一卷,落崩崖于再触。⑤列万马而并鹜⑥,会千车而争逐。虎豹詟骇,鲸鲵奔蹙。⑦类巨鹿之战,殷声呼而动地;⑧似昆阳之役,举百万于一覆。⑨予亦为之股栗毛耸,索气侧足⑩;夜拊榻而九徙,昼命龟而三卜。盖三日而后息也。

【注释】

①排,推。牖,窗。擗,裂。礌(léi),《集韵》引《埤苍》:"推石自

高而下也。"

②渤澥，渤海，此泛指海洋。坤轴，古人以为大地有轴。杜甫《后苦寒行》："杀气南行动坤轴。"

③屏翳，风神。阳侯，波涛之神。

④襄，冲上。

⑤"吞泥沙"二句，言风力猛烈，一卷而吞泥沙，再触而落崩崖。触，冲刷。

⑥骛，奔驰。

⑦謍骇，惊惧。奔躄，急驰。

⑧巨鹿之战，秦二世三年（前207），秦军围赵巨鹿（今河北平乡西南），项羽引兵救赵，大败秦军。"楚兵呼声动天，诸侯军无不人人惴恐。"见《史记·项羽本纪》。殷，大。

⑨昆阳之役，更始元年（23），王莽大司徒王寻、大司空王邑率百万大军围绿林义军于昆阳（今河南叶县）。刘秀率敢死者三千人冲敌中坚，杀王寻，大败王莽军。"城中亦鼓噪而出，中外合势，震呼动天地。莽兵大溃，走者相腾践，奔殪百余里间。会大雷风，屋瓦皆飞，雨下如注，滍川盛溢，虎豹皆股战，士卒争赴，溺死者以万数，水为不流。"见《后汉书·光武帝纪》。覆，覆没。

⑩索气，屏息静气。索，尽。侧足，谓畏惧不敢正立。

第二段，写飓风暴发，人兽皆惊。

父老来唁①，酒浆罗列。劳来僮仆②，惧定而说。理草木之既偃，葺轩槛之已折③，补茅茨之罅漏，塞墙垣之颓缺。④已而山林寂然，海波不兴。动者自止，鸣者自停。湛天宇之苍苍，流孤月之荧荧。⑤

忽悟且叹,莫知所营。

【注释】

①唁,慰问。

②劳来(lào lài),慰藉安抚。《孟子·滕文公上》:"劳之来之。"

③偃,倒伏。葺,修理。轩槛,走廊栏杆。

④罅漏,裂缝漏洞。颓缺,倒塌缺口。

⑤湛(zhàn),澄澈。此作动词,湛然露出。苍苍,深青色。《庄子·逍遥游》:"天之苍苍,其正色邪?"荧荧(yíng),明貌。

第三段,写飓风过后之情状。

呜呼!小大出于相形①,忧喜因于所遇。昔之飘然,若为巨邪?②吹万不同,果足怖邪?③蚁之缘也嘘则坠,蚋之集也呵则举;④夫嘘呵不足以振物,而施之二虫则甚惧。鹏水击而三千,抟扶摇而九万;⑤彼视吾之惴栗,亦尔汝之相莞。⑥均大块之噫气,奚巨细之足辨?⑦陋耳目之不广,为外物之所变。⑧且夫万象起灭,众怪耀眩,来仿佛于过目,视空中之飞电。⑨则向之所谓可惧者,实邪?虚邪?惜吾知之晚也。

【注释】

①小大出于相形,言所谓小大皆由比较而然。《庄子·秋水》:"因其所大而大之,则万物莫不大;因其所小而小之,则万物莫不小。"

②飘然,迅疾貌,此代指飓风暴发。若,乃。

③吹万不同,言风吹万窍,发声不同。语出《庄子·齐物论》。怖,恐。

历代抒情小赋选 | 251

④缘，沿物爬行。嘘，轻吹。蚋，《说文》："秦晋谓之蚋，楚谓之蚊。"集，止。呵，吹气。举，飞。

⑤"鹏水击"二句，《庄子·逍遥游》："北冥有鱼，其名为鲲。鲲之大不知其几千里也。化而为鸟，其名为鹏。""鹏之徙于南冥也，水击三千里，抟扶摇而上者九万里。"抟，旋。扶摇，成玄英疏："旋风也。"

⑥惴栗，恐惧貌。尔汝，《孟子·尽心下》："人能充无受尔汝之实，无所往而不为义也。"朱熹注："盖尔汝，轻贱之称。"之，犹"而"。莞，微笑，亦含轻视之意。

⑦大块，大地。噫气，嘘气，指风。《庄子·齐物论》："夫大块噫气，其名为风。是唯无作，作则万窍怒号。"辨，别。

⑧陋，犹言"囿于"。《说文》："陋，厄狭也。"《荀子·修身》："少见曰陋。"耳目，见闻。变，动。

⑨仿佛，见不真切之貌。视，比，犹言"如同"。

第四段，写飓风过后的感受。

【评析】

《飓风赋》原见于《东坡文集》。但《宋史·苏过传》谓过"有《斜川集》二十卷，其《思子台赋》《飓风赋》早行于世"。此据《宋史》，从东坡集中转录。

《飓风赋》是一篇题材独特的作品，作者是有实地感受的。赋中写飓风的征兆，飓风的初起，飓风的暴发，以及飓风过后的景象，无不实在逼真，使读者如身临其境，充分表现了作者善于捕捉客观形象的能力。特别是飓风骤起一段，通过生动的描绘与连续的比喻，写出飓风天崩地塌之势，使人心骇神惊。而飓风过后，"山林寂然，海波不兴""湛天宇之苍苍，流孤月之荧荧",又何其宁静,真有劫后余生、恍如隔世之感。文辞骈散相间,而又浑然一体,层次井然。飓风过后的感想是诗人的人生感受。此中三昧实来自东坡。东坡一生经历了剧烈的政治风暴,他善于自处,善于从普通事物中领悟人生。"小大出于相形,忧喜因于所遇",任何巨大的风暴,站在更高的高度看,其实也很平常,没有什么可怕的。这是东坡从庄子那儿学来的,是他在艰难竭蹶的境况中能够随遇而安的思想基础。苏过在随侍他父亲颠连窜逐的日子里,也领会了他父亲的人生哲学。赋中议论生动幽默,外似诙谐,内实严肃,文笔亦颇类东坡。

吴　宽

吴宽（1435—1504），字原博，号匏庵，明长洲（今江苏苏州）人。明宪宗成化八年壬辰（1472）进士第一，授翰林院修撰，侍孝宗东宫。孝宗即位，迁左庶子，预修宪宗实录，进少詹事兼侍读学士。弘治八年（1495）擢吏部右侍郎。后掌詹事府，入东阁，专掌诰敕。复侍武宗东宫。十六年进礼部尚书，明年卒于官，年七十。赠太子太保，谥文定。《明史》有传。有《匏翁家藏集》。

哀流民辞并序①

成化十六年九月不雨，至于今年五月，北方高亢，旱干尤甚。野无麦苗，赤地亘数千里。流民就食者相枕藉死道上。②闻之可哀，乃作哀流民辞。其辞曰：

嗟尔流民，何去其土而不顾也？③莫不有室家，亦莫不有坟墓也？民曰有之。岂不知居此而安兮，适彼而无所附。④奈遭岁之不易兮，迫死期于旦暮。幸吴楚之小康兮，将呿口而待哺。⑤聊假息于涸辙兮，冀升水之活鲋。⑥慨千百以为群兮，相携持而南下。朝揽采乎凫茨兮，夕窜伏乎宿莽⑦。彷徨于河济之壖兮，又乏舟楫之可渡。⑧对洪波而长号兮，殆饿死而交仆⑨。

嗟尔流民兮，一至此哉？尔其何辜兮,遘此天灾。⑩纳之沟中兮，孰手而推？⑪召此旱叹兮，其有自来。⑫将征敛之无艺兮，夺私家之蓄积⑬？将贡献之争尚兮，拟正供而诛责？⑭岂骒牝之畜养兮，为军兴之未息？⑮抑瓴甋之抟埴兮，缘土功而重役？⑯维有司之奔走兮，曾赤子之不皇恤，⑰肆棰楚之强虣兮，兼败官而贪墨。⑱有一于此兮⑲，灾实召之！

嗟尔流民兮，愚尚有知⑳。明圣如天兮，居高听卑。㉑举弊事而悉改兮，行慎择乎有司。㉒辟言路而无塞兮，来鳏寡之有辞。㉓今且蠲租兮已责，劝分兮赈饥。㉔宁汲黯之矫制兮？遣富弼而拯危。㉕尔尚少须臾死兮，被汉诏之恩私。㉖

【注释】

①本篇选自《四部丛刊·鲍翁家藏集》。流民，因遭受灾荒流亡在外的百姓。

②赤地，长期干旱植被枯干的土地。亘，横贯。就食，灾民到收成较好的地方求食。枕藉死道上，纵横相枕死在路上。

③嗟，伤叹。去其土，离开自己的故乡。

④居此，谓居住家乡。适彼，指流亡外地。附，依附。

⑤遭，遭遇。岁之不易，即灾荒之年。幸，希望。小康，经济较为宽裕，此指收成较好。呿（qū）口，张口。

⑥聊假息，暂且借此活着。涸（hé）辙，干涸的车辙。冀，期望。鲋，鱼名。《庄子·外物》："庄周家贫，故往贷粟于监河侯。监河侯曰：'诺，我将得邑金，将贷子三百金，可乎？'庄周忿然作色曰：'周昨来，有中道而呼者，周顾视车辙中有鲋鱼焉。周问之曰：鲋鱼来，子何为者邪？对曰：我东海之波臣也，君岂有斗升之水而活我哉？周曰：诺，我且南游吴越之王，激西江之水而迎子，可乎？鲋鱼忿然作色曰：吾失我常与，我无所处，吾得斗升之水然活耳，君乃言此，曾不如早索我于枯鱼之肆！'"

⑦"朝揽采乎"二句,句仿屈原《离骚》"朝搴阰之木兰兮,夕揽洲之宿莽"。揽采,采摘。兔茨,荸荠之类水生植物。宿莽,冬天不枯的野草。

⑧彷徨,不安地徘徊。河济,黄河与济水。壖(ruán),水边地。乏,无。舟楫,船与桨。此泛指船。

⑨殆,可能会。交仆,指死尸相互仆倒。即上文"相枕藉死道上"之意。

⑩何辜,何罪。遘(gòu),遭受。

⑪"纳之"二句,谓是谁推你们于沟中,意即谁使你们遭此大难。而,汝也,你们。

⑫"召此"二句,谓招致如此严重的灾难,一定有其原因。召,招致。旱暵(hàn),干旱。暵,亦干旱。

⑬将,吴昌莹《经词衍释》:"将,犹宁也,岂也。"征敛,征赋敛财。无艺,没有限度。《国语·鲁语上》:"贪无艺也。"韦昭注:"艺,极也。"按,无艺,通"无厌"。

⑭"将贡献之争"二句,谓贪食污吏,向朝廷进贡争胜,正常供奉外而又诛求,亦即争谁进贡更多,比谁诛求更甚。贡献,进贡。尚,胜地。拟,比也。诛责,诛求,指额外征敛。

⑮騋(lái),《说文》:"马七尺为騋。"牝,雌性禽兽。《诗·鄘风·定之方中》:"騋牝三千。"毛传:"騋牝,騋马与牝马也。"军兴,发生战争。

⑯抑,或许。瓴甋(líng dì),《尔雅·释宫》:"瓴甋之甓。"(甓,砖。)张协《杂诗》:"瓴甋夸玙璠。"张铣注:"瓴甋,瓦也。"此即指砖瓦。抟埴(tuán zhí),用黏土作器具,此指做砖瓦。缘,由于。土功,建筑城墙之类的工程。重役,繁重的劳役。

⑰维,通"惟",于是。有司,泛指各级官吏。奔走,驱使、役使。《国语·鲁语下》:"士有陪乘,告奔走也。"韦昭注:"奔走,使令也。"曾,

乃也。皇，通"遑"，暇也。恤，怜惜、救护。

⑱肆，放肆。棰楚，用棍棒打击，代指酷刑。《汉书·路温舒传》："棰楚之下，何求而不得！"强虣（bào），通"强暴"。败官，腐败官吏。墨，贪污。《太玄·敛》："墨敛戢戢。"司马光集注："墨，贪也。"

⑲有一于此兮，犹乃至如此。

⑳愚尚有知，谓我还知道。愚，作者自称。

㉑"明圣"二句，谓如今皇上如天，居高而听卑。明圣，代指皇帝。

㉒"举弊事"二句，谓凡是弊政坏事即全部改正，将慎重选择官员（去办理）。举，皆也、凡也。弊事，弊病、坏事。悉，全部。行，将。

㉓辟言路，放开进言之路，听取意见。无塞，无所阻碍。来，《尔雅·释言》："格，来也。"邢昺正疏："来，谓招来也。"犹言接受采纳。鳏寡，鳏夫寡妇。《孟子·梁惠王下》："老而无妻曰鳏，老而无夫曰寡。"辞，言辞，此处为诉求之意。

㉔蠲租兮已责，即免去租赋与债务。蠲，免去。租，租赋。已，止也，此处亦免去之意。责，通"债"，债务。《战国策·齐策四》："（冯谖）驱而之薛，使吏召诸民当偿者，悉来合券。券遍合，起矫命以责赐诸民，因烧其券，民称万岁。"劝分，《国语·晋语四》有"懋穑劝分"，韦昭注："劝分，劝有分无。"《左传·僖公二十一年》："务穑劝分。"杜预注："劝分，有无相济。"赈饥，赈济饥民。

㉕"宁汲黯"二句，谓岂待地方官"矫制"开仓，朝廷已遣大臣前往救助。仍是说明皇帝"圣明如天"，"居高听卑"。宁，岂也。汲黯，西汉濮阳（今河南濮阳西南）人。为人正直，敢作敢为。汉武帝初即位，河内发生火灾，使汲黯前往视察。路过河南，发现河南受水旱伤害万余家，汲黯便宜行事，"矫制"发河南仓粟赈济贫民。《史记》有传。矫制，假托皇帝诏命。富弼

（1004—1083），北宋洛阳（今属河南）人。任京东路安抚使时，河朔发生严重水灾，饥民流散乞食，富弼用辖区钱粮救济，使几十万流民得以活命。《宋史》有传。

㉖尔，你们，指流亡灾民。尚，且也。须臾，片刻、极短的时间。被，得到、受用。汉诏，朝廷诏命。汉，代指明。恩私，恩惠。《礼记·郊特牲》有"私之也"，郑玄注："私之犹言恩也。"江淹《杂体诗》："谬蒙圣主私。"圣主私，即圣主恩。

【评析】

辞序谓"成化十六年九月不雨，至于今年五月，北方高亢，旱干犹甚"，则此辞作于明宪宗成化十七年（1481），是真实的记录。

哀辞首段叙述灾民流亡的惨状。人都故土重迁，特别是农民，谁也不会愿意流浪他乡。"何去其土而不顾也？"是明知故问，以引发使民流亡的缘由。"民曰有之"之后八句，皆转述灾民之言。荒年饥岁，迫于死亡，不得已流亡在外，以图活命。然而何等艰难。慨千百之成群，相携持而南下。朝采野食，夕伏草莽；彷徨河岸，欲济无舟。对洪波而长号，殆饿死而交仆。一派悲惨景象，表达了辞人对饥民的同情。

然而这不是主要的。造成饥民流亡的原因，并不会由于天灾，甚至全不由于天灾。故第二段也是最主要的一段，提出了更本质问题：嗟尔流民，"尔其何辜兮，遘此天灾"？"召此旱暵兮，其有自来"，灾难的发生，一定有它的原因。接着辞人提出了政治腐败几个突出的方面：征敛无厌，"夺私家之蓄积"；争着向朝廷进贡，"拟正供而诛责"；蓄养军需，"为军兴之未息"；大兴土木，"缘土功而重役"。于是官员们奔走使令，毫不体恤百姓的疾苦，"肆棰楚之强疏兮，兼败官而贪墨"。政治如此腐败，自然就不能防范天灾；而天灾来到后，更未能设法赈救，老百姓被迫流亡就食，结果往往是"相枕藉死道上""殍饿死而交仆"！封建统治者总是将暴政造成的饥荒，归于自然灾害。孟子曾说梁惠王朝"狗彘食人食而不知检，涂有饿莩而不知发。人死则曰：'非我也，岁也。'是何异于刺人而杀之曰：'非我也，兵也！'王无罪岁，斯天下之民至焉。"罪岁，确乎成了历代封建统治者常用的挡箭牌。

吴匏庵这篇《哀流民辞》艺术造诣并不高，有些词句甚至相当勉强，但文章体现了仁政思想，揭示了政治腐败是造成流民苦难的缘由，是明代辞赋中颇有价值的作品。

凡是分析《哀流民辞》的学者，莫不批评作者在最后一段，竟然歌颂最高统治者"明圣如天""举弊事而悉改兮，行慎择乎有司""今且蠲租兮已责，劝分兮赈饥"。这些歌功颂德之辞，与前面揭露政治腐败的文字，形成巨大的反差，表现了封建士大夫庸俗的思想意识。"尔尚少须臾死兮，被汉诏之恩私"，饥民已"枕藉死道上"，却叫他们慢一点死，以得到皇上的恩惠，这种话实在非常荒唐。批评固然是正确的。但换一个角度看，这种现象说明封建文士处境的尴尬。在严酷的专制统治下，他们没有言论自由，往往言必获罪，动辄得咎，他们也许可以揭露官员的腐败，而绝对不敢得罪皇帝陛下，表面上他还在歌功颂德，实际上全是敷衍之辞。"尔尚少须臾死兮，被汉诏之恩私"，你们且慢一点死，以便享受朝廷的恩惠；语似滑稽可笑，何尝不是一种深切的讽刺。

雷 迅

雷迅,字圣肃,生卒年不详。其先祖是江西丰城人,后徙江南之青浦(今属上海)。明万历三十四年丙午(1606)举人,授夔州推官。后为理刑,居官廉介。崇祯时以侍养告归。工诗文,作品多散佚。

杏花春雨江南赋①

远树青含,新苔翠冷。水漠漠兮平铺,雨丝丝兮散影。枝间哑哑兮叫寒鸠,江头寂寂兮亚繁杏②。暗想三吴金粉③,六代繁华④,蜂王开国,燕子成家。⑤依旧寒烟困柳,风信催花⑥。玉楼兮美人,红粉兮香尘⑦,忆轻裙于响屟,记薄醉于临春。⑧春风历乱春无主⑨,落花自作回风舞。晓乌啼彻金井阑,嫩红欲洗清明雨。⑩雨归春涧声淙淙,日边消息寄南邦⑪。探花谁是明年使,好趁东风到曲江。⑫江头春去十分三,秾李夭桃总不堪。惟有珊瑚擎铁网,一枝红更照东南⑬。

【注释】

①本篇选自王冶堂《历朝赋钞》。题语出元虞集《风入松》:"报道先生归也,杏花春雨江南。"

②亚,垂,低垂。杜甫《上巳日徐司录林园宴集》:"花蕊亚枝红。"

③三吴,三国吴韦昭有《三吴郡国志》,其书已佚,所指"三吴"不详。《水经注》以吴郡、吴兴、会稽为三吴,《通典》《元和郡县志》以吴郡、吴兴、

丹阳为三吴。此泛指江南。金粉，妇女化妆所用铅粉，用以指代生活之绮丽繁华。

④六代，指三国吴、东晋及南朝宋、齐、梁、陈六朝，均建都于今江苏南京。刘禹锡《台城》："台城六代竞豪华，结绮临春事最奢。"

⑤"蜂王开国"二句，写蜂闹燕飞，暗寓江南几经变故，历尽沧桑之意。

⑥风信，古人以风应花期而来，称为花信风。宋程大昌《演繁露》卷一："三月花开时，风名花信风。"自小寒至谷雨，共八节气一百二十日，每五日为一候，计二十四候，每候应一种花信，称二十四番花信风。

⑦红粉，胭脂和铅粉，均是妇女所用化妆品，因代指女子。香尘，《拾遗记》："石季伦屑沉香为尘末，布象床上。"李白《感兴》："香尘动罗袜，渌水不沾衣。"

⑧响屧，据传春秋时吴宫有响屧廊。《吴郡志》："响屧廊在灵岩山，吴王以楩梓版藉，西施行则有声。"临春，阁名。《南史·张贵妃传》："至德二年，起临春、结绮、望仙三阁。"

"暗想"十句谓江南为繁华之地，自古如此，而今亦然。

⑨历乱，纷乱之貌。

⑩金井阑，井上有雕饰之栏杆。"嫩红"句，宋赵令畤《蝶恋花》词："红杏枝头花几许，啼痕止恨清明雨。"嫩红，指杏花。

⑪日边消息，即杏花消息。唐高蟾《下第后上永崇高侍郎》："天上碧桃和露种，日边红杏倚云栽。芙蓉生在秋江上，不向东风怨未开。"来自京师消息亦称日边消息，此处语义双关，即指下文"探花谁是明年使"。南邦，指江南。

⑫探花，《天中记》："唐进士杏园初会，谓之探花宴。以少俊二人为探花使，遍游名园。若他人先折得名花，则二人被罚。"曲江，即曲江池，

池沼名，故址在今陕西西安东南。汉武帝造宜春苑于此。隋改名芙蓉池，苑曰芙蓉苑。唐复名曲江，为都中游览胜地。楼台亭榭至为华丽，开天之际达于极盛。每科新进士宴集同年，皆在其地。《国史补》："进士大宴于曲江亭子，谓之曲江会。"唐郑谷《曲江红杏》："女郎折得殷勤看，道是春风及第花。"两句暗寓希望春风及第之意。

⑬珊瑚擎铁网，《南州异物志》："珊瑚生大秦国。有洲在涨海中，名珊瑚洲。底有盘石，珊瑚生石上，初生白，软弱似菌。国人乘大船载铁网，先没在水下。一年便生网目中，其色尚黄，枝柯交错，高三四尺。三年色赤，便以铁钞发其根，系铁网于船，绞卓举网。"此借用其辞，状杏树枝柯交错铁立，花先叶而发。珊瑚擎铁网，珊瑚擎于铁网上；珊瑚代指花，铁网喻枝条。

【评析】

古籍之成语，尤其是诗词之名句，为律赋最常用题目，因为这是试官们命题最省事的办法。这种赋必须紧扣题目，就事论事，谈不上抒发作者的真实感情。这篇作品也不例外。但它基本上没有谀辞，不全落套，语言也较为精警清新。古典作品中欢娱之情少，忧苦之辞多，而这篇小赋却显得春气蓬勃，本帙以之入选，也给读者贡献一点春意，聊备一格而已。末句"一枝红更照东南"，写得相当醒目，不失为赋中名句。

如果作者纯粹从自然景物捕捉形象，就像"杏花春雨江南"这句词本身一样，这篇赋也许写得更有特色。但他偏要将春光同统治者的繁华生活联系起来，就未免显得浮艳。赋中"探花谁是明年使，好趁东风到曲江"，企望着这样的"日边消息"，也表现了封建知识分子的心理状态。

程隆基

程隆基，生平不详。其所作《挂剑台赋》收入王修玉《历朝赋楷》，该书刊于康熙二十五年（1686），程当为清顺治康熙时人。

挂剑台赋 并序①

康熙戊午，诣京师，道经张秋，游徐君〔墓〕挂剑台②，感吴公子札之高义，遂作赋曰：

历张秋之城阓兮，越河浒而南行。③步踟蹰而周览兮，循碕曲而孤征。④睹挂剑之崇台兮，陟徐君之幽宫。⑤瞻季子之遗容兮，企先哲之高风⑥。眇千金于一芥兮，捐宝锷而相从。⑦既心许而不渝兮，宁存亡之异悰？⑧嗟薄俗之纷纭兮，指曒日以明衷。曾瞬息之移时兮，已反复其心胸。⑨若夫子之高谊兮，诚旷世而难逢。彼千乘犹举以让兮，岂一剑之为隆？⑩后人不察其深微兮，遂以为义薄于苍穹⑪。怅祠宇之萧条兮⑫，蔽桧柏之阴森。狐兔纵横而踯躅兮，游童登垄而哀吟。搴剑草之无从兮，恶灌莽之相侵。⑬拭丰碑而览诵兮，增千古之交情。⑭阅陵谷之迁圮兮，惟芳烈其弥存。⑮慕羹墙而拜手兮，愿顽廉而薄敦⑯。

【注释】

①春秋时吴公子季札，封于延陵，称为延陵季子。吴王馀祭四年（前544），季札北聘中原诸国。过徐，徐君好季札剑而不言。季札心知之，为

使上国，不能无剑，因未之献。还至徐，徐君已死，季札以剑系于墓树而去。见《史记·吴太伯世家》、刘向《新序》。王修玉注："挂剑台，一在徐州，一在张秋，此赋盖游张秋之台而作也。"张秋在今山东阳谷东。

②康熙戊午，康熙十七年（1678）。京师，今北京。徐君〔墓〕挂剑台，原作"徐君挂剑台"，据文意补"墓"字。

③历，经过。城闉，城内重门。浒，水边。

④踟蹰，徘徊不进貌。碕，曲岸。征，行进。

⑤崇台，高台。陟，登。

⑥企，敬仰。先哲，指季札。

⑦眇，视、看待。芥，草。锷，刀剑的刃，此指剑。

⑧心许而不渝，季札挂剑墓树，从者曰："徐君已死，尚谁予乎？"季子曰："不然，始吾心已许之，岂以死倍吾心哉？"（倍，通"背"。）渝，改变。之，犹"而"。异惊，犹异心。惊，心情，情绪。

⑨"嗟薄俗"四句，韩愈《柳子厚墓志铭》："今夫平居里巷相慕悦"，"指天日涕泣，誓生死不相背负，真若可信。一旦临小利害，仅如毛发比，反眼若不相识，落陷阱不一引手救，反挤之又下石焉"。"嗟薄俗"四句即櫽栝其意。薄，浇薄。纷纭，扰乱貌。皦日，白日。衷，内心。

⑩千乘犹举以让，指季札让王位。初，吴王寿梦有子四人，长曰诸樊，次馀祭，次馀昧，次季札。季札贤，寿梦欲立之，季札让，以为不可。寿梦死，诸樊让位季札，季札不受。诸樊不废父命，相约兄死弟继，必致国于季札。诸樊死，馀祭立；馀祭死，馀昧立；馀昧死，欲立季札，季札让，逃去。隆，重。

⑪薄，迫近。苍穹，犹苍天。沈约《宋书·谢灵运传》："英辞润金石，高义薄云天。"

⑫怅，慨叹。祠宇，祠堂，古人多建祠堂于墓所，以便祭祀。

⑬搴，采。剑草，草名。王修玉注："挂剑台有草如剑形，可疗心疾。"灌莽，丛生草木。

⑭拭，擦。增，高；有崇敬、赞赏之意。

⑮阅，历。陵谷，高陵深谷。《诗·小雅·十月之交》："高岸为谷，深谷为陵。"喻变化巨大。迁，变迁。圮（pǐ），塌陷。弥，久。

⑯慕羹墙，仰慕于羹墙，谓思慕之殷切。《后汉书·李固传》："昔尧殂之后，舜仰慕三年，坐则见尧于墙，食则睹尧于羹。"愿，望。顽，贪婪者。廉，廉洁。薄，薄俗。敦，淳厚。《孟子·万章下》："故闻伯夷之风者，顽夫廉，懦夫有立志。""故闻柳下惠之风者，鄙夫宽，薄夫敦。"又，《尽心下》："圣人，百世之师也，伯夷柳下惠是也。故闻伯夷之风者，顽夫廉，懦夫有立志。闻柳下惠之风者，薄夫敦，鄙夫宽。"

【评析】

季札挂剑的故事，在当时就被传颂，道是"延陵季子兮不忘故，脱千金之剑兮带丘墓"（《新序》）。季札不仅言而有信，连"心许之"的事情，过后也不违背；这确乎是一种卓异的品格。程隆基这篇赋把季札贞信的行为与薄俗的移时"反复"加以对比，以显示其"高谊"；又进一步把挂剑同他让国的事迹联系起来，更显出其人品的超迈。寥寥数语，把对季札的歌颂臻于极际。"怅祠宇之萧条兮，蔽桧柏之阴森""搴剑草之无从兮，恶灌莽之相侵"，既是对荒台遗址的如实描绘，又是对薄俗的含蓄批判；蕴而不露，微而多讽，正与本赋题材相应。这篇作品文字精练，结构谨严，风格典雅纯正，隽永凝重，不失为清代抒情小赋中的珍品。

陈维崧

陈维崧（1625—1682），字其年，号迦陵，宜兴（今属江苏）人。父陈贞慧，明末节士。维崧少有才名，然偃蹇不遇。康熙己未（1679）召试鸿词科，由诸生授检讨，纂修《明史》，越四年即卒于官。维崧是清初重要词人，风格慷慨豪迈，也能作诗与骈文。有《陈迦陵文集》《湖海楼诗集》《迦陵词全集》《陈检讨集》等，今人有点校本《陈维崧集》。

铜雀瓦赋①

魏帐未悬，邺台初筑，②复道衮延，绮窗交错。③雕甍绣栋，矗十里之妆楼；金埒铜沟，响六宫之脂盝。④庭栖比翼之禽，户种相思之木。⑤駊娑前殿，逊彼清阴；柏梁旧寝，啮其局蹙。⑥无何而墓田渺渺，风雨离离；⑦泣三千之粉黛，伤二八之蛾眉。⑧虽有弹棋爱子，傅粉佳儿⑨，分香妙伎，卖履妖姬，⑩与夫杨林之罗袜，西陵之玉肌⑪，无不烟消灰灭，矢激星移⑫；何暇问黄初之轶事⑬，铜雀之荒基也哉！春草黄复绿，漳流去不还⑭；只有千年遗瓦在，曾向高台覆玉颜！

【注释】

①本篇选自《陈检讨集》。铜雀，台名，曹操所建。《三国志·魏志·武帝纪》：建安十五年，"冬，作铜雀台"。《邺中记》："铜雀台在漳德府临漳县，魏操所筑，上有楼，铸大铜雀高一丈五尺，置之楼颠。"在今河北临漳西

南古邺城西北隅，台基大部为漳水冲毁。又，建安二十五年（220）正月，操死，遗令："吾死之后，敛以时服，葬于邺之西冈上，与西门豹祠相近，无藏金玉珍宝。吾婢妾与伎人皆勤苦，使著铜雀台，善待之。于台堂上安六尺床，施繐帐，朝晡上脯糒之属。月旦十五日，自朝至午，辄向帐中作伎乐。汝等时时登铜雀台，望吾西陵墓田。余香可分与诸夫人，不命祭。诸舍中无所为，可学作组履卖也。"乐府有《铜雀台》《铜雀妓》。

②魏帐未悬，意即曹操生前。邺台，即铜雀台。

③复道，指楼台上的通道。衮延，纵横绵亘。绮窗，镂花窗户。古诗："交疏结绮窗。"

④甍（méng），屋脊。栋，屋梁。矗，耸立。金埒（liè）铜沟，《晋书·王济传》：王济"性豪侈，丽服玉食。时洛京地甚贵，济买地为马埒，编钱满之，时人谓之金沟"。（金沟，一作"金埒"。）埒，矮墙。脂盝（lù），脂粉盒。

⑤比翼之禽，《尔雅·释地》："南方有比翼鸟，不比不飞，名曰鹣鹣。"常用以喻夫妇。白居易《长恨歌》："在天愿作比翼鸟，在地愿为连理枝。"相思之木，《搜神记》载，宋大夫韩冯娶妻而美，宋康王夺之，冯自杀，妻亦自投台下而死。王使人埋之，与夫冢相望。"宿昔有文梓木生二冢之端，旬日而大合抱。又有鸳鸯栖树上，交颈悲鸣。宋人哀之，遂号其木曰相思树。"

⑥駊娑（sà suō），汉宫殿名。班固《西都赋》："经駘荡而出駊娑。"李善注引《关中记》："建章宫有駊娑、駘荡、枍诣、承光四殿。"柏梁，汉台名。《三辅黄图·台榭》："柏梁台：武帝元鼎二年春，起此台，在长安城中北门内。《三辅旧事》云，以香柏为梁也。"嗤，嘲笑。局蹙，狭窄。

⑦"无何"二句，言曹操已死。陆机《吊魏武帝文》："悼繐帐之冥漠，怨西陵之茫茫。"王无竞《铜雀台》："繐帐空苍苍，陵田纷漠漠。"无何，没有多久。渺渺，幽远貌。离离，凄伤貌。

历代抒情小赋选 | 267

⑧粉黛，粉白黛绿，均妇女化妆品，粉以敷面，黛以画眉，因代指妇女。《楚辞·大招》："粉白黛黑，施芳泽只。"二八，十六岁，谓年轻女子。蛾眉，美女。眉细长柔美如蚕蛾，用以形容美女之眉，因而代指美女。

⑨弹棋，棋名。《艺经》："弹棋，对局二人，黑白棋各八枚，下呼上击之；始自魏宫内妆奁戏也。"爱子，陆机《吊魏武帝文》：曹操临终，"持姬女而指季豹，以示四子曰：'以累汝！'因泣下。伤哉！曩以天下自任，今以爱子托人！"季豹，操姬杜夫人所生。傅粉佳儿，《世说新语·客止》："何平叔美姿仪，面至白，魏明帝疑其傅粉。"何平叔，即何晏，母尹氏，曹操纳为夫人，何晏因随母为曹操收养，颇为宠爱。按，"弹棋爱子，傅粉佳儿"，系借用典中词面，并指宫中美人、亲属，爱子不必单指季豹，佳儿不必即指何晏。

⑩分香、卖履，并见前注所引曹操遗令。

⑪杨林之罗袜，借用《洛神赋》中词语，罗袜亦代指美人。西陵，即曹操墓。玉肌，洁白如玉的肌肤，亦代指美人。韦庄《伤灼灼》："桃脸曼长横绿水，玉肌香腻透红纱。"

⑫矢激星移，喻往事一去不复返。矢，箭。激，迅疾，指射出。

⑬黄初，魏文帝年号（220—226）。轶事，遗事。

⑭漳流，即漳河，流经河北、河南边境，铜雀台即建临其上。

【评析】

曹操筑铜雀台，或亦建安之盛事，这位不可一世的雄杰，临终留下了一份余情不尽的遗令，引起后世无数诗人的感慨。单是《乐府诗集》所收的《铜雀台》《铜雀妓》诗就多达二十九篇，唐以后的作品更不胜枚举。元代杨维桢亦有同题之作。陈维崧这篇小赋也无非抒发了一般兴亡之感。

但材料的安排组织，确能别出心裁。全赋仅三十二句一百六十五字，作者用十四句写兴，十四句写亡，到最后四句收结全篇时才落到题目铜雀瓦上。然而这最后一点，分量实在不轻：一代英雄，千秋往事，留下来的就只有一片"遗瓦"，"曾向高抬覆玉颜"！感慨之深，令人心魂悸动。陈维崧不愧为骈文高手，如此短小的篇幅，他也能充分发挥四六排比的优势，写得气势恢宏，内容充实；仿佛小小的园林，经过大匠的安排，也显得亭台隐隐，万木苍苍。"赋者，铺也"，陈维崧运用的得心应手，游刃有余。

汪 中

汪中（1745—1794），字容甫，江苏江都（今扬州）人。清高宗乾隆四十二年（1777）拔贡，自后不复应试。乾隆五十九年卒，年五十。汪中为著名学者，尤精史学。著有《广陵通典》《述学》等。又工骈文，其诗亦有功底。有《容甫先生遗诗》。

哀盐船文①

乾隆三十五年十二月乙卯，仪征盐船火②，坏船百有三十，焚及溺死者千有四百。是时盐纲皆直达，东自泰州，西极于汉阳，转运半天下焉；唯仪征绾其口。③列樯蔽空，束江而立，望之隐若城郭。一夕并命，郁为枯腊。④烈烈厄运⑤，可不悲邪！

【注释】

①本篇选自《述学·补遗》。

②乾隆三十五年十二月（1771）乙卯，时汪中二十七岁。仪征，地在今江苏中西部。

③盐纲，专运盐的船队。绾（wǎn），贯联、管控。

④并命，犹言一起丧命。并，通"屏"，弃也、去也。郁，化结、积聚，《太玄·礥》："藏郁于泉。"范望注："郁，化也。"司马相如《长门赋》："浮云郁而四塞兮，天窈窈而昼阴。"枯腊，干肉。语本《汉书·杨王孙传》："(其尸)裹以币帛，鬲以棺椁，支体络束，口含珠玉，欲化不得，郁为枯腊。"

⑤烈烈，惨烈貌。

于时，玄冥告成①，万物休息，穷阴涸凝②？寒威懔栗，黑眚拔来③，阳光西匿。群饱方嬉，歌䚷宴食④。死气交缠，视面唯墨。⑤夜漏始下，惊飙勃发。万窍怒号，地脉荡决。⑥大声发于空廊，而水波山立。于斯时也，有火作焉。摩木自生，星星如血。⑦炎光一灼，百舫尽赤。青烟晱晱，熛若沃雪。⑧蒸云气以为霞，炙阴崖而焦爇。⑨始连楫以下碇，乃焚如以俱没。⑩跳踯火中，明见毛发。痛暑田田⑪，狂呼气竭。转侧张皇，生涂未绝。⑫倏阳焰之腾高，鼓腥风而一哄。⑬洎埃雾之重开，遂声销而形灭。⑭齐千命于一瞬，指人世以长诀。⑮发冤气之焫蒿，合游氛而障日。⑯行当午而迷方，扬沙砾之嫖疾。⑰衣缯败絮，墨查炭屑⑱，浮江而下，至于海不绝。

【注释】

①玄冥告成，即时值深冬。玄冥，季冬十二月。《礼记·月令》："季冬之月，其神玄冥。"

②穷阴，犹寒冬。阴，《文选·谢灵运〈登池上楼〉》："新阳改故阴。"吕延济注："冬为阴也。"涸凝，水冻，言极其寒冷。《文选·谢惠连〈雪赋〉》"焦溪涸，汤谷凝"，张铣注："涸、凝，冰，皆水冻也。"

③黑眚（shěng），因眼病使视力模糊。《说文》："眚，目病生翳也。"比喻看到夜间的雾气。拔来，疾速到来。拔，《礼记·少仪》："毋拔来。"郑玄注："拔，急疾也。"

④歌䚷（è），歌唱。《诗·大雅·行苇》"或歌或䚷"，《释文》引毛注："徒歌曰䚷。"

⑤"死气"二句,似谓命定的这场灾难必然发生,故人们无端地面无生气。死气,面无生气。墨,黑色。

"于时"之后十句,写火灾发生之前,寒冬天黑,人们嬉游宴食,毫无思想准备。

⑥夜漏始下,即刚入夜之时。漏,漏壶,古代计时器。惊飙(biāo),狂风。万窍,各种空穴。《庄子·齐物论》:"夫大块噫气,其名为风。是为无作,作则万窍怒号。"地脉,《周礼·天官·疡医》:"以咸养脉。"郑氏注:"水之流行地中似脉。"此以"地脉"代指江水。荡决,狂风卷起江波荡漾冲决。

⑦"摩木"二句,谓船舶突然起火,燃起星星如血的火光。摩木自生,《庄子·外物》:"木与木相摩则然。"(然,通"燃"。)此设想起火的原因。

⑧睒睒(shǎn),闪烁貌。熛(biāo),《说文》,"火飞也"。沃雪,白雪。沃,《淮南子·墬形训》:"沃野。"高诱注:"沃,犹白也。"

⑨"蒸云气"句,写空中升起火光烟雾。"炙阴崖"句,谓江边崖岸都被烧焦。炙,烧烤。焦爇(ruò),烧焦貌。

⑩"始连楫"二句,谓所有船只都连在一起,而且系在石礅上,以致大火燃烧起来无法散开,船只全部被焚毁。连楫,即连船,将船连在一起。楫,桨,代指船。下碇(dìng),停泊时将船系在石礅上。权德舆《祗役江西路上以诗代书寄内》:"下碇夜已深,上碕波不驻。"碇,系船舶的石礅。焚如,焚烧。《易·离卦》:"焚如!死如!弃如?"如,词尾无义。

⑪痛譽(bó),痛苦大声喊叫。譽,《汉书·东方朔传》:"上令倡监榜舍人,舍人不胜痛,呼譽。"田田,象声词,捶击呼号声。《礼记·问丧》:"故发声击心爵踊,殷殷田田","悲哀痛疾之至也"。

⑫"转侧"二句,形容挣扎在大火中之人,生命未绝,惊慌的惨状。张皇,惊慌。生涂未绝,《老子》第五十章:"出生入死,生之徒十有三,死之徒

十有三。"（徒，通"涂"。）绝，尽也。

⑬"倏（shū）阳焰"二句，谓突然火光升向高空，腥臭之风吹了起来。倏，忽然。阳焰，火光。《论衡·订鬼》："阳，火也。"《慧琳音义》："焰，火光也。"腾，升也、举也。鼓，振动、掀起。而一呹（xuè），《庄子·则阳》："道尧舜于戴晋人之前，譬犹一呹也。"《释文》引司马彪云："呹然如风过。"而，犹"如"也。

⑭"洎（jì）埃雾"二句，谓等到尘雾消失，大火烧完，声销形没，全部毁灭。洎，及也、等到。遂，便。

⑮齐，同也。指，语也、告也。长诀，永别。

⑯焄（xūn）、蒿，《礼记·祭义》："焄蒿凄怆。"郑玄注："焄，谓香臭也；蒿，谓气蒸出貌。"游氛，浮游的昏浊之光。氛，《楚辞·远游》："绝氛埃而淑尤兮。"朱熹集注："氛，昏浊之气。"障日，遮蔽天日。

⑰行当午，一直到第二天中午。迷方，弥漫四方。迷，通"弥"。方，《书·立政》"方行天下"孔安国传："方，四方也。"扬，扬起、飞扬。嫖（piào）疾，轻捷疾速。嫖，《说文》，"轻也"。

⑱墨查，焦黑的木片。查，渣滓。

亦有没者善游，操舟若神。死丧之威，从井有仁。①旋入雷渊，并为波臣。②又或择音无门，投身急濑。③知蹈水之必濡，犹入险而思济。④挟惊浪以雷奔，势若陊而终坠。⑤逃灼烂之须臾，乃同归乎死地。⑥积哀怨于灵台，乘精爽而为厉。⑦出寒流以浃辰，目眽眽而犹视。知天属之来抚，愁流血以盈眦。诉强死之悲心，口不言而以意。⑧若其焚剥支离，漫渍莫别。圜者如圈，破者如玦。⑨积埃填窍，攫指失节。⑩嗟狸首之残形，聚谁何而同穴！⑪收然灰之一抔，辨焚余之白骨。⑫

【注释】

①没者，善潜水者。操舟若神，《庄子·达生》："颜渊问仲尼曰：'吾尝济乎觞渊之渊，津人操舟若神。'"死丧之威，《诗·小雅·常棣》："死丧之威。"威，畏也，害也。从井有仁，比喻下水救人。《论语·雍也》："宰我问曰：'仁者或告之曰井有仁焉，其从之也？'"（"井有仁"之"仁"，通"人"。）

②"旋入雷渊"二句，谓那些下水救人者亦被带入深渊，溺水而死。旋入雷渊，《楚辞·招魂》："旋入雷渊。"王逸注："旋，转也。"此以雷渊代指深渊。波臣，此用以喻溺水而死者。《庄子·外物》：涸辙中鲋鱼自谓"我东海之波臣也"。

"亦有没者"以下六句，写善游水者下水救人，而自己亦旋入深渊。

③择音，比喻寻找求生之所。《左传·文公十七年》："鹿死不择音。"音，"荫"之假借。孔颖达疏："鹿死不择庇荫之处。"急濑（lài），急流。

④蹈水，跳入水中。必濡，必然会溺死。濡，《易·既济卦》："濡其尾。"江藩补注："濡，溺也。"思济，想渡水求生。《易·未济卦》："小狐汔济。"江藩补注："济，渡也。"

⑤"挟惊浪"二句，谓落水者被裹在惊涛中迅速冲走，被波浪浮起而又落入水中。挟惊浪，犹言裹在惊涛骇浪中。挟，《玉篇》，"怀也"。雷奔，形容水流迅猛。《文选·左太冲〈蜀都赋〉》："流汉汤汤，惊浪雷奔。"阶，落也、陷也。

"又或择音"以下六句，写不善游水者都被淹没。

⑥"逃灼烂"二句，谓片刻之间为了避开大火的煎熬，跳入水中，同

归死地。灼烂，大火煎熬。《诗·小雅·节南山》"忧心如惔"郑玄笺："忧心如火灼烂之矣。"须臾，片刻之间。

⑦"积哀怨"二句，谓盐船的溺死者积哀怨于心中，魂灵升起而成为鬼。灵台，心中。《文选·刘孝标〈广绝交论〉》："寄通灵台之下。"张铣注："灵台，心也。"乘，升也。精爽，魂灵。《左传·昭公二十五年》："心之精爽，是谓魂魄。"厉，鬼。《左传·成公十年》："晋侯梦大厉。"杜预注："厉，鬼也。"

"逃灼烂"以下四句，写善游者、不善游者同归死地，魂灵变为厉。

⑧出寒流，游死者从寒流中被打捞出来。以，通"已"。浃辰，十二天。《左传·成公九年》："浃辰之间而楚克其三都。"杜预注："浃辰，十二日。"睊睊（juàn），侧目而视貌。《广雅》，"视也"。天属，亲人。《庄子·山木》："或曰：'……弃千金之璧，负赤子而趋，何也？'林回曰：'彼以利合，此为天属也。'"抚，抚临，哀哭伤悼之意。愁（yìn），《广韵》，"伤也"。眦（zì），眼角。强死，无辜死去。《左传·昭公七年》："匹夫匹妇强死。"杜预注："强死，无病也。"不言，不能言。意，心意。贾谊《鵩鸟赋》："鵩乃叹息……请对以臆。"

"出寒流"以下六句，谓溺死的人十多天后被打捞出来犹睁开双眼，知道亲人们前来哀悼，他们血泪盈眶，要诉说他们的悲心，口不能言，以眼神表示他们的心意。

⑨若其，转换语气之词。焚剥，烧坏、烧烂。《易·杂卦》："剥，烂也。"《说文》："剥，裂也。"支离，《庄子·人间世》："支离疏者。"《释文》引司马云："支离，形体支离不全貌。"漫漶，模糊不可辨别。莫别，无法辨别。圜，通"圆"。圈，杯圈，圆形器皿。《庄子·齐物论》："似圈似臼。"《释文》引郭象注："圈，杯圈也。"破，残破、破裂。玦，有缺的玉环。

"若其"四句，描述烧残溺死的肌体残破的惨象。

⑩埃，尘埃。窍，指眼耳口鼻。攦（lì），折断。指，手指。失，丧失。节，关节。

⑪"嗟狸首"二句，谓残缺不全的尸首，堆积埋在一起。嗟，伤也。狸首，喻残缺不全的遗体。狸，一种野兽。韩愈《残形操》序："《琴操》曰：'残形操，曾子所作。曾子梦一狸，不见其首，而作此曲也。'"谁何，彼此不知为谁。

⑫然灰，焚毁剩下的骨灰。然，通"燃"。之，犹"于"也。一抔，一捧土，代指坟墓。《史记·张释之列传》："假令愚民取长陵一抔土，陛下何以加其法乎？"辨，陈放、铺陈。《文选·江文通〈杂体诗〉》："辨诗测京国。"张铣注："辨，陈也。"焚余，焚毁之余，指烧残的骨骸。

　　呜呼哀哉！且夫众生乘化，是云天常。妻孥环之，绝气寝床。①以死卫上，用登明堂。②离而不惩，祀为国殇。③兹也无名，又非其命。天乎何辜，罹此冤横！④游魂不归，居人心绝。⑤麦饭壶浆，临江呜咽。日堕天昏，凄凄鬼语。守哭迍邅，心期冥遇。⑥唯血嗣之相依，尚腾哀而属路。⑦或举族之沉波，终狐祥而无主。⑧悲夫！丛冢有坎，泰厉有祀。⑨强饮强食，冯其气类。⑩尚群游之乐，而无为妖祟。⑪人逢其凶也邪？天降其酷也邪？⑫夫何为而至于此极哉！

【注释】

①众生乘化，众生顺应自然变化。陶渊明《归去来兮辞》："聊乘化以归尽，乐夫天命复奚疑。"天常，天之常道。《左传·哀公六年》："推彼陶唐，帅彼天常。"妻孥，妻子儿女。

②卫上，保卫君上。扬雄《法言》："忠以卫上，君议其赏。"用，因也。

登明堂，因功德而享祀于祖庙。明堂，《左传·文公二年》："不登于明堂。"杜预注："明堂，祖庙也。所以策功序续。"

③离而不惩，出自《楚辞·九歌·国殇》："首身离兮心不惩。"谓即使首身分离也决不后退。国殇，为国牺牲的英烈。

④兹，指因盐船失火而死的死者。名，功也。谓既非"卫上"，也非"国殇"。非其命，即非正常死亡，非"乘化以归尽"。何辜，何罪。罹，遭受。

⑤游魂，死者的魂灵。居人，死者的家属。

⑥迍邅(zhūn zhān)，难行不进貌。心期，心中希望。冥遇，与魂灵相遇。

⑦唯，只有。血嗣，后人。《后汉书·张纲传》："身绝血嗣，非孝也。"腾哀，举哀。属路，相续于路。

⑧举族，全家。沉波，即溺水。狐祥，应为孤独哀伤之意，出处不详。

⑨丛冢，丛聚乱葬的坟墓。坎，坟坑。泰厉，《礼记·祭法》"王为群姓立七祀"，其五为"泰厉"，孔颖达疏："曰泰厉者，此鬼无所依归，好为民作祸，故祀之也。"祀，祭祀。

⑩冯，依也、恃也。气类，《南史·陆厥传》："时盛文章，吴兴沈约、陈郡谢朓、琅琊王融，以气类相推毂。"气类谓气味相投，此即同类之意，指同为火灾溺死者。

⑪"尚群游"二句，要冤鬼们一块游乐，不要为妖作祟。

"悲夫"之后六句，为安慰死难冤魂之辞。

⑫凶，灾也、祸也。《逸周书》："不时曰凶。"朱右曾《集训》："凶，灾也。"《广韵》："凶，凶祸。"酷，暴虐、痛苦。《资治通鉴·晋纪十四》："岂非酷乎。"胡三省注："酷，虐也。"《文选·欧阳坚石〈临终诗〉》："痛酷摧心肝。"吕延济注："酷，苦也。"

历代抒情小赋选 | 277

【评析】

乾隆三十五年十二月乙卯日,仪征江上运盐船队发生一场巨大火灾,烧坏一百三十只船,烧伤而后溺死一千四百多人。汪中目睹了这场灾难,怀着震惊哀痛的心情写了这篇独特的辞赋。开头一段,即概括地叙述这场灾难的经过,让读者先有个整体的印象。

第二段描述了整个灾难发生的过程。寒冬日暮,人们宴食歌唱,谁也不料想一场灾难即将来临。入夜以后,忽然狂风乍起,江涛汹涌。不知什么原因,船上发出火花,开始时"星星如血",转瞬之间,燃起大火。因所有船只都连在一起,又牢系在石碇上,无法散开,以致"百舫尽赤",全部燃烧。人们"跳踯火中,明见毛发。痛謈田田,狂呼气竭"。作者逼真地写出了人们在大火中挣扎喊叫的惨状。等到埃雾重开,已是声销形灭。"齐千命于一瞬,指人世以长诀"!船只焚毁,人员死灭,大江之上,只见"衣繒败絮,墨查炭屑,浮江而下,至于海不绝"。

第三段进一步描述烧残而又溺死者的惨状。开头提到大火燃烧之时两类人的情况。一类是"善游"者,肯定因船上有亲属友朋,故开始会水者仍想救助,结果都被卷入深渊。一类是不会游水者,他们找不到逃避之所,当即被裹入惊涛骇浪。因此无论会水者、不会水者,一起"逃灼烂之须臾,乃同归乎死地"。接着描绘所有的死难者,先被大火烧伤,后被江波溺没;被打捞出来以后,见到亲人前来哀悼,他们睁开双眼,流血盈眦,"诉强死之悲心,口不言而以意"!他们烧残破败,支离不全,口鼻塞满尘埃,指节多被折断,体裂形残,惨不忍睹。最终只能"收然灰之一抔,辨焚余之白骨",一起埋葬!

最后一段为诗人悼念之辞。人应该正常死亡,"聊乘化以归尽"。或者为保卫君上而丧命,因功德享祀祖庙;或者因战死疆场,成为国牺牲的英烈。

而这些盐船失火的死者，既非捍卫君上，又非战场英烈，无端遭此大祸。"天乎何辜，罹此冤横！游魂不归，居人心绝。麦饭壶浆，临江呜咽。日堕天昏，凄凄鬼语。守哭迍邅，心期冥遇。"如此哭临伤痛，何等悲哀！而且同是冤魂，境况却各有不同。有的尚有亲人祭悼，"唯血嗣之相依，尚腾哀而属路"；有的全家遇难，"或举族之沉波，终狐祥而无主"。他们虽死已无知，然而何等凄怆！

这场难以言喻的惨祸，既非赤壁鏖兵，又非滔天洪水，仅仅因为船队失火，竟夺走了一千四百多人的生命。诗人身临其境，心灵为之震撼，因而写了这篇罕见的辞赋，对如此之多死难者表达深切的同情与哀悼。

之所以选录这篇作品，是因为内容极为独特，诗人对死难者的哀怜甚为可取。——遗憾的是一篇思想内容如此精辟的作品，遣词造句却有严重的缺陷。文中许多生僻艰涩的词语，使人读来佶屈聱牙。尤其是使用了不少替代词。如以"玄冥"代指季冬十二月，用"黑眚"这种因眼病造成视物模糊代指看到夜间的雾气，以"波臣"代指溺水的死者，以"择音"代指寻找求生之所，以"灵台"代指内心，以"狸首"代指残缺不全的尸体，以"天属"代指亲属，以"血嗣"代指后人。如此种种，都严重损害文章的艺术感染力。文中许多语句极不顺畅。如灾难发生之前，说人们便"死气交缠，视面唯墨"，纯属想象之辞，莫名其妙；且与前文"群饱方嬉，歌咢宴食"，气氛不相协调。不要这两句，文章更为通达。如写"没者善游"，称之为"操舟若神""从井有仁"，此处下水救人与"操舟""从井"迥不相同。如"熛若沃雪"，用白色的雪形容飞起的火花，不伦不类。特别是用"地脉荡决"描写大江，令人不可理解。"地脉"一词，原于《周礼·天官·疡医》"以咸养脉"郑氏注"水之流行地中似脉"，"脉"本意是血脉，郑注"似脉"只是比喻，说的也是地中之水，汪中竟用以代指波涛汹涌的大江，极为荒诞。（史籍上用"地脉"代指水路者仅有唐皇甫冉《送处州裴使君赴京》诗有"别喜天书召，宁忧地脉长"，用词亦属不当。）写腥风吹来，用《庄子》"譬犹一吷也"，更属严重错误。《庄子·则阳》，惠子曰："夫吹管也，犹有嗃也；吹剑首者，吷而已矣。尧舜，人之所誉也，道尧舜于戴晋人之前，譬犹一吷也。"郭象注："曾不足闻。"（曾，乃也。）成玄英疏说得更明白："嗃，大声；吷，小声也。夫吹竹管，声犹高大，吹剑环，声则微小。唐尧俗中所誉，若于晋人之前盛谈斯道者，亦何异乎吹剑首声，曾无足可闻也。"汪中错误地理解《释文》引司马云"吷然如风过"，将如吹剑首"无足可闻"的"小声"比喻腥风迅猛吹来，极为荒谬。又如"离而不惩"，源于《国殇》"首身离兮心不惩"，原文意思明白，是"首身离"而"心不惩"，汪文写成"离而不惩"，单一个"离"字，并不具有"首身离"的内涵。如果作者不炫耀学问，不故作艰深，采用相对朴素的语言，不堆砌如此之多生僻的词语，不使用毫无关联的典故，文章要精彩得多。又，文章末段曰："悲夫！丛冢有坎，泰厉有祀。强饮强食，冯其气类。尚群游之乐，而无为妖祟。"全文对这些死难冤魂如此哀怜，末尾却将之比为"好为民作祸"的"泰厉"。要他们"尚群游之乐"，告诫他们不要为妖作祟。前后感情、态度相差迥异。不要这六句，斩掉这个蛇足，只以"悲夫！人逢其凶也邪？天降其酷也邪？夫何为而至于此极哉"作结，全文会相对完美。

后 记

《历代抒情小赋选》编纂于20世纪80年代初。书稿曾请先师黄耀先先生审教，黄老给予充分鼓励。书于1986年由上海古籍出版社出版。

这本小书颇受读者欢迎，还引发出一项巨大的文化工程。——1987年，我寄赠了一本给中国赋会会长马积高先生。我并不认识马先生，寄书只是请他指正。马先生收到书后，即邀请我参加当年4月在湖南衡山举办的赋学研讨会。我在会上提议整理中国历代辞赋。马先生觉得工程巨大，难以承受。与会的人民文学出版社、中华书局、商务印书馆的编辑先生们都认为这种书出版很难。过了两年，1989年4月，中国赋会又在李太白故乡四川江油举办研讨会，马先生仍邀我参加。我带了一百二十本《历代抒情小赋选》赠送给所有与会的学者，并再次提议整理历代辞赋。马先生仍很犹豫。我回到黄石，给马先生写了一封信。我说经过十年"文化大革命"，中国学苑艺坛已是一片荒漠。学者们组织了许多学会，对恢复祖国荒废的学术起了很大的作用。但这些学会存在的时间不会很长，取得的成果也是有限的。如果马先生作为赋会的会长，整理历代的辞赋，将是一项永垂不朽的功业。事在人为，《四库全书》也是人编的，由中国赋会来整理中国辞赋，没有完不成的道理。这封信可能起了一点作用。1990年，马先生终于接受了我的建议，组织了历代辞赋编辑委员会。主编当然是马会长，并邀请我为副主编，同另一副主编湖南师范大学叶幼明教授一起工作。整个工程由湖南师范大学和湖北师范大学负责，两校联名向国务院古籍整理规划小组申请项目，经费也由两校提供（湖南师大付了十五万，湖北师大只付了五万多元）。参与者还有四川大学、山西大学、安徽大学的人员，人数多达六十多人。我们普查了全国主要大图书馆中的全部古籍，辑录了其中所有的辞赋，在马先生的领导下，进行整理点校。我们分工合作，奋战了五年多。到1995年底，集体点校工作结束，全部稿件集中到湖南师范大学。1996年，我到长沙，同叶幼明先生合作，在马先生指导下审阅全稿，统一体例，规范文辞。书由湖南文艺出版社出版，约定两到三年内出书。不料事出意外，1997年马先生不幸逝世；1998年出版社改组，原领导离任；1999年叶幼明旅居美国；辞赋出版工作停滞！我除了向湖南省出版局、向湖南文艺出版社、向湖南师大不断呼吁以外毫无办法。所幸责编刘苗松先生忠于职守，编辑工作从未中断。2010年，叶幼明先生回国，约我去长沙同出版社重新谈判，约定书"明年出版"。明年，又一个明年，又一个明年，又一个明年，到2014年《历代辞赋总汇》才终于面世！自1990年开始工作，到2014年出书。前后历时二十五年！又非常不幸，书出不到三个月，叶幼明先生也去世了！——《历代辞赋总汇》收录了自先秦到清末两千多年间的全部辞赋，共收辞赋作者七千四百多人，作品三万多篇，分装成二十六大册，近三千万字，填补了中国古籍整理一方空白。

本人编有五卷本《诗苑英华》，集自西汉至清末两千多年间五七言诗史、诗选、诗注、诗评于一书；编有两卷本《词苑英华》，集自盛唐到清末一千二百年间词史、词选、词注、词评于一书。按韵文范畴，自应编选

《赋苑英华》，也拟集赋史、赋选、赋注、赋评于一书。但编选即回避不了司马相如、扬雄、张衡、班固、左思、木华、郭璞等人的大赋。然而那些大赋结构呆板，语言艰涩，浮夸臃肿，佶屈聱牙，到现在早已丧失了它们的艺术价值。犹豫再三，终于放弃了。如此我想到了这本《小赋选》，当即加以修订，抽换了几篇作品，使之更加精粹。虽不能代替《赋苑英华》，也聊胜于无。

中州古籍出版社不嫌浅薄，出版这本小书，责编李祖哲同志，认真负责，至诚慎重。谨向各位社领导和祖哲同志，表示衷心的感谢。本人多年与中州古籍出版社结缘，资深编辑张弦生先生三十多年来为我责编的书多达八部，对我的工作给予了极大的支持和帮助。借此《小赋选》出版之际，表达我对弦生先生的感激之情，祝愿先生身体健康长寿。

黄瑞云

2023年3月30日于黄石，时年九十有二

家藏文库书目（持续更新中）

大学　中庸	孟浩然诗选
三国志选注译（上、中、下）	李杜诗选（上、下）
水经注	韩愈诗选
唐才子传	柳宗元诗选
商君书	杜牧诗选
孔子家语	苏轼诗文选
法言	黄庭坚诗选
随园食单	陆游诗文选
板桥杂记	王阳明诗文选（上、下）
抱朴子内篇	花间集（上、下）
文中子中说	晏殊　晏几道词选
大唐西域记（上、下）	欧阳修词选
洛阳伽蓝记	苏轼词选
地藏经　药师经	秦观词
东坡志林	周邦彦词
朱子读书法	姜夔词
武林旧事　附《增补武林旧事》	豪放词
扬州画舫录（上、下）	婉约词
徐霞客游记（上、下）	历代抒情小赋选
曾国藩家书	先秦散文选
梁启超家书	唐宋散文选
郑板桥家书	晚明散文选
古诗十九首　乐府诗选	古文辞类纂（上、下）
阮籍诗选	唐人小说选
庾信选集	牡丹亭　窦娥冤

西厢记　桃花扇　　　　　千家诗

喻世明言　　　　　　　　帝鉴图说

警世通言　　　　　　　　四字鉴略

聊斋志异　　　　　　　　声律启蒙　笠翁对韵

镜花缘　　　　　　　　　重订增广贤文　名贤集

儒林外史